阅读之前 没有真相

午夜文库

杰夫里·迪弗
少女鲁伊系列

杰夫里·迪弗 Jeffery Deaver（1950— ）

杰夫里·迪弗一九五〇年出生于芝加哥，十一岁时写出了第一本小说，从此笔耕不辍。迪弗毕业于密苏里大学新闻系，后进入福德汉姆法学院研修法律。在法律界实践了一段时间后，他在华尔街一家大律师事务所开始了律师生涯。他兴趣广泛，曾自己写歌唱歌，进行巡演，也曾当过杂志社记者。与此同时，他开始发展自己真正的兴趣：写悬疑小说。一九九〇年起，迪弗成为一名全职作家。

迄今为止，迪弗共获得六次MWA（美国推理小说作家协会）的爱伦·坡奖提名、一次尼禄·沃尔夫奖、一次安东尼奖、三次埃勒里·奎因最佳短篇小说读者奖。迪弗的小说被翻译成三十五种语言，多次登上世界各地的畅销书排行榜。包括名作《人骨拼图》在内，他有三部作品被搬上银幕，同时也为享誉世界的詹姆斯·邦德系列创作了最新官方小说《自由裁决》。

迪弗的作品素以悬念重重、不断反转的情节著称，常常在小说的结尾推翻，或者多次推翻之前的结论，犹如过山车般的阅读体验佐以极为丰富专业的刑侦学知识，令读者大呼过瘾。其最著名的林肯·莱姆系列便是个中翘楚。另外两个以非刑侦专业人员为主角的少女鲁伊系列和采景师约翰·佩勒姆系列也各有特色，同样继承了迪弗小说布局精细、节奏紧张的特点，惊悚悬疑的气氛保持到最后一页仍回味悠长。

除了犯罪侦探小说，作为美食家的他还有意大利美食方面的书行世。

杰夫里·迪弗 重要作品年表

少女鲁伊系列
Manhattan Is My Beat (1988)
Death of a Blue Movie Star (1990)
Hard News (1991)

电影外景采景师约翰·佩勒姆系列
Shallow Graves (1992)
Bloody River Blues (1993)
Hell's Kitchen (2001)

林肯·莱姆系列
The Bone Collector (1997)
The Coffin Dancer (1998)
The Empty Chair (2000)
The Stone Monkey (2002)
The Vanished Man (2003)
The Twelfth Card (2005)
The Cold Moon (2006)
The Broken Window (2008)
The Burning Wire (2010)
The Kill Room (2013)

凯瑟琳·丹斯系列
The Sleeping Doll (2007)
Roadside Crosses (2009)
XO (2012)

詹姆斯·邦德系列
Carte Blanche (2011)

非系列作品
Mistress of Justice (1992)
The Lesson of Her Death (1993)
Praying for Sleep (1994)
A Maiden's Grave (1995)
The Devil's Teardrop (1999)
Speaking In Tongues (2000)
The Blue Nowhere (2001)
Garden of Beasts (2004)
The Bodies Left Behind (2008)
Edge (2010)
The October List (2013)

重要新闻
Hard News

（美）杰夫里·迪弗 著
王伟 译

新星出版社 NEW STAR PRESS

没有不涉及道德的新闻写作。所有的记者都是伦理学家……从事这项工作就必须对所看到的东西做出判断。

——玛格丽特·杜拉斯

第一章

刚吃完晚饭,他们就来找他。

他不知道他们有几个人,但是这不重要;他唯一祈祷的是请不要让他们带着刀。他不想被刀砍。用棒球棍,用水管,用手上掂着的煤渣砖块……但是千万别用刀。

他正走在从监狱食堂通向图书馆的走廊中。这条走廊里的气味他一直形容不出来。酸臭,腐烂……而且在他身后,脚步声越来越近。

他是个瘦子。刚才吃饭时,他对着托盘上的煎肉、面包和青豆,几乎无法下咽。此刻他加快了脚步。

距离警卫室还有六十英尺,而站在遥远的走廊尽头的那些狱警,没有一个看向他这边。

脚步声。低语声。

噢,老天,这个瘦子想。我也许可以打败一个。我挺壮,跑得也快。但是如果他们带着刀,那就没办法……

兰迪·包格斯向身后扫了一眼。

三个人从身后逼近他。

希望他们没有带刀，千万不要……

他开始跑。

"往哪儿跑，小子？"带有拉丁口音的声音响起，他们突然开始跑步追他。

艾斯西皮奥，是艾斯西皮奥。那意味着他快要死了。

"嘿，包格斯，没用的，根本没用，别跑了。"

但是他还在跑。一步紧似一步，低着头。现在距离警卫室只有四十英尺了。

我能行。我一定能在他们抓住我之前赶到那儿。

老天保佑，让他们用棍棒或者拳头吧。

但是不要用刀。

不要有割开的肉体。

当然了，狱中很快就会传开，说包格斯在危险中是如何跑向警卫室。然后每一个人，甚至包括警卫自己，都会毫不犹豫地为他哀叹。因为如果你的神经崩溃了，你这个人就没希望了。这意味着你会死，你懦弱的灵魂将一点点剥离你的躯体，只是个时间长短的问题。

"该死的。"另一个声音响起，他跑得气喘吁吁，"抓住他！"

"你的玻璃呢？"其中一个人对另一个人说。

尽管声音很低，但是包格斯听见了。玻璃。艾斯西皮奥的同伙可能是指玻璃刀，这是监狱里最流行的武器，因为你可以把刀用胶带包着，藏在身上，通过金属探测器以后再拿出来，警卫绝不会发现。

"放弃吧，小子。我们准备划你两下，给你放点儿血……"

包格斯很瘦，肌肉不发达，虽然跑得像田径运动明星一样快，但是他意识到自己没指望了。警卫们都在第七号警卫室——这间屋子分隔了集体活动设施与各个牢房。窗户的玻璃有一英寸半厚，如果有个人站在窗户前用他流血的手掌猛砸玻璃，除非里面的警卫碰巧看到被刀砍伤的犯人，否则他根本不会听到任何动静，依旧会继续看他的《纽约时报》，享受比萨饼和咖啡。他永远不会知道在他背后两英尺，一个人正流血而亡。

包格斯看见警卫们全聚在屋子里。他们正聚精会神地盯着小电视机里播放的《圣艾尔斯维尔》[①]。

包格斯尽可能快步跑着，大喊："救命啊，救命啊！"

快，快，快。

好吧，他也许应该转身，面对艾斯西皮奥和他的同伙们。用他的长脑袋撞向最近的一个人，打断他的鼻子，试着抓住那把刀。也许那个时候警卫们会注意到这里。

现在是广告，警卫们一边指着电视一边哄堂大笑。一个大个子篮球运动员在屏幕上不知说着什么。包格斯直直冲着他跑了过去。

他想知道：为什么艾斯西皮奥和他的同伙要对付他？什么原因？仅仅因为他是白人？因为他肌肉不够强壮？因为他没有拿着削尖的扫帚杆子和另外十个狱友一起追杀告密者拉诺？

离警卫室还有十英尺……

一只手从后面抓住他的衣领。

"不要！"兰迪·包格斯尖叫。

他感觉自己被扭住，然后一头栽向水泥地面。

他看到电视里那部医疗剧的角色们在手术室里神情肃穆地看着一

[①] 美国医疗题材电视剧，一九八二年首播。

具躯体。

他看到灰色的水泥地面升起,然后又撞向他的脑袋。

他看到一个年轻拉美人手里玻璃刀的闪光。艾斯西皮奥低声道:"干吧。"

这个年轻人手持玻璃刀逼了上来。

但是随后包格斯看到了另一个画面,一个阴影从另一个更黑的阴影里走出来。一个巨大的阴影。

一只手伸出来钳住了持刀人的手腕。

当啷。

阴影的巨手将持刀人的手腕扭向一边,他发出一声尖叫。玻璃刀掉在水泥地面上,摔碎了。

"真主保佑,"阴影的声音低沉又虔诚,"你不知道自己在干什么。"这个声音突然厉声说道:"现在快滚,再来就宰了你。"

艾斯西皮奥和第三个同伙搀着受伤的持刀人,快速沿着走廊离开了。

这个巨大的阴影名叫塞文·华盛顿,因谋杀被判入狱十五到二十五年,后来皈依了伊斯兰教。他扶起包格斯。瘦子闭上眼睛,大口喘气。然后他们一起默默地走向图书馆。包格斯双手剧烈地颤抖着,瞥向警卫室。电视屏幕上,手术室里的躯体奇迹般地恢复了知觉,下个星期的节目预告进入了画面。警卫们笑着,点着头。

四个小时以后,兰迪·包格斯坐在自己的床上,听着他室友的唠叨。此人名叫詹姆斯·威尔克,因二级伤害罪被判入狱八年。

"听说他们找你了,伙计。那个艾斯西皮奥,伙计,他就是个牲口。他想干什么?我想不明白,你跟他好像没什么过节儿,伙计。"

詹姆斯·威尔克一直喋喋不休地说着,像往常一样,说啊说,他妈的不停地说,但是包格斯一句也没听。他蜷坐在床上,膝上放着一本《人们》杂志。但是他没在读这本期刊,只是用这本杂志当桌板,上面放着一张廉价宽格子白纸。

"你要理解我,伙计,"詹姆斯·威尔克说,"我不是在谈论西班牙人种。我的意思是,你知道,问题是他们不像正常人一样看待事情。我想说,比如,生命不是……"

包格斯忽略了室友疯狂的唠叨,最终提笔开始写字。在白纸的左上角他写下"哈里森人的惩戒机构",写下日期,然后他写道:

> 致看到此信的人:
> 你必须帮助我。我恳求你。

谨慎的开头之后,兰迪·包格斯停了一下,思考了很长一段时间,才又开始写字。

第二章

鲁伊看完这盘录像带后又看了第二遍。然后又看了第三遍。

她坐在广播电视集团公司新闻演播室一个不引人注目的角落。新闻演播室是个巨大的开放式空间，高二十英尺，面积有两千平方英尺，由一人高蒙着灰布的可移动隔断分隔出小隔间。需要上镜的房间光线明亮、整洁无瑕，而其他地方的地面与墙面磨损严重，墙皮斑驳脱落，多年沉积的灰尘在墙上形成纹路。要想从新闻演播室的一端走到另一端，你不得不穿越数以百万计的电缆线，绕过无数监视器、摄像机、电脑、办公桌，动作就像跳舞一样。一个巨大的控制室，像是星际飞船的舰桥，俯瞰整个房间。好几十人一群群地围在办公桌和监视器周围。另一些人手中拿着一沓沓纸张、盛着咖啡的蓝色厚纸杯和录像带。还有一些人坐在电脑前打字，或者编写新闻故事。

每一个人都穿着随意，但是工作认真。

鲁伊专注地伏在索尼四分之三英寸录像机和一台作为监视器用的

小彩色电视机前。

扬声器里传出很小的声音："我以前就告诉过他们，现在我要告诉你：不是我干的。"

电视机里的人面容憔悴，脸色苍白，大约三十岁，颧骨突出，留着络腮胡子。他的头发向后梳，在头顶堆起丘比特娃娃式的卷发。当鲁伊十分钟前按下播放键开始观看这盘录像带时，她觉得这个花花公子一定是个彻头彻尾的讨厌鬼。

他身着一件灰色的连体紧身衣，如果是在别的情境——在苏活区的西百老汇——看起来确实漂亮又别致。除了衣服标牌上注明的设计师不是阿玛尼或CK，而是纽约州惩戒部。

鲁伊暂停录像，又看了看手中的信，看着信中歪歪扭扭的字迹。她继续播放录像，盯着小电视的屏幕，听到主持人问他："你什么时候可以申请假释？"

"假释？也许过几年。但是……"这个瘦子看向镜头，然后赶紧移开目光，"如果一个人是清白的，他不应该假释出狱，他应该被立即释放。"

鲁伊看完了录像带剩下的内容，听着他讲述监狱生活条件有多差，典狱长办公室和法庭的人都不愿意理睬他，他的律师有多无能。她很惊讶，他说话的时候竟然一点儿不显得痛苦。他更多的是困惑——就像有些人不能理解空难或车祸的背后还有公正可言。她比较喜欢他这一点；没有谁比一个无辜入狱的人更有权利表现得令人讨厌或者言辞尖刻了。但他仅仅是在说话时表现出他的平静与期望，偶尔伸出一根手指摸摸油亮的络腮胡子。看向镜头时，他显得时而恐惧，时而谨慎，时而局促不安。

她暂停了录像带的播放，目光落在那天早晨最后转到她办公桌上的信。她已经记不清楚是如何收到这封信的——当然了,她就是一个在主流电视节目网络负责日常杂务工作的底层工作人员,这意味着她办公桌上经常会放一堆奇奇怪怪的信——既有出版商信息中心发来的获奖通知,也有袋鼠船长①和爱德华·莫罗②的仰慕者寄来的邮件,都是一帮怪人写的。

正是这封信驱使她进入资料室,翻出那些过去的采访录像。

她又读了一遍。

  致看到此信的人:
  你必须帮助我。我恳求你。

这种口气听起来是如此绝望且令人同情。但是她没有受这种语气的影响,直到看到信的第三段。她又读了一遍。

  真正的事实是,我平时一向遵纪守法,而警察并没有询问所有的证人,或是在询问这些证人时没有问他们应该问的问题。如果他们都做到了,就我看来,他们会发现我是清白的,但是他们没有那样做。

鲁伊盯着屏幕中静止的画面。这是兰迪·包格斯受审几年后,他的脸部特写镜头。

他在哪里出生?她很好奇。他有什么样的个人经历?在高中的时

---

① 美国一个儿童节目中的角色。
② 爱德华·莫罗(Edward R. Murrow, 1908—1965),美国广播新闻界名人,电视广播先驱。

候,他会是个——她妈妈怎么称呼他们的?——小混混?一个油头粉面的家伙?他成家了吗?在某地还有个妻子?也许还有孩子?一个月只许探望一次丈夫,她会怎么办?她还会忠于他吗?她会烤饼干带给监狱里的他吗?

鲁伊又开始播放录像带,眼睛盯着颜色暗淡的电视屏幕。

"你想听听我在想些什么吗?"

至少现在,痛苦开始弥漫在这个瘦弱男人的嗓音中。

"让我告诉你我是怎么开始每一天的。你想听这些吗?"
"任何你想说的都可以告诉我。"画面外的访谈主持人说道。
"你每天六点钟醒来,想起的第一件事就是,我还在这个地狱里面……"

一个贯穿演播室的声音响起:"鲁伊,你在哪儿?来吧,该走了。布鲁克林区到皇后区的高速公路上好像发生了事故。"
"模特"正从他的办公桌前站起来,披上一件棕褐色伦敦雾牌大衣,那件大衣足以使他暖和十度,远超过在四月份的下午所需(但是还算可以,因为这是一件代表记者身份的大衣)。他是个前途无量的记者——一个为公司在本地的下属电台和电视台掌握大都市新闻的行家里手。这个广播电视集团公司拥有并经营着纽约电视台,也是鲁伊现在的东家。他有二十七岁,圆脸,中西部风格的帅哥(似乎有一个词可以模糊地形容他的特点——"满面风尘")。他在镜子前要花去很长时间。没有人像"模特"一样仔细地剃胡子。

鲁伊以前偶尔给他当过摄像技师。当她第一次被委派给他的时候,他真是不能确定自己要让这个留着红褐色马尾辫、身高五英尺出头、体重一百磅多几盎司、长得有点像奥黛丽·赫本的女孩去干什么。"模特"可能更倾向于一个满身酒气、烟瘾很大、长期在本地新闻部工作,并使用十六毫米宝莱克斯摄像机的技师。但是她拍摄的镜头实在太好了,而且没有人比鲁伊更善于装腔作势、恫吓威胁,穿过警方设置的障碍和麦迪逊广场花园的后台保安。

"你在搞什么?"他问,凑近电视屏幕。

"我在我的办公桌上发现了这封信。就是这个犯人写的。"

"你认识他?""模特"漫不经心地问道。他认真地检查,确定大衣腰带没有扭曲,然后穿过塑料扣系好。

"不认识。只不过收信的地址是我们电视网络,我也是才看见。"

"也许是他很久以前写的。"他凑到电视跟前,看着兰迪·包格斯的静止画面,"看起来好像你可以用碳十四鉴定法确定它来自一九六五年。"

"不。"她轻轻叩了叩信纸,"这里标明日期是两天前。"

"模特"很快地读了一遍。"看起来像是这个家伙在牢里住得很不爽。监狱在哈里森,是吗?比阿提卡要好,但是那里也不会有乡村俱乐部。所以,穿好衣服,我们走。"

你想起的第一件事情就是,我还在地狱里面……

"模特"接了个电话。他点着头,看向鲁伊。"太棒了!在布鲁克林区到皇后区的高速路上翻了一辆满载氨水的油罐车。伙计,这将好好地振奋交通高峰期的人们。氨水!我们可不是太幸运了吗?"

鲁伊关闭监视器,走到"模特"凌乱的办公桌前。"我觉得我要见见她。"

"她？谁？"

"你知道我说的是谁。"

"模特"微露笑意。"不会是她吧，那个她？"

"你说对了。"

"模特"笑起来。"为什么？"

关于电视新闻，鲁伊学到了一点：要争取别人的支持，并且把自己的主意藏在心里——除非电视台付钱让你实现自己的想法，而在她身上，他们不会给钱的。所以她说："为了事业的发展。"

"模特"已经走到了门口。"你错过这次任务，就不会有什么事业发展了。这次是氨水。你知道我在说什么吗？"

"氨水。"鲁伊重复道。她把一根螺旋花纹丝质发带绕在马尾辫上，然后套上黑色皮夹克。她里面穿着一件黑色T恤，下身是黄色的弹力裤子和一双牛仔靴。"只需要给我十分钟，我去见那个'她'。"

他拉着她的胳膊，把她转向朝门的方向。"你认为你仅仅需要走进派珀·苏顿的办公室？"

"我会敲门的。"

"嗯，嗯。我们还是走吧，甜心。都不耽误。等我们回来编完新闻以后，你就可以访问狮子的巢穴了。"

一个身影从走廊中出现，那是个穿着牛仔裤和昂贵黑衬衣的年轻人，头发又长又乱。布拉福德·辛普森是个实习生，哥伦比亚区新闻专业学校的高年级学生。刚来的第一年他在邮件收发室工作，现在的工作稍稍有趣一点儿——比如替人端杯咖啡，送盘录像带，偶尔给摄像师或音响组打个下手。他属于那种进取心超强的人——鲁伊可以分辨出他身上的这种特质——但是他的进取心指向的目标是拿到学位，身披布克兄弟套装，投身新闻从业者的行列。布拉福德（"叫我'布拉德'就好")还相当可爱——带点儿学生气和康涅狄格特色,在下属电台电视台和广播电视公司内广受喜爱。几天前,令鲁伊非常惊愕的是,他竟然约她出去。

尽管鲁伊对这一邀请心怀感激,但是她发现自己没办法和喜欢穿多克牛仔裤帆布鞋的人约会,所以拒绝了他到耶鲁俱乐部吃晚饭的提议,而是选择去下曼哈顿为十一点新闻直播拍摄火灾场面。不过,她还是很想知道他会不会再约她出去。当时他没有再约她,现在他也仅仅是看着电视屏幕。看见兰迪·包格斯的侧脸,他问道:"这是谁?"

"他是个囚犯,"鲁伊解释道,"不过我认为他无罪。"

布拉福德问:"理由?"

"只是感觉。"

"鲁伊,""模特"说,"我们没时间了,赶紧走。"

她对他们说:"这会是一个非常棒的故事——把一个清白无辜的人从监狱里拯救出来。"

这个年轻人点点头,说道:"新闻记者总是在做好事——就是这么回事。"

但是"模特"对做好事没什么兴趣;他感兴趣的是氨水。"布鲁克林区和皇后区的高速公路,鲁伊,"他说话时就像一个没有耐心的教授,"马上。"

"噢,那辆油罐车。"布拉福德说。

"看见没有?""模特"对鲁伊说,"所有的人都知道这件事。我们出发。"

"这只是个该死的交通事故,"鲁伊反驳道,"我正在说一个清白的人受到谋杀指控入狱。"

布拉福德说:"这里面大有文章……"他看着屏幕表示同意。"他看起来更像一个受害者，而不是凶手，如果你问我意见的话。"

然而在她表示赞同之前，"模特"拉着鲁伊的胳膊把她拖进了电梯。他们下降到一楼。这幢四层建筑完全占据了城市西北的一个街区，以前曾经做过军械库，后来媒体网络公司把它买下，进行了改建和装修。从外面看，它脏兮兮的，好像应该住着一千个流浪汉；实际上里面是价值五亿美元的电子设备和电视名人。大楼内部的许多空间出租给了地方电视台，但是大部分空间还是被广播电视公司占用。这里录制了几十部肥皂剧，脱口秀，几部情景喜剧，当然还有网络新闻节目。

在车库旁边的装备器材室，鲁伊检查了一下附带安派克斯拾音器和电池包的日本池上摄像机。鲁伊和"模特"钻进依康诺林牌采访车。她抓住侧拉门把手，用力一推，合上车门。她最喜欢这样干，感觉好像一个飞行员准备起飞，前去执行任务。司机是一个精瘦的，留着金黄色细长麻花辫的年轻小伙子，他冲鲁伊伸出大拇指，然后发动了汽车。黑色安息日乐队的狂暴音乐一下子充满车厢。

"把那个垃圾关掉！""模特"大吼，"现在我们出发——我们的氨水在布鲁克林－皇后路！快，快，快！"

这孩子遵照指示，把音乐声调小，然后让采访车尖叫着冲向街道，就好像他为了经典摇滚音乐猛然发出的回击。

在他们穿过曼哈顿的时候，鲁伊漫不经心地看着车外街道上的人，那些人也在看着这辆车。车顶上架着科幻小说中才有的无线电碟形天线，车身侧面印着电视台的呼叫号码，精心设计过。人们总是停下来，看着这些采访车驶过，可能在想车会不会停在附近，会不会有什么新闻事件正在发生，他们自己会不会出现在新闻报道的背景画面里。有时鲁伊会朝他们挥挥手，但是今天她心思不在这儿。她耳边一直是兰迪·包格斯的声音。

你能想到的第一件事就是，我还在地狱里面……

我还在里面……

我还在里面。

"你说说，为什么我不能走进她的办公室找她谈谈？"

"模特"打断她："因为她是新闻主播。"

好像再没什么需要说的了。

鲁伊步履沉重地走在他旁边，穿过连接电梯的老旧走廊，回到新闻演播室。破旧的地毯是海蓝色的，这是母公司的专用颜色。"即使她是新闻女主播又能怎么样呢？她总不能因为我找她谈个话就解雇我。"

"好吧，为什么你不能放弃谈论这个话题而去做个预约？""模特"心情很糟，因为——是的，确实有一辆拉氨水的卡车，而且，是的，卡车的确翻车了，但是没有人告诉电视台这辆卡车是空的。所以，没有氨水泄漏。这辆车甚至幸运地翻滚到了路边，所以高峰期的交通根本没有被扰乱。

他们到达演播室，鲁伊回放她刚才录的卡车镜头。"模特"看着影像片断，好像在想什么令人不悦的话来批评一下她的工作。

她兴奋地说："看啊，我拍到了日落。就在卡车那边。晚霞的脊线，看——"

"我看见了。"

"你喜欢吗？"

"我喜欢。"

"你是真心的？"

"鲁伊。"

倒带的时候鲁伊说:"可是派珀是我的最高老板,不是吗?"

"好吧,某种程度上算是。她为广播电视集团公司工作;你为下属的地方电视台工作。这是很奇怪的关系。"

"我是住在曼哈顿的单身女人,我习惯于奇怪的关系。"

"你看,"他耐心地说,"美国总统掌管着陆军和海军,对吗?但是你见过他去和每一个列兵谈话吗,在他们有困难的时候?"

"这不是问题所在。这是个机会。"

"嗯,派珀·苏顿根本不会关心你的机会,甜心。你要是有想法,应该去找斯坦。"

"他是本地新闻主管。我这个是国内新闻。"

"我不是针对你,但是你只是一个摄像女孩。"

"女孩?"

"对,摄像师。你是一个技师。"

鲁伊兴奋地说:"你都知道她什么事?"

"又是那个她?""模特"盯着鲁伊半天没出声。

鲁伊不好意思地笑了。"说说吧,求你了!"

他说:"派珀·苏顿从我现在的部门开始工作,就在这儿——在纽约本地电台当记者。她后来去密苏里新闻学校上学。不管怎么样,她在记者这一行干得相当好,然后她升职了,而且成为广播电台新闻的主管,后来又升任电台的执行制作人。再后来,她成为广播电视集团公司的记者。

"她多次前往海外,据我所知。她去过中东,而且还因为报道了萨达特遇刺事件①而获过奖。后来她回到这里,主播每周末的节目,然

---

① 穆罕默德·安瓦尔·萨达特,前埃及总统,一九八一年十月六日在开罗举行庆祝赎罪日战争胜利八周年的阅兵仪式上遇刺身亡。

后又去主持《新闻告诉你真相》。最后,他们想把她调到母公司去。他们给她开了个相当好的价码,比如执行副总裁,掌管下属电台电视台等等。但是她并不想做管理工作。她想出镜。她使了点儿小手段进入《时事》节目,并且现在还在。她一年收入上百万美元,住在公园大道。那位女士可是广电新闻界的中心人物,她绝不会花时间和你这样的人闲谈。"

"那是她还没遇见过我。"鲁伊说。

"那她会真心诚意地让你维持原状,相信我。"

"怎么每个人在谈到她的时候都说得好像她是一个悍妇。"

"模特"的鼻子里喷出一串尖笑。"我喜欢你,鲁伊,这就是为什么我不会告诉你更多有关派珀·苏顿的事,从而毁了你的这个傍晚。"

第三章

"你想干什么?"这个女人刺耳的中音厉声道,"你是谁?"

她四十岁出头,脸庞端庄、宽而严肃。她的皮肤干燥,淡淡地施了一层粉;眼睛是深蓝灰色。她的头发大多是金黄色,中间有很多非常显眼的银白头发。一缕缕的发丝被发胶很妥帖地固定着。

鲁伊走到桌子前,抱着胳膊。"我——"

电话铃响起,派珀·苏顿转身一把抓过听筒。她听着,眉头紧皱。

"不行。"她严厉地说。她又听了一会儿,吐出了一个更加严厉的"不行"。

鲁伊瞥向她的乳白色套装和深紫红色衬衫。她的鞋又黑又亮。鲁伊脑海里出现了一些奢侈品牌的名字:博格多夫、班德尔、菲拉格慕。但是她不确定哪个牌子对应的是哪类服装。这个女人坐在一张巨大的仿古办公桌后,背后的墙上挂着胡乱涂抹的现代绘画,还有她与几位总统,以及其他尊贵的灰白头发的人握手或拥抱的照片。

电话一直没停,鲁伊被完全忽视了。她又往四周看去。

办公室的另两面是落地窗,朝向西面和南面。这里是广播电视母公司大厦的四十五层,距演播室仅隔一个街区。鲁伊凝视着远处的地平线,那里可能是宾夕法尼亚。越过办公桌有一组五台二十七英寸的NEC监视器,每一个都调到不同集团公司的电视台。尽管节目声音很小,但是繁忙的电视屏幕仍然在空气中制造着电子元件工作时的嗡嗡声。

"那就去做!"这个女人吼完,把听筒甩到电话机上。

她回头看着鲁伊,一侧的眉毛挑着。

"好吧。情况是这样的:我是一个本地电视台的摄像师,我——"

苏顿的声音骤然升高,带着恼怒。"你为什么在这儿?你怎么进来的?"这两个问题迅速被抛了出来,表明她显然还有更多的话要说。

其实鲁伊可以告诉她,她趁着苏顿的秘书到走廊找上午十点的咖啡车去买杯茶的机会溜进来的。但是她只是说:"外面没有人,所以我——"

苏顿摆摆手制止了她下面的话。她抓起电话听筒,用力戳着内部通话按键。外面办公室传来一阵模糊的电话铃声。没有人应答。她挂上了电话。

鲁伊说:"不管怎么样,我——"

苏顿说"不管怎么样,什么都不要说。快出去。"她低头看着刚才就在读的一页纸,眉头紧锁,精神专注。过了一会儿,她又抬起头,非常吃惊鲁伊还在跟前。

"苏顿小姐……苏顿女士,"鲁伊开始说,"我有这么一个,就像是,想法——"

"一个'就像是'想法?什么叫'就像是'想法?"

鲁伊感觉到脸庞开始发红。

"我有个想法,我想去做一个新闻报道。为你的节目。我——"

"等等。"苏顿一把将她的万宝龙拍在办公桌上,"我搞不懂你在这里干什么。我不认识你。"

鲁伊说:"只要给我一分钟,求你了。"

"我没有时间听你说。我不关心你是不是在这里工作。你想让我叫保安吗?"她再一次拿起电话。

鲁伊停了一下。深吸一口气,她告诉自己,就这样做。她迅速地说到:"根据上个星期CBS/时代周刊的民意调查,《时事》在国内收视率排行名列第九。"她尽量保持自己的声音不颤抖,"三个月以前,相同的民意调查,节目排名第五。下降得相当厉害。"

苏顿用莫测的眼神紧盯着鲁伊的眼睛。啊,天哪,我真的正在说这些吗?但是没有办法,只能说下去。"我可以通过其他方法提高收视率。"

苏顿看向鲁伊胸前挂着的身份牌。啊,好家伙,我要被解雇了。(鲁伊经常被解雇。通常她对此的反应是说:"生活中的小插曲。"并且昂首走向失业登记处。今天她祈祷这种事千万别发生。)

话筒又被放回到电话机上。苏顿说:"你还有三分钟。"

谢谢,谢谢,谢谢……

"好的,事情是,我想做一个报道,关于——"

"你是什么意思,就你也想做一个报道?你说过你是一个摄像师。去把你的想法告诉制作人。"

"我想自己制作报道。"

苏顿的目光又一次上下打量她,这次不再落向她的名字以便提交给人力资源部解聘处,而是近距离地检验她,研究着她年轻且不施粉饰的脸,她的黑色T恤、黑色弹力迷你裙、蓝色连裤袜和红色带流苏的牛仔靴。在她的耳垂上晃动着寿司形的耳坠。在她左手腕上有三块连着破旧皮革表带的腕表，有金色的也有银色的。在她右手腕上有两个手镯——其中一支白银的是两手相握的造型，另一支是代表友谊的编织手环。她肩上挂着一个豹纹的挎包；挎包裂开的一角露出了里面染着墨水点的舒洁纸巾。

"你看起来不像个制作人。"

"我已经做过一部片子。一部纪录片。去年在美国公共广播电视网播出过。"

"许多学生都办到了——我是说幸运的那些人。也许你是幸运的。"

"为什么你不喜欢我？"

"你正推测我不喜欢你。"

"那你说呢？"鲁伊问。

苏顿想了想。无论结论如何，她并没有说出来。"你必须明白。这……"她茫然地冲鲁伊摆了摆手，"是一种即视感，总是会发生。有些人刻意溜进来——通常他们躲在文具储藏室，就等桑迪去取咖啡。"苏顿扬了扬眉毛。"可以说，哦，我收到过很多这种大概的想法，关于一个全新的新闻节目，或是游戏秀，或是特别节目，或者是上帝知道的什么东西。当然那些想法都非常、非常的无聊。因为年轻、充满激情的人们就非常非常无聊。十次有九次——不，一百次有九十九次，他们伟大的想法早就被那些在岗位上真正工作过的人论证完然后抛弃了。你以为没有几百个像你一样的人进到我这里并且对我说着完全相同的事情？啊，注意正确地使用'就像是'这个词。它是个介词，而不是一个形容词或副词。"

两部电话同时响了，苏顿转头去接电话。她使了个小伎俩，用她留着短指甲的手指按下保留通话键，然后又按了另一个。当她挂上电话时，她看见鲁伊坐在对面的椅子上，垂着的双腿前后来回摆着。

苏顿长叹一声。"我还没说清楚吗？"

鲁伊说："我想做一个报道，关于不认为自己杀了人的杀人犯。我希望我的报道能让他获释。"

苏顿的手一下子停在了电话上方。"就在纽约吗？"

"是的。"

"这是都市新闻，不是全国性的。找地方新闻主管谈一谈。你毫无疑问应该知道这一点。"

"我想让这个报道上《时事》。"

苏顿眼光一闪，然后大笑起来。"亲爱的，这是集团公司的旗舰新闻节目。我这儿有一群老资格的制作人带着他们的节目，已经在《时事》排队等了两年都没上，你的那个'就像是'报道，排一辈子都上不了我的节目。"

鲁伊往前凑了凑。"可是这个人已经在哈里森州立监狱待了三年——为了他没犯过的罪行服刑三年。"

苏顿看着她，好一会儿没说话。"你从哪儿得到的内部消息？"

"他给电视台写了一封信。真是可怜。他说如果不能出狱他会死的。不管怎么说，我去档案室找到了一些关于他过去受审的老录像带，而且——"

"谁让你那样做的？"

"没人。我自己想的。"

"你的时间还是我们的时间？"

"嗯？"

"嗯？"苏顿嘲弄地重复了一遍。随后，好像是给一个孩子解释一样，她又问："当你做这项家庭作业的时候，是在你自己的时间还是在我们的时间？"

"算是我的午餐时间。"

苏顿说："算是。哦。好吧，那么这个人是清白的。许许多多清白的人都被定罪，这不是新闻了。除非他很出名。他是名人吗？一个政客，一个演员？"

鲁伊眨眨眼。在这个女人富有穿透力的目光注视下，她感觉非常幼稚。她的舌头开始打结："算是吧，他是谁并不重要，重要的是他被控他没有犯过的罪行并且他或许要烂在监狱里了。要么被杀，要么是别的什么。"

"你认为他是清白的？那赶紧去上法律学校或者建立一个辩护基金，然后把他捞出来。我们是新闻部门。我们不做社会工作。"

"不，这将会是一个真正的新闻报道。而且这会是一种好像……"鲁伊听到了自己笨拙的词语，僵住了。她一定觉得我是个彻头彻尾的白痴。苏顿一挑她的眉毛，鲁伊谨慎地继续说："如果我们让他无罪释放，那么其他的电视台和报纸都会报道我们。"

"我们？"

"好吧，是你和《时事》。因为你们将一个人从监狱里救了出来。"

苏顿摇了摇她的手。"这是一个小故事。这是地方报道。"苏顿当着她的面开始在之前她读的那张纸上写字。她的字迹很优美。"结束吧。"

"好吧，也许你能看看这个。"鲁伊打开包，递给苏顿一份写着故事概要的文档。女主播把它压在办公桌远端，她的瓷制咖啡杯底下，然后继续阅读文件。

在这个女人的办公室外，秘书惊慌地看着鲁伊。"你是谁？"她的声音很高且透着紧张，"你是怎么进来的？"

"对不起,我走错门了。"鲁伊沮丧地说,继续走向一列镶深色面板的电梯。

电梯门刚开,鲁伊就听到一个像是钢铁摩擦石头的嗓音。"那个谁,"派珀·苏顿喊到,手指着鲁伊,"回来。现在。"

鲁伊迅速走回办公室。苏顿将近六英尺高,比她高很多。她还不知道到原来女主播有这么高。她恨高个子的女人。

苏顿把门一甩,大门在她们身后关闭。"坐。"

鲁伊照她说的做了。

苏顿也坐下,说:"你刚才没告诉我这件事和兰迪·包格斯有关。"

鲁伊说:"他没有名气。你说你不关心那些没有——"

"你早该告诉我全部的事。"

鲁伊看起来有点后悔。"对不起,我没想到。"

"没关系。包格斯会成为新闻的。告诉我你都发现了什么?"

"我读了那封信。我还看了那些录像资料——关于审判和一年前在监狱里对他的一次采访。他说他没有犯罪。"

苏顿追问:"还有呢?"

"还有,就这么多。"

"你这是什么意思,'就这么多'?这就是为什么你认为他是无辜的?因为他这样说?"

"他说警察没有真正调查这桩案子。他们没有找到足够的证人,而且根本没有花费时间询问那些已有的证人。"

"他没对他的律师说这些事情吗?"

"我不知道。"

"仅此而已?"苏顿问。

"就是这样。我……我不了解。我看着录像里他的脸,我就相信了他。"

"你相信他?"苏顿又大声笑起来。她打开办公桌的抽屉,拿出一盒香烟,抽出一根烟,用一个银色打火机点燃。深深地吸了几口。

鲁伊环顾房间四周,试图想出个答案为自己分辩。在派珀·苏顿的审视下,她脑子里的大部分想法都不知道飞去哪儿了。她所能说的只是"读读那封信"。鲁伊看向她交给这个女人的文档。苏顿拿出来开始读。她问道:"这是复印件。原件在你那儿?"

"我想,如果他能获得重审的话,警察可能需要这份文档作为证据。原件锁在我的办公桌里。"

苏顿合上文档,说:"我猜我正在审视一位人类品格的法官。你是,那种……正义的灵媒?你感觉到了这个人是无罪的,并且确信无疑?听着,亲爱的,尽管听起来像个新闻专业教师,我还是要说你。在新闻中我们只关注一件事:真相。仅此而已。你只是感觉这个人无罪,好吧,你就这么想。但是你根据谣言提出问题,只是因为你收到了某种包格斯无罪的心灵感应,那么这种狗屁将会极快地毁掉一个新闻部门,更不要说你的事业了。在商业活动中,不受支持的诉求就像是氰化物。"

鲁伊说:"我会正确地完成这个报道。我知道如何去研究;我知道如何去采访。我不会做一件事而没有……"啊,坏了,是corroborated 还是 collaborated[①]?是哪个词?鲁伊对发音相近的词总是分不清楚。"……得到证据支持。"

苏顿平静地说:"那好,你现在说的是你有一种预感,并且你想证明它。"

"我想是这样。"

[①]前者为"证实",后者为"合作",发音相近。

"你想是这样。"苏顿点点头,然后用手上的烟指了指鲁伊,"我问你一个问题。"

"尽管问。"

"我并不想建议你不去做这个报道。"

鲁伊尽力去理解她话里的好几个"不"。

苏顿继续说道:"我从不建议一个记者不去追逐一条对他来说感情强烈的报道。"

鲁伊点点头,深思着这些双重否定的句子。

"但是我只是怀疑你的努力有可能用错地方。包格斯上了法庭,甚至你证明了审判里有一些小小的不合常规之处,然后呢?"

"可是我就是有他是无罪的这种感觉。去验证一下不会有什么损失。"

苏顿皮肤干燥的脸缓缓地审视着这个房间,最后落在这个年轻女孩的身上。她低沉着嗓音说:"你确定自己不是在做一个关于你自己的报道?"

鲁伊眨眨眼。"我?"

"你正在做一个关于兰迪·包格斯的报道,还是关于一个年轻而富有上进心的记者?"苏顿又笑了,一个带着儿童那种假装无辜的笑容,说,"你最关心的是什么——告诉公众包格斯案的真相,还是让自己获得名声?"

鲁伊沉默了一分钟。"我认为他无罪。"

"我不打算在这件事上面和你争论。我只是问这个问题。只有你能回答。我想你需要认真深入地思考,才能诚实地回答这个问题……如果——我不说他会被证明无罪,因为我不认为如此——但是如果你找到了一些新证据以说服法官重新审理他的案子,会有什么结果?在审理期间让他获得自由？如果在审理期间他抢劫便利店，杀害店员或者是顾客怎么办？"

鲁伊望着别处，不能理解她的想法。太多严苛的问题。女主播的话很有道理。她说："我相信他无罪。"但是声音里带着不确定。她恨这种声音。随后她坚定地说："这个报道我一定会做好。"

苏顿凝视着她好长一段时间，然后问："你曾经为新闻节目做过预算吗？你曾经给别人分派过任务吗？你参加过团队工作吗？"

"我就在团队里。我是摄像——"

苏顿提高了声音。"别蠢了。我知道你在团队里工作。我正在问你有没有作为领导者处理过事务？"

"没有。"

苏顿严厉地说："那好，不管你要做什么，你成不了一个真正的制作人。你太没有经验了。"

"不用担心，我是，大概，非常——"

苏顿的嘴一撇。"热情？一学就会？努力工作？这些都你想说的吗？"

"我能干好。这才是我想说的。"

"奇迹可以发生，"苏顿说，用长长的手指指着鲁伊，"你能做助理制作人。你可以报道，而且你能……"苏顿轻蔑地一笑，"'就像是'编写这个新闻报道。假设你写得比你说得更准确。可是我需要一个有一定经验的人来掌舵。你太——"

鲁伊站起来，双手撑在桌面上。苏顿靠着椅背，目光闪烁。鲁伊说："我不是小孩子！我到这里来告诉你这个故事，我想这会对你和公司有好处，然而你做的一切都是在侮辱我。我没有必要一定要到这儿来。我可以去见你的竞争对手。我还可以悄悄地自己一个人完成这个报道。但是——"

苏顿大笑，抬起手。"得了，宝贝儿，请宽恕我。我没有必要见识你的勇气。这个行当里每个人都有勇气，否则不到五分钟就会被揪着耳朵拎出去。我并没有得到深刻的印象。"她拿起钢笔，在鲁伊面前飞快地读着文件。"你想做这个报道，去见见李·梅塞尔。你将为他工作。"

鲁伊站了一会儿，她的心脏剧烈地跳动着。她目不转睛地看着苏顿读着一份像《时代》杂志周日版广告别册一样厚的合约。

"还有别的事吗？"苏顿抬头看了一眼。

鲁伊说："没有。我只是想说我会干得很棒。"

"好极了。"苏顿平淡地说。然后又问："再给我说一遍你的名字？"

"鲁伊。"

"这是个艺名？"

"算是吧。"

"好吧，鲁伊，如果你真正去做这个报道，你不要半途而废，因为工作会很多，或者很难，或者你没有足够厚的脸皮——"

"我不会放弃。我要让他获释。"

"不，你要找到真相。不管真相是什么，无论他被释放还是证实他绑架了林白家的小孩[①]。"

"好的，"鲁伊说，"真相。"

"如果你真的要做这个报道，不要告诉任何人有关的情况，除了李·梅塞尔和我。我需要定期收到你的阶段性报告。口头报告。不要

[①]指美国飞行英雄林白之子被绑架并撕票的案件，美国二十世纪二十年代轰动全国的大案。

有废话。懂了吗？不要泄露给任何人。这是你现在能做的最重要的事。"

"那些竞争对手不会发现的。"

苏顿叹了口气，摇摇头，和鲁伊的代数老师得知她补考仍旧不及格时的动作一模一样。"我不担心对手的问题。我担心的是你判断有误，他真的有罪。如果我们的某个报道被其他公司抢走了——这经常发生，只是游戏的一部分；但是如果我们现在做的这件事情在周围传开，结果证明我们是错的，我的屁股就危险了。明白吗，亲爱的？"

鲁伊点点头，很快就在和苏顿的对视中败下阵来。

苏顿用一个问题打破了紧张的气氛。当她问话时听起来略带笑意。"我对一件事情感到好奇。你知不知道兰迪·包格斯因为杀害了谁而被定罪？"

"我见过他的名字，但是我记不清了。可是我将会——"

苏顿举手示意打断她的话。"他的名字是兰斯·霍珀。你想起来什么了吗？"

"没有。"

"这名字应该能让你想起什么。他是这个集团新闻部的主管。他曾是我们的老板。现在你明白为什么说你在玩火了吧。"

第四章

李·梅塞尔是一位身形庞大、秃顶、留着胡子的五十多岁的男性。他穿着棕色的便裤和粗花呢夹克衫,里面是一件衣领带纽扣的衬衣,没系领带,还套了一件深紫红色与米黄色相间的菱形花纹毛衣。经过长年的烟熏和使用,他的海泡石烟斗泛着黄色。这个烟斗只是他桌面上散落的十多个烟斗之一。他看起来不像这个国家最受欢迎的电视新闻节目的执行制作人,一年挣一百多万美元。

"我的意思是,我怎么可能知道兰斯·霍珀是谁?"

"说得也是啊。"

梅塞尔和鲁伊坐在他位于老军械库大楼中集团公司分部的大办公室里。和派珀·苏顿在母公司的高层办公室不同,梅塞尔的办公室只有三十英尺高,向窗外望去是个小胡同。留在下面,和他的部队在一起——鲁伊喜欢这一点。梅塞尔看起来也像个将军。她可以想象出他穿着卡其色的短装,戴着棕黄色钢盔,在北非战场上派遣坦克攻打纳粹的样子。

鲁伊坐在巨大的咖啡先生牌咖啡机旁边。她看着这个机器,心里拿不准——好似壶里盛着的咖啡是核废料。他说:"这是土耳其咖啡。"他给自己倒了一杯,扬了扬一侧的眉毛问鲁伊要不要。她摇了摇头。

"派珀真是高高在上,你说呢?"鲁伊问。然后她突然意识到也许她不应该这样谈论苏顿,至少不该对梅塞尔这么说。

然而梅塞尔没说什么。他问:"你没有全面了解这事的意义?我是说霍珀的事?"

"我只知道派珀说他是集团公司的头头,我们的老板。"

梅塞尔转身来到书柜前,翻动着一大堆封面光鲜的杂志。他找出来一本递给鲁伊。这不是一本杂志,而是一份集团母公司的年度报告。梅塞尔身体前倾,把报告打开到中间的一页,然后用粗大黑黄的指尖指着一张照片。"这就是兰斯·霍珀。"

鲁伊读道:劳伦斯·W.霍珀[①],执行副总裁。她看着这个高个子、下巴宽厚、穿着深色西装白色衬衫的生意人。他戴着一条红色的领带,五十多岁,是那种英俊的生意人类型中的典型。眼神像岩石一样坚定。

"你能明白你做了什么了?"梅塞尔说。

"不,不完全明白。"

梅塞尔伸出舌头舔了一下嘴角。他把玩着一个烟斗,然后放回原处。"包格斯被控谋杀的那个人,我不仅认识,还和他一起工作过。派珀也认识他,而且也和他在一起工作过。虽然兰斯是个狗娘养的,但他是个极好的记者,改变了整个集团公司。他可以和沃尔特·克隆凯特、大卫·布林克利、迈克·华莱士并称为广播电视新闻业的佼佼者。

---

① 兰斯是劳伦斯的昵称。

他就有那么优秀。每一个人都尊重兰斯·霍珀。当包格斯被判有罪时，你应该可以听到新闻演播室里的掌声。现在你到这儿来说包格斯没有犯罪，那会在这里引发一系列问题。事关忠心的问题。这会带给你，以及每一个卷入此计划的人很多的麻烦事。"

梅塞尔继续说道："看，我自己采访过包格斯。他是个流浪汉。他一生中从来没有得到过一份体面的工作。所有的人都同意陪审团的意见，认为是他干的。如果你是正确的并且他是清白的，那么你在这里将成为非常不受欢迎的人。而且你不会从法官和检察官那里赢得任何奖励。如果你错了，你将仍旧是个非常不受欢迎的人——但不是在这里，因为你将不会在这里工作了。明白这件事的重要性了吗？"

"可是名望有意义吗？如果他无罪，那么他就是无罪的。"

"你真的像你看起来那么天真吗？"

"彼得·潘是我最喜欢看的剧。"

梅塞尔笑了。"也许有勇气真的比有脑子要强。"鲁伊闻到他呼吸中带着酸甜味的威士忌的味道。是的，梅塞尔一定是那种老派的新闻记者。

"为什么你不找一个还算不错的罪犯，那种蒙冤入狱的人，再把他捞出来呢？为什么你要为一个浑蛋寻求正义？"

鲁伊说："无罪的浑蛋和无罪的圣人都不应该待在监狱里。"

她的话引起了一阵直率的大笑。鲁伊看出来他原本是不想笑的。他盯着她看了一分钟。"派珀打电话给我说有一个，嗯，来自地方电视台的急不可耐的年轻人——"

鲁伊问："她就是这么描述我的吗？急不可耐？"

梅塞尔用一支看起来像一个巨大扁平的指甲一样的银色工具掏挖他的烟斗。"不完全是这个意思，但是我们姑且这么说。当她告诉我这件事的时候,我想,哎呀,妈呀,又来了一个。急不可耐,令人讨厌,野心勃勃。但是她不会有勇气和毅力。"

"我有勇气和毅力。"

梅塞尔说:"我认为你可能有。我必须告诉你——即使我认为包格斯是有罪的,但那个案子有点儿过于顺利了。而且判得太快了。"

"在审判前媒体没有调查他吗?"

梅塞尔靠在椅背上。"媒体在审判期间深入调查了所有的被告。这是常有的事。不,我只是在说警察和法院系统……我认为这件事或许是——或许是——一个有内幕的故事。如果你走对路的话。"

"我能做好。我真的能。"

"派珀说你是个摄像师。你有从事其他工作的经验吗?"

"我做过一部纪录片,在公共广播电视网播放过。"

"公共广播电视网?"他嘲弄地问道,"好吧,《时事》与公共广播电视网的节目有极大的不同。它一个星期的制作费用就要花掉五十多万美元。我们没有政府拨款;我们靠广告收入生存,并且根据尼尔森电视收视率调查和阿比创广播收听率调查上下浮动。我们有自己的方式。上个星期我们的收视率是十点七。你知道一个点代表的意义吗?"

"不太懂。"

"每一个点就意味着九十二万一千个家庭在收看我们的节目。"

"太厉害了。"鲁伊说,她算不清楚,但是能想到有很多很多人将会看她的节目。

"我们正在和一些电视节目历史上最大制作的节目比拼。这一季我们领先于《隔壁邻居》和《边界巡逻》。"

鲁伊点点头,看起来印象深刻。虽然她只看过一集《隔壁邻居》——这一季最热门的情景喜剧——但是认为这部剧是电视里最蠢的节目，充斥着俏皮话、扮怪相以及白痴般的笑话。《边界巡游》有优美的画面和极棒的音乐，尽管节目从头到尾只是一个年轻代理人和一个老一点、聪明一点的代理人就国家机构工作程序问题展开辩论，每个星期轮换为对方捧场，同时向观众开出大剂量的政治改良药。

而另一方面，《时事》她期期都看。

梅塞尔继续说道："每周我们有四个十二分钟长的节目，吸引了几百万美元的商业广告。你没有时间闲下来；你没有时间展开主题并给予表现观众情绪的镜头。你会拍摄十万英尺长的片子，却只用五百英尺。我们是最优秀的。我们有计算机图解法计算声音；我们付给顶级的新时代音乐家九万美元，用电子设备合成主题音乐。这是重要时刻。我们的报道不是关于变性手术、海豚拯救渔夫、三岁大的毒品贩子。我们报道新闻事件。它是一期杂志，就像老的《生活》[①]杂志和《看》[②]杂志。记住这一点。"

鲁伊点点头。

"杂志，"梅塞尔继续说，"带影像。我会需要很多的影像——原始的犯罪场景、老镜头、新的访谈。"

鲁伊坐直说："噢，太棒了，能引起幽闭恐惧症的监狱场景怎么样？你明白的，小小的绿色房间和铁栅栏？或许他们在这些房间里用水龙头喷囚犯？包格斯入狱前后的照片——让大家看看他进去以后变得多么瘦弱和苍白。"

"不错，我喜欢这个主意。"梅塞尔看着一张纸条，"派珀说你现在

[①] Life，一本在美国发行的老牌杂志，创刊于一九三六年，定位为新闻摄影纪实杂志，属于时代华纳公司。
[②] Look，一九三七年起发行的美国杂志，双周刊，以图片为主。库布里克曾为该杂志的摄影师。

为地方电视台工作。我可以将你指派给我。"

"你是说我将参加你们的节目组？《时事》的？"她的脉搏跳动次数呈几何级上升。

"只是临时的。"

"太好了。"

"也许行，也许不行。"梅塞尔说，"让我们看看你在访问完一百人并且通宵工作以后会感觉如何——"

"我任何时候都可以兴奋到深夜。"

"编辑录像带？"

鲁伊勉强承认："通常是跳舞。"

梅塞尔说："跳舞。"他看起来被逗乐了。他说："好的，这就是当前的形势。正常情况下，我们会委任一名节目组制作人，但是，因为某些原因，派珀希望你直接和我工作，再没有别人。我提供不了摄像师，所以你只能自己干。可你知道硬件怎样工作——"

"我正在攒钱购买我自己的索尼贝塔制式摄影机。"

"好极了。"他说完，疲惫地叹了口气，然后挑选了一只烟斗，又从办公桌里拿出装着烟草的皮革小口袋。

秘书留着卷发的脑袋出现在门口，她说梅塞尔十一点的预约马上就要到了。他的电话铃也响了。现在他的注意力去了别处。"有一件事。"他对鲁伊说。

"什么事？"

"不管这个报道将你带向何方，只要你坚守规矩，我都会百分之一百地支持你。但你要是歪曲事实，试图编造不存在的故事，臆测猜想，对我、派珀和观众说谎，我将会在一秒钟之内开除你，并且在这个城市的新闻界你将永远找不到工作。明白吗？"

"明白，先生。"

"那么，去工作吧。"

鲁伊眨眨眼。"这就算完了？我想你会，像是……告诉我要做什么或者之类的事。"

梅塞尔一边转身去接电话一边不耐烦地说："好吧，我告诉你要做什么：你认为那里有故事？那么去把它搞出来。"

"这不是你本人。"

"肯定是我本人。我唯一对自己的头发做过的事是我用了海娜粉①和这种紫色的东西，然后又用了摩丝让它立起来……"

这位纽约州惩戒部曼哈顿办公室的警卫看着鲁伊公司发的记者证塑料卡片，上面还拴着镀铬的链子。记者证照片中的她的头发像啄木鸟羽冠一般高耸闪亮，戴着圆圆的浅色约翰·列侬式眼镜。

"这不是你本人。"

"不，真的是。"她从提包里掏出眼镜戴上，然后用手抓住头发往上一提，"你看？"

警卫看看照片又看看真人。看了一会儿，他点点头，将卡片还给她。"你想知道我的意见吗？别再给你的头发用那种东西，那对任何人都不健康。"

鲁伊把卡片戴到脖子上。她走进主办公室，看到了公示板、政府配发的办公桌，还有陈旧的喷嘴式饮水龙头。这里看起来就像是管理监狱的人应该工作的地方：令人产生幽闭恐惧，缺乏色彩且静悄悄的。

---

①海娜花（即指甲花）做的天然染发粉末。

她想到了可怜的兰迪·包格斯,他在狭小的牢房中住了三年。

你能想到的第一件事就是:我还在地狱里……

一个穿着皱皱巴巴的乳白色西装的男人经过她身边,瞥见了她的记者证。他停住脚步。"你是媒体?"

鲁伊刚开始没听懂他的话。"哦,媒体。是的。我是一名记者。《时事》节目的。你知道吗,新闻——"

他笑起来。"每个人都知道《时事》。"他伸出手,"我是比尔·斯文森,这里的媒体关系主管。"

她握着他的手介绍了自己。然后她说:"我想我正在找你。我必须找个人谈谈关于采访一名囚犯的事宜。"

"这是为了写报道吗?"

鲁伊说:"啊,哦。"

"没问题。但你不是必须来找我们。你可以直接联系典狱长办公室请求批准,然后联系囚犯本人。如果典狱长批准,你就可以安排时间会面。"

"就这么多?"

"是的。"斯文森说,"哪所监狱?"

"哈里森。"

"工作很辛苦,对吗?"

"是的,我想应该是。"

"你要见哪个囚犯?"

她犹豫着。"哦……"

斯文森说:"我们需要了解。别担心——我不会泄露秘密。我干到现在还从来没有欺骗过记者。"

她说:"好吧,是兰迪·包格斯。他因杀害兰斯·霍珀被判有罪。"

斯文森点点头。"哦,当然,我记得这个案子。三年前的事。霍珀在你们公司工作,对吗?等等,他是集团公司的领导吧。"

"正确。只是有一件事,我认为包格斯是无罪的。"

"无罪,真的吗?"

鲁伊点点头。"我想试试让这个案子重审并让他获释。至少进行一次新的审理。"

"那将会成为一个顶呱呱的报道。"斯文森前后看看大厅,"想听点儿秘密消息吗?"

"当然。"鲁伊兴奋得直起鸡皮疙瘩。这人是她的第一个秘密消息来源。

"每年在纽约有几十个人被错误地定罪。有时他们会被释放,有时则不行。一想到这种事情在发生我就感到恐惧。"

"我想那将是个很好的报道。"

斯文森开始走向大厅,前往大门口。鲁伊跟在他后面。他说:"前台的人会给你哈里森监狱典狱长的电话号码。"他送她穿过警卫岗哨,直到大门口。她说:"我很高兴能遇到你。"

"祝你好运,"他说,"我很期待这个节目。"

第五章

当鲁伊跨过跳板来到她的船屋上时,这所停靠在哈德逊河上位于格林尼治村西边的船屋正在轻柔地摇晃。她听到里面有人在哭,是孩子的哭声。

她的手在门锁前犹豫了一会儿,然后用钥匙打开房门走了进去。

"克莱尔!"鲁伊试着叫了一声。然后,因为她不知道要说什么,她又加了一句:"你还在吗?"

在客厅中间,一个年轻的女人跪在那里,抚慰着三岁大的考特妮。克莱尔冲鲁伊点头示意,阴沉地笑笑,然后转向这个小女孩。

"没事的,宝贝。"

"发生什么事了?"

"她只是摔了一跤。她好着呢。"

克莱尔比鲁伊大几岁。她们俩长得非常像,除了克莱尔的打扮是"垮掉的一代"的风格,而鲁伊是"新浪潮"的复古风格以外。克莱尔的头发被染成黑色，并扎成一束朴素的马尾辫。她经常穿着一条七分裤和一件黑白条纹的套头衫。她的脸像死人一样苍白，嘴唇则是刺眼的深红。蜜丝佛陀都不敢卖这样的口红。她住在这里唯一的好处是——自从她停止付房租开始——她把自己的时尚理念加入了船屋的装饰中，那是二十世纪五十年代的郊区风格。

在克莱尔丢掉百老汇塞莱斯舍尔水晶饰品店的工作，并且被赶出位于东村无电梯公寓的五楼的房子之后，她恳求鲁伊收留她和她的女儿。克莱尔说："求求你，只住一两天。我们会很开心的，就像开睡衣派对一样。"

那是六个星期以前的事——接下来发生的事并不像鲁伊参加过的任何睡衣派对。

今天早上，在鲁伊上班前，克莱尔告诉她说自己找到了一份新工作，并且保证她和考特妮将在晚饭前搬走。

现在，克莱尔站起来，厌恶地摇着头。"事情是这样的，那个人又取消了。这些人，这些畜生。"

鲁伊想不起来"那个人"是谁，或是他取消了什么，但是鲁伊现在比克莱尔更痛恨他。她应该去……现在谈还是过一会儿再说？她决定是现在，但是她的勇气消散了。妈的。她把豹纹背包扔在她从街上捡来的紫色圆形粗毛地毯上，然后弯腰亲亲三岁孩子的前额。

考特妮停住哭泣。"鲁伊，"她说，"故事。给我讲个故事吧？"她穿着蓝色牛仔裤和一件脏兮兮的黄色套头衫。

"过一会儿，宝贝。该吃晚饭了。"鲁伊边说边蹲下来抚摸着小女孩黑色的鬈发，"这种头发太了不起了。"她站起来走进船屋厨房，把提子果仁脆麦片倒入一个大碗里，又加了些巧克力片和腰果，同时对克莱尔大声说："我在说她的头发。我们用的垃圾都是怎么回事？又染又定型又烫。我敢打赌如果你从不碰你的头发,它会永远像考特妮的那样好。"

克莱尔酸楚地说:"好吧,当然是这样,可那样会很无聊。"

鲁伊回到客厅,边吃麦片边喝着莫尔森金牌啤酒。"你吃过了吗?"

"我们吃的中国菜。"

"考特妮也吃了?这样对她好吗?"

克莱尔说:"你开什么玩笑?中国有十亿人,你认为他们靠吃什么长大?"

"我不知道——"

"你还在吃那种屎一样的东西?"克莱尔瞥了麦片一眼。

"我又不是三岁小孩。你没有看广告吗?她应该吃装在罐子里的那种黏糊糊的东西,你知道,比如纯的胡萝卜和菠菜。"

"鲁伊,"克莱尔说,"她不是婴儿。她已经长牙了。"

"我喜欢吃菠菜。"考特妮说。

鲁伊说:"如果我是你,我会去看那本书,斯波克①。"

"老版《星际迷航》里的那个人吗?"克莱尔问。

"另一个斯波克。"

克莱尔说:"瓦肯神经掐②。这是我最想学的一招,只要一下就能让他们马上睡着。"

"谁是瓦肯?"考特妮问。然后她不等克莱尔回答,转身跑进卧

---

① 指本杰明·斯波克(Benjamin Spock,1903—1998),美国儿科医师,畅销书《婴幼儿护理》的作者。克莱尔则以为是《星际迷航》里企业号飞船上的科学官,瓦肯人和人类的混血儿。
② 《星际迷航》中瓦肯人的一种招数,用力掐住脖子后面的一点可以使对手陷入昏迷。

室。过了几分钟,她回来了,手里拖着毛绒玩具龙的尾巴。

鲁伊摆弄着龙让它跳舞,然后把考特妮抱到怀里。她问这个小姑娘:"它叫什么名字,你还记得吗?"

"珀耳塞菲。"

"非常好。珀耳塞福涅。谁是珀耳塞福涅?"

考特妮举起手里的玩具龙。

"不,我是说在真实生活中。"

克莱尔说:"真实生活?"

"她是个女神,"考特尼答道,"她是宙斯的小女儿。"

克莱尔说:"我不认为这是个好主意,你教她这些东西,好像真有这回事儿一样。"

"什么事不是真的?"

"比如男神啊、女神啊、仙女啊这些狗屁。"

"狗屁。"考特妮说。

鲁伊对克莱尔说:"你说那些都不是真实的?"

"你相信罗马女神吗?"

"珀尔塞福涅是希腊女神。我可没说我相信,也没说我不信。"

"我希望她以后成为一个脚踏实地的人。"克莱尔说。

"哦,说到现实,"鲁伊说,"你这辈子的理想就是走遍曼哈顿市中心每一处娱乐场所,而且喝酒永远不花自己的钱。这就是你所谓的现实?"

"我希望她一下就成年。"

鲁伊低声说:"她三岁了。她会长得很快。"

克莱尔冲鲁伊一挑眉毛。"我认识一些人,他们成功地拒绝了进入成年人的世界。"她甜甜地笑着,"帮个忙,求你了!"

"我可没钱。"

"不,我想说的是我今天晚上要出去。你帮我看孩子,好吗?"

"克莱尔——"

"我遇到一个人,他说有个工作。他也许会雇我。"

"你准备在哪个娱乐场所见他?"鲁伊挖苦道。

"巴西人之声音乐餐厅,"克莱尔承认,"但是他真的说他能给我找个工作。答应吧,求你了……"她看向她女儿。"你们俩相处得挺好的。"

鲁伊看着考特妮。"我们相处得挺好,是吗,伙计?来和我击个掌。"她把手举在空中,考特妮爬过来。她们俩手掌相互一拍。

"伙计。"小姑娘说完爬回到珀耳塞福涅那里。鲁伊看着她的脸,没觉得她长得有多像克莱尔。她想知道这孩子的父亲是谁。她知道有时克莱尔也在想同样的问题。

过了一会儿,鲁伊说:"你看,我不是,比如,不太会说这些事情……"鲁伊停了一下,希望克莱尔能明白她的暗示。但是她正聚精会神地将一个假钻石鼻钉穿进鼻翼一侧的小孔里。鲁伊继续道:"我想说的是,你真的应该找个地方住。"

"我没想着在这儿长住。在曼哈顿找个地方住太难了。"

"我知道,"鲁伊说,"你看,我不是想赶你出去。"

克莱尔想了一会儿。"实际上我正打算回波士顿去。刚有了这么个想法。你觉得呢?"

哈里路亚!

鲁伊说:"我认为这是个非常成熟的想法。"

"真的吗?"

"真的。绝对是真的。"

"我会和我妈妈住在一起。她有大房子。我可以自己住在楼上。唯一麻烦的事情是我不知道自己在那里能干什么。"

鲁伊同样不能肯定克莱尔在曼哈顿这里能干什么，除了待在家里或是去泡吧。在波士顿她也可以天天做这两件事，而且花费要少很多很多。但是她说："波士顿应该是个好地方。历史，有很多的历史。"

"对，历史。可是，对不起，历史和你有什么关系？"

"你不用和它有任何关系。历史只是历史。"鲁伊把考特妮举到窗台上，托着她的屁股。"看那里，宝贝，想象一下三百年前的景象。你知道那里住着什么人？印第安人！卡内西印第安人。那里还有狗熊、小鹿和其他动物。"

"像是动物园。"小姑娘说，"我们能去动物园吗？"

"当然可以。也许明天就去。看那里，那些路，那里过去种的都是烟草。他们叫那里萨波卡尼肯，意思是烟草农场。后来有些移民从纽约城来到这里——都经过炮台公园。他们来到这儿，是因为他们都感染了可怕的瘟疫和传染病——他们看见这片原野和农田，就称呼这个地方为格林村[①]——"

克莱尔打断了她。"现在叫格林尼治村，到处是面包店、咖啡店、ATM自动取款机和复古式成衣店。"

鲁伊摇摇头。"哦，你还是这么像在演情景喜剧，真讨厌。"

克莱尔说："所以——波士顿……你介意我在那里住一段时间吗？"

介意？鲁伊感觉好像她马上就要拿起青绿色的蒂芙尼行李箱。"我要说：马上去。"

[①]原文为 Green Village，Green 是绿色的意思。

"我会的，"克莱尔昏沉沉地说。她打个呵欠，从提包里取出一个小玻璃瓶。"你想来点儿可乐①吗？"

"可乐。"考特妮说。

鲁伊猛地抓住克莱尔的胳膊，恶狠狠地低声道："你疯了吗？看看你都教她什么。"她从克莱尔手里夺过玻璃瓶，又把它丢回包里。

克莱尔恼怒地把包抢回去。"可乐是真实的，龙和女神不是。"

"你自己留着你的真实吧。"鲁伊站起来，牵着考特妮的手走到外面的甲板上，"来，宝贝，我要给你讲故事。"

一个小时后，考特妮恳求道："再讲一个，求你了。"

鲁伊考虑了一下，迅速浏览着这本童话书。她望向厨房，看见克莱尔正在随身的小镜子上将可卡因拢成一条线。

"好的，"鲁伊说，"再讲一个，然后就去睡觉。"

她看着正好打开的那一页的故事笑了。"《雪公主》。"这看起来是个好选择。同时，克莱尔的鼻子沿着那条线使劲一吸。

"很久很久以前——"

"在一个遥远的地方，"考特妮打个哈欠，躺下来把头枕在鲁伊腿上。

"说对了。……在一个遥远的地方，生活着一对老夫妇，他们一直没有孩子。"

"我是孩子。"

"这个男人和女人相亲相爱，但是他们梦想着如果有一个女儿分

---

①俚语，指可卡因。

享生活该有多高兴啊。后来,一个冬天,在丈夫穿过森林回家的路上,他看见了孩子们堆的雪人。这时他有了一个主意。他回到家,和妻子一起用白雪堆出了一个小公主。"

"什么是白雪?"

"去年冬天时候,白色的东西。"

"我不记得了。"小姑娘说,皱着眉头。

"天上落下来的东西,白色的。"

"羽毛?"

"不是,雪是湿的。"

"牛奶?"

"别管了。总之,这对夫妇睡觉了。他们晚上一直祈求啊祈求啊,你觉得会发生什么?"

"他们有了一个小女孩?"

鲁伊点点头。"早晨的时候当他们醒来,发现一位最漂亮的小公主,她看起来就像昨天晚上那对夫妇堆的雪人。他们拥抱她,亲吻她,天天和她一起玩,带这个小姑娘去森林里散步。这对夫妇非常高兴……

"后来有一天,一个英俊的王子骑着马踏雪而来,看见了这位雪公主正在老夫妇房子边的雪地里玩。他们看着对方,然后相爱了。"

"什么是——"考特妮开始问。

"别管那个。后来王子想让公主和他一起去山脚下的城堡里生活。公主的父母非常伤心,求她不要走。但是她与王子结婚了,然后去了城堡里。

"整个冬天他们都很快乐。后来在春季里的一天,太阳出来了,又亮又热。当雪公主和她的丈夫一起散步……"

鲁伊停住,提前看了看下面的故事——特别是那段,太阳越来越热,公主开始融化,雪水穿过她丈夫的指间流向地面,直到一无所有。她看着小姑娘期待的脸想道:现在有麻烦了。

"快讲啊。"考特妮说。

鲁伊假装在读故事:"好吧。太阳是那么热,白雪公主想起了自己是那么想念她的父母。她吻别了她的丈夫,翻过大山回到了村子里,在那里她和父母在一起,找到了一份工作,然后遇到了一个好看的小伙子,他也是雪做的,他们在一起快乐地生活了很多年。"

"我喜欢这个故事。"考特妮以发表官方声明的口气说道。

克莱尔来到甲板上。"该睡觉了。"

考特妮没有太多抵触。鲁伊亲亲她,跟她说晚安,然后帮克莱尔给她穿上睡衣,抱她上床。

"你知道吗,如果你有兴趣,"克莱尔说,"在波士顿你更容易认识男人。"

"你想让我和你一起到波士顿去,只是为了认识男人?"

"当然,为什么不?"

"因为大部分的男人从刚开始接触就是场灾难。为什么我应该去一个更容易认识男人的地方?我认为你得去更不容易认识男人的地方。"

"男人们有什么错?"

"你没注意到一件事吗?"鲁伊问,"你认识多少智商水平和年龄相符的男人?"

"你准备和萨姆结婚?"

"他是个好人,"鲁伊分辩道,不太愿意提"结婚"这个字眼,"我们在一起很愉快……"

克莱尔叹道:"他比你大二十岁,即将秃顶,而且他已经结婚了。"

"他和妻子已经分居了，"鲁伊说，"总之，你见过哪个二十五岁长着头发的人像他一样是个好对象？"虽然她承认这一点，但是已婚这个问题绝对是个麻烦事儿。

"如果你搬去波士顿，你会在六个月之内结婚。我保证。"克莱尔脚尖点地转了个身。"我看起来怎么样？"

像个妓女，大约一九五五年的。

鲁伊说："漂亮极了。"

克莱尔抓起她的提包往肩上一搭。"我欠你一次。"

"我知道你欠。"鲁伊说，看着她穿着高跟鞋摇摇晃晃地走下跳板。

第六章

第二天早上她的办公桌上放了一张字条,梅塞尔写的,内容简单扼要。

苏顿的办公室。看到就来。

李

鲁伊收到过很多像这样的字条。这些字条通常是功课不及格、被解雇或者受到斥责的前兆。

心脏剧烈地跳着,她把晨雷牌红茶留在桌上,马上离开演播室。十分钟后她就站在派珀·苏顿的秘书跟前。对方脸上的表情微微有点幸灾乐祸,而非昨天对鲁伊未经允许的闯入行为表现出的惊慌失措。

鲁伊说:"我想见——"

"他们在等你。"

"可以吗——"

"他们在等你。"女秘书笑着重复。

办公室内,苏顿和梅塞尔都扭头盯着她走进来。鲁伊走到这个大办公室的一半就停下来。

"关上门。"苏顿命令道。

鲁伊按她的话做完后走回来。她向梅塞尔笑笑,他却避开了她的眼睛。

噢,天哪,她想。噢,天哪。

苏顿的眼神十分冷酷。她说:"坐下。"而鲁伊正好在同一时间跌坐在办公桌对面的椅子里。鲁伊感觉到脊背一阵阵地发凉,脖子上的汗毛也竖了进来。苏顿把一张城市小报的复印件甩在桌子上。鲁伊拾起来,读到一则报道,上面用粗粗的红线圈着,红色的墨水渗进了油墨文字覆盖的纸张纤维中。

新闻集团想要为杀害其前任高管的凶手脱罪
比尔·斯蒂文斯

报道很短,只有几个自然段。它详述了《时事》的一名记者是怎样调查兰迪·包格斯被控谋杀兰斯·霍珀一案的。包格斯的辩护律师,弗雷德·麦格勒,对此没有评论,除了说他的当事人经常声称自己是无罪的。

"噢,妈的。"她喃喃道。

"怎么回事?"苏顿的闪亮的指甲在桌面上敲着,鲜红且坚硬,就像保时捷的外壳,"这是怎么发生的?"

"这不是我的错。他对我撒了谎。"

"比尔·斯蒂文斯?"

"这不是他告诉我的名字。我在惩戒部的时候,这个人出现了,告诉我他在媒体关系部工作,还可以帮助我。他看上去人很好,甚至告诉我了一些秘密消息,所以我猜测不会有事——"

"猜测不会有事?"苏顿着重说道。她望着屋顶。"我简直没法相信。"

梅塞尔叹道:"这是书里教过的最老的伎俩。天哪,鲁伊,你真是搞砸了。斯蒂文斯是报纸的独家新闻记者。他报道政府机构的新闻。当他发现一个记者是新来的,而且也不认识他的时候,他会尽力了解对方的任务,并挖掘点儿东西出来。"

"你正好投怀送抱。"苏顿点了一支烟,将打火机拍在桌子上,"一个屁也不懂的毛孩子。"

"他看起来像个好人。"

"'好'和这件事有什么关系?"梅塞尔恼怒地问,"我们都是干新闻的。"

全毁了。我的一次大好机遇就这么失去了,我已经站在了大门口。

苏顿问梅塞尔:"你评估一下损失?"

"其他新闻集团都不是太感兴趣。"他点点桌子上放的路边小报,"甚至斯蒂文斯本人也没有深究包格斯的事。报道的焦点在于我们正想把他捞出来。所以我们看起来像群白痴——如果我们不能成功做到这点的话。"他把玩着没点火的烟斗,眼睛盯着天花板。"这个报道引起了几个新闻机构联合会的注意,但是到目前为止,我们只知道有几个菜鸟记者给我们的宣传部打电话询问我们的声明。没有像华莱士或者拉泽那样层次的人关注。没有来自《媒体回顾》节目的人。我们的屁股会痛,但不会死人。"

苏顿说着话,眼睛一直盯着鲁伊。"我已经接到森普尔的电话了。"

梅塞尔闭上眼睛。"哎哟。我还以为他在巴黎。"

"他的确在。《先驱论坛报》在他们的第三版转载了这条报道。"

丹·森普尔是现在的集团公司新闻主管。兰斯·霍珀被杀后他接手了这项工作。他是这里的神。霍珀至今被深切怀念的原因中有一点：与森普尔相比他简直就是天使。森普尔暴躁的脾气和凶狠的工作作风非常出名。有一次，一名新手制作人无意间将一则独家报道泄露给 CNN，森普尔竟然一拳揍到他脸上。

梅塞尔问："他的反应是什么？"

"没人能猜得出来，过两天他回来后想谈谈这件事。"苏顿叹道，"公司政治……我们最不想要的东西。下个月的经费预算又要出炉了……"苏顿着着面前的小报，指指它，然后又望着鲁伊。"这个东西最大的危险是什么？"

梅塞尔点点头。但是鲁伊没搞懂。

"我……"

"动动脑子。"苏顿打断她。

"我不知道。很对不起。"

梅塞尔补充了答案。"会有其他杂志或者是特色节目抢先报道，而且会在我们工作的同时调查这个案子。这是新闻策略——如果有可能被抢走优先权，我们就不在这件事上花费时间和金钱了。"

鲁伊坐在椅子上向前凑凑。"这种事不会再发生了。我保证。我一定会非常小心谨慎。"

"鲁伊——"苏顿说。

"你看，不管我采访谁，我都会问清楚有没有来自任何部门的任何人问过他们问题。如果有人再这样做，我一定会告诉你。我保证。然后你再决定是否要将这个报道继续下去。"

梅塞尔说:"记者手中唯一的武器就是他们的大脑。你现在要学会用你的脑子。"

"我会的。就像稻草人一样。"

苏顿问道:"什么人?"

"你知道的,《绿野仙踪》里的稻草人。他想要一个大脑,并且——"

"够了。"苏顿摆摆手,努力使自己的脸同时表现出平静和敌意。最后她说:"好吧。继续做好这件事。但是如果发现有人再捅出我们的事——我是说任何人:包括说唱乐电台、MTV、哥伦比亚学生电视台——我们就放弃这个计划。李?"

"我没意见。"梅塞尔说。

苏顿又点了一根烟,点点头说:"那好吧。这是你的最后一次击球权,宝贝儿。"

"我还以为你会给我三次。"鲁伊说,站起来。慢慢退向大门。

苏顿将打火机丢向桌面;打火机滑进了水晶烟灰缸。"在这里我们按自己的规矩玩,而不是美国棒球大联盟的规矩。"

变色龙爬在墙上,摆出一个姿势,纹丝不动,呼吸极缓。

杰克·内斯特躺在床上看着它。

他喜欢变色龙。不是因为它会变色——说实话,那没什么大不了的——而是因为它们既脆弱又娇嫩。

有时候他会近距离地看那些在迈阿密海滩星光汽车旅馆周围被抓来给人们玩的变色龙。他会抓一只放在自己棕黑粗壮的前臂上,让它走路。他喜欢蜥蜴光滑的皮肤以及它们的爪子在自己皮肤上扎扎的感觉。

　　有时候他会抓一只放在他模糊不清的刺青上，希望它能变成深蓝色，但是从来都不成功。它们也从来不变成肉色。它们都是跳下他的胳膊，像只大蟑螂一样飞快地溜走。

　　内斯特四十八岁，可看起来要年轻得多。他的头发浓厚卷曲，用护发油和啫喱水很精心地护理过，深亚麻色中间掺杂着几丝白发。内斯特长着个方方正正的脑袋，微微有点双下巴，但是全身上下唯一困扰他的只有他的肚子。他的腿细长强壮，肩膀厚实，宽阔的胸膛却位于一个圆滚滚的肚子上方。他的肚子很突出，翻出了腰带，遮住了他海军陆战队的皮带扣。内斯特搞不明白自己为什么会有这样的问题。他也记不清最后一次坐下来吃一顿正常的饭是在什么时候。正常的饭是指烤牛肉、土豆、面包、蔬菜和作为甜点的派——他想可能是六年前的圣诞节，那时监狱里的厨师真的是做了好大一桌饭。现在他吃的只是肯德基的炸鸡、皇堡、巨无霸汉堡。他想念阿瑟雷彻炸鱼薯条连锁店，只是不知道这个店是不是还在经营。总之，他认为这事儿不公平，他吃的都是零食，却还是不停长胖。

　　内斯特注意到床上放着两个红白条纹相间的盒子。上校①冲着他微笑。他一脚把盒子踢到地板上。盒子一下子散开，里面装着的骨头和卷心菜丝撒了一地。

　　变色龙跑了。

　　"唔。"内斯塔说。

　　他穿上T恤，把头发往后捋捋，打了个呵欠，伸手去床头柜上摸烟。烟盒是空的，但是他找到了一根抽过的，还有一英寸长。他点着

---

①指肯德基创始人，桑德斯上校，即肯德基商标图案上的人物。

烟,把廉价枕头堆在床头。他坐回去,又打个哈欠,咳嗽两声。

墙上不时闪过太阳光斑,那是快速驶过的汽车的玻璃窗反射过来的。从房间的窗户向外望去,就像广告上说的一样,确实可以看见海滩。然而,你的目光必须穿过六车道的高速公路、两条辅路以及宾馆的停车场,在此之前,你还不能介意二五八号房间窗户上的护栏。内斯特听着汽车呼啸而过的声音,几分钟后,他伸手掐了一把躺在他身旁的年轻女人的屁股。

掐到第三次,他稍微用了大一点的力量,她动了一下。

"不行。"她嘟哝着,带着很重的古巴口音。

"起床,太阳晒屁股了。"内斯特说。

她大概三十五岁,看上去身体年轻十岁,可是脸却老了十岁。她的眼影和睫毛膏黑乎乎脏成一团。口红也是,看起来好像画到了脸的另一边。她睁开眼,翻了个身,拽过来一条单子盖住肚脐。

"不行,不能再来了。"

"什么?"

"不能再来了。昨天晚上搞疼了。"

"昨天晚上你没说疼了。"

"所以呢?说了你就会停?"

这倒是真的,但是那样的话他至少会在睡觉前问一下她感觉好点儿了没。

"你好点儿了吗?"

"我只是不想做。"

内斯特也不想。他想要的是早餐——两个蛋堡和一大杯咖啡。他掐掉烟头,弓着身子亲吻她的胸部。

她眼睛闭着嘟哝道:"不,杰克,我不想做。我必须去卫生间。"

"那好，我准备要你或者是早餐。你说我选哪个？"

她过了一会儿才问："你早餐想吃什么？"

他告诉了她。五分钟以后，她穿着橘黄色弹力迷你裙，挣扎着走在光影闪烁的人行道上，前往附近的麦当劳。

内斯特去淋浴。大部分时间他在用一块绿色的，表面带很多突起的澡巾使劲搓肚子。有人告诉他说如果你这样做，会打破你的脂肪细胞，然后再排出去。他觉得他已经注意到了变化，即使在秤上他的体重一点儿都没减。他揉着肚脐左侧六英寸处一个巨大光滑的星形伤疤，这是一颗七点六二毫米口径空心弹头造访他腹部后留下的纪念。内斯特一直都没能适应这块皮肉的粗糙手感。他养成了用手指揉捏它的习惯。

他冲干净，走出浴室，花了很长时间刮胡子并把头发梳成形。他穿上深绿色短袖衬衣和他经常穿的灰色长裤。登格瑞牌。他在想人们为什么要用一个"登"开头的名字来命名裤子[①]。屎格瑞，垃圾格瑞。他穿上黑色尼龙袜子，薄得像女人穿的透明丝袜。然后他套上一双黑色凉鞋。

他走出弥漫着水蒸气和啫喱水喷雾的卫生间，闻到了一股食物的气味。东西就放在电视机上，那个女人正坐在小桌子前化妆。内斯特看着她包在紧身黄色线衣里的挺翘胸部足足一分钟，对食物的欲望在摇摆。但是后来蛋堡胜利了，他坐在床上开始吃饭。

他很快吃完第一个，感觉还欠一点，躺在床上一边读着报纸一边抿着咖啡，并拿起了第二个。他注意到她加了保险：袋子里还有第三个蛋堡——为了满足他的食欲并占据他的双手。他笑了，但是她假装不知道他在笑什么。

[①] 原文为 dung，在英文中是粪便的意思。故有后文。

他把《迈阿密先驱报》封面版读到一半,看到国内新闻的时候,猛地从床上坐了起来。"噢,妈的。"

她正在夹睫毛。"哦?"

内斯特站起来,走向他的衣柜,用手背抹着嘴。他拽出一堆内衣、袜子和针织衬衣。

"嘿,把这些给我熨熨?"他把衬衣递给她。

"杰克,这是干什么?"

"把熨斗取出来,行吗?"

她取出熨斗,把一条毛巾铺在当成熨衣板的桌子上。她熨着每一件衬衫,然后一丝不苟地叠起来。

"有事吗?"

"我必须出去几天。"

"你要去哪儿?我也能去吗?"

"纽约。"

"噢,杰克,我还从来没去过——"

"别提这个,我去是有生意。"

她把衬衫递给他,然后哼着说:"什么生意?你哪里有生意。"

"我就是有生意。以前我从来没告诉过你。"

"好吧,你怎么安排的?"

内斯特开始装行李。"我一两个星期就回来。"他犹豫了一下,从钱包里取出二百一十元钱给她,"如果我没回来,把钱付给塞比,再在这儿多住几个星期,好吗?"

"当然,我会的。"

他看看衣柜,然后对她说:"嘿,你去卫生间看看,我是不是没拿刮胡刀?"

她去了。她一走，内斯特就把手伸进抽屉底部，取出了一把蓝黑色的施泰尔 GB 九毫米手枪和满满两夹子弹。他把这些塞在包里。然后他说："嘿，别找了，我找到了。我已经装在行李里了。"

她走回来对他说："你会想我吗？"

他拿起报纸，把那则报道撕下来，又读了一遍。她走过来，越过他的肩膀读着。"这是什么？有人想从纽约的监狱把人捞出来？"

他恼怒地看着她，把这张纸片塞进他的钱包。

她说："谁是那个兰迪·包格斯？"

内斯特挤出一个笑容，亲亲她的嘴。然后他说："我会给你打电话。"他提起包走向湿热的室外，瞥到有一只小变色龙一动不动地趴在油漆脱落的栏杆的阴影下方。

第七章

"如果他没有犯这件罪行,那么他也肯定做了别的什么。"

在句子的末尾,这个男人的声音升高,让人害怕他的嗓子要劈了。他将近五十岁,非常瘦,以至于本来是直筒裤型的长裤被用旧的牛皮皮带勒出了很多褶皱。

"如果他做了什么,陪审团会说:'管他呢,我们就给他定这个罪。'"

鲁伊对他的话点头予以肯定。

兰迪·包格斯的律师坐在他的办公桌后,桌面上的东西堆得很高——低俗小报、法庭简报、雷德菲尔德牌文件夹、信件、犯罪现场照片、硬边封口的酸奶纸盒、一打无糖百事可乐罐子、一个鞋盒(她想知道里面是不是装着黑手党当事人给他付的钱)。办公室离百老汇不远,位于下曼哈顿的梅登大道,这里的街道肮脏、黑暗、拥挤。在这幢建筑内部,许多肮脏的绿色走廊彼此交会。

弗雷德里克·T.麦格勒（持凤凰城大学联合学位）的办公室，位于一条尤其肮脏、尤其青绿的走廊尽头。

他靠坐在旧皮椅上。他的脸颜色灰暗，布满斑点，可以从偶尔的吃惊一下变成夸张的表情（好奇、憎恨、惊喜）然后闪回到早有准备的天真的怀疑，中间夹杂着一声呼气般的哼声。

"那就是我必须处理的事情。"当他给鲁伊解释纽约法庭系统的时候，他左手瘦骨嶙峋的手指在空中画着圈。"这个系统工作的方式……"看着鲁伊，声音越来越大，强调着重点，"这个系统工作的方式是陪审团只能给你被指控的罪行定罪。他们不能因为你是个浑蛋，或者因为去年你杀了三个人，或者因为明天你将要去抢劫一个老太太的社会福利金支票，而给你定罪。只能为你被指控的罪行。"

"我明白。"鲁伊说。

麦格勒另一只手的手指也开始比画。它们指着鲁伊。"这是真实发生的事情。我的某个当事人因杀害几个可怜畜生的罪名被捕。一个ADA——助理地方检察官——上帝保佑她那年轻纯洁的灵魂，对我的当事人提出了四项指控。二级谋杀罪名，一级和二级非预谋杀人罪名，还有一级过失杀人罪名。后三项罪名被他们称为轻罪，会更容易举证。如果你不能确定谋杀的罪名——向陪审团举证的难度较大——也许你可以确定非预谋杀人的罪名。懂吗？所以，我的当事人——他在警局的记录足有一英里长——对受害者存有恶意。当警察根据线人报告逮捕他的时候，他正在时代广场的一个酒吧里，那里有四个证人发誓说过去的五个小时他一直在那里喝酒。两个小时前受害人被杀，头部在近距离连挨五枪。没有发现作案枪支。"

"那么你的当事人有完美的不在现场证明，"鲁伊说，"而且还没发现枪。"

"的确如此。"他的声音从尖利变得低沉,听起来有些认真,"我在法庭上炙烤着线人,并且把检方驳斥得体无完肤,就像受害者的头一样,明白吗?可是后来发生了什么?陪审团照样给我的当事人定罪。不是谋杀罪名,如果他们相信线人的话,他们应该确定为谋杀,而不是过失杀人。这简直就是胡扯。你不会因过失而冲某个人的头部连开五枪。要么你不相信不在现场证明并确定他的谋杀罪名,要么你就把他当庭释放。这个懦弱的陪审团没胆量给他定谋杀罪,但是他们也不能让他走,因为他是布朗克斯区①长大的黑皮肤孩子,在警局有犯罪记录,而且有几次还说要把受害者的脾脏挖出来。"

鲁伊身体前倾。"看,这正是我要报道的内容——一个被定罪的无辜者。"

"停,宝贝儿,谁说我的当事人是无辜的?"

她眨眨眼,好一会儿才明白现实。"我想是你说的。枪的事情,还有不在现场证明的事情。"

"不,他杀了受害者,把枪扔到水沟里,然后付给那四个人十二袋可卡因,让他们作假证……"

"可是——"

"可是关键不是他有没有罪,关键是你要按规矩玩儿,而陪审团不用。你唯一能做的就是否定检方的举证。可陪审团不用做那种事。"

"这有什么错误吗?他有罪而且陪审团认定他有罪。对我来说没什么问题。"

"让我们把事实改变一下。我们假设,有一个年轻的黑人叫弗雷德·威廉姆斯,是个已经被哈佛医学院录取的国家优秀学生,这辈子

---

①纽约贫民区,犯罪率高。

干过的最坏的事情就是违章停车。他正在一百三十五号大街上走路，这时他身后突然蹿出两名纽约警察，勒着他的脖子把他拖入警局，并且控告他犯了强奸罪。在排成一列的队伍中他被人指认出来，因为他们长得都很像，诸如此类。这个案子被移交法庭。在法庭上，地方检察官向白人中产阶级占多数的陪审团描述了这个小伙子是怎么样殴打、强奸、肛交了一名两个孩子的母亲。然后，白人中产阶级占多数的证人描述了这个罪犯是一名头发被剃刀刮过且穿着篮球鞋的黑人小伙。白人中产阶级占多数的医生站起来描述受害者令人触目惊心的伤痕。你能想到弗雷德身上将会发生什么事情吗？他将被关进监狱并且不许探监。"

鲁伊沉默着。

"所以每当一名枪手，拿着格洛克手枪向另外一些可怜浑蛋的头部连开五枪，被骗人的陪审团定罪的时候——司法体系就有了漏洞——这就是说有可能发生弗雷德·威廉姆斯要为他没做过的事情承担责任这种事。只要发生这种可能，这个世界就会需要像我一样的人。"

鲁伊给了他一个不确定的眼神。"这就是你的总结陈词吗？"

麦格勒笑道："这只是多次辩论中的一次。我的全部演出很精彩，彻底征服了陪审团。"

"我不是很相信你说的这些，但是看起来你自己好像很相信。"

"啊，我当然相信。一旦我自己都不信，我就干不成这生意了。我会去搞职业赌博。机会要是好的话，你仍然可以得到现金报酬。现在，我有几个真正无辜的当事人，他们半个小时后就会到。你说你想问我包格斯案的事情？和我早上读到的那篇文章有关吗？"

"是的。"

"你在做这则报道？"

"对。我可以给你的话录音吗?"

他的瘦脸扭曲了。他看起来好像她那本插画版《断头谷》里的男主角依卡波·克雷恩一样。"为什么你不能只做笔录?"

"如果这让你感觉更舒服的话……"

"我愿意这样。"

她取出一个笔记本。她问:"你一个人代表包格斯出庭?"

"是的。他是一个适用第十八条的案子。他没钱,所以国家付钱让我为他辩护。"

"我真的认为他是无罪的。"

"啊,哦。"

"不,我真的、真的认为如此。"

"说得轻巧。"

"你不这么想?"

"我对于当事人无罪或有罪的看法是完全彻底毫无干系的。"

她问:"你能告诉我发生了什么事吗?我是说有关霍珀的死。"

麦格勒以思考的姿势坐着。他研究着积满污垢的屋顶。窗户开了一条缝,略带汽车尾气味道的四月份空气吹进来,轻轻翻动着层叠的纸张。

"地方检察官的说法是,包格斯在曼哈顿,刚刚从北边某地开车回来,我不知道是哪儿。几个证人说包格斯站在人行道上和霍珀说着什么,然后他们为某件事扭打起来。霍珀下班回来刚到家,刚把车停在上西城他家楼边的停车场。检察官推测那是起交通纠纷。"

鲁伊嘲弄地环顾着这间房子。"交通纠纷?可是你刚才说他站在人行道上。"

"也许霍珀挡了他停车的路,引得他出来争执。我不太清楚。"

"但是——"

"嘿,你问我协理地方检察官的说法。我正在告诉你。我想对你有所帮助。我有吗?"

"有点儿。"鲁伊说,"兰迪怎么说?"

"造成难题的部分原因是他也有说法。"

"哦?"

"我告诉所有的当事人,如果你被捕了,不要表明你的态度。在任何情况下。陪审团不能——法官告诉他们这一点——陪审团不能从被告不明朗的态度中得出结论。但是兰迪那样做了——不听我的建议,我要说明这一点。如果你那样做,公诉人会引入你以前的案底来攻击你的诚信。只是为了这个——不用证明你有犯罪倾向,只为了显示出你可能说谎。但是陪审团听到了什么?去他妈的诚信——他们听到的是他一连串的小偷小摸罪行。下面你要知道的是,包格斯,真是一个相当体面的家伙,除了运气很差——听起来和希特勒有点像。他在俄亥俄州因偷窃被捕,在佛罗里达进过少年犯管教院,GTA——"

"这是什么?"

"飞车大盗。结果,突然一下助理地方检察官就把他塑造成了甘比诺家族①的头目。他——"

"枪找到了吗?"

"让我说完好吗?他说他在路边搭上了一个从事某种信用卡诈骗活动的人的便车。这个人下车去买热饮,包格斯在车上等着。他听到街道上有枪声,于是走下车,看见霍珀躺在地上,已经死了。他转身迅速跑向警车。"

---

① 美国著名黑手党家族。

"他有那支枪吗?"

"枪在路边的灌木丛里。枪身上没有指纹,但是他们根据此枪追查到一年前在迈阿密发生的盗窃案。包格斯曾经去过迈阿密。"

"让他搭车的那个人是谁?"

"包格斯不认识。他在塔考尼克附近等便车,这个人就把他拉上了。他们一起开车进入城区。"

"好,"鲁伊说,"一个证人。很好。你找到这个人了吗?"

麦格勒看着她,好像热情和流感是同一种东西。"对,你说得对。即使这个人是真实的——我并不相信这一点——一个靠信用卡诈骗的人会出庭作证吗?我可不这么认为,宝贝儿。"

"兰迪形容了这个人的长相?"

"不怎么详细。他就知道他的名字是吉米,块头很大。但是天很黑,夜很深,诸如此类,诸如此类。"

"你不相信他?"

"相信,不相信——这有区别吗?"

"还有别的证人吗?"

"好问题。你想去上法律学校吗?"

如果法律学校教出来的都是你这样的人,她想,我不会认为你想听我的答案,麦格勒。她催促他快点儿说。

律师说:"这是个大难题。搞了他——对不起,把他弄了进去的正是这个证人。警察在大楼里找到了一个能描述出包格斯的人,后来她在一群人里面认出了他。她看见他拔出枪让霍珀不要动。"

"哎呀。"

"是的,哎呀。"

"她叫什么名字?"

"我怎么知道?"麦格勒打开柜子,抽出一厚沓纸扔在桌面上。百事可乐罐子震动了一下,一股灰尘升腾起来。"这里面有。如果你想知道,可以找找。"

"这是什么?"

"审判记录。我把它当回事,但是包格斯不想上诉,所以我把它存档了。"

"他不想上诉?"

"他一直宣称自己无罪,但是他说他想等着,等他的判决结束,继续他的生活。"

鲁伊说:"我看了报道,判决是非预谋杀人。"

"陪审团确定的是一级非预谋杀人罪名。他表现出了对人类生命不顾后果的漠视,被判入狱十五年。他已经服刑三年了,再过两年他就有资格申请假释。他有可能得到假释。我听说他是个好孩子。"

"你怎么看?"

"什么?"

"他算是你有罪的当事人之一吗?"

"当然。用滥了的搭便车故事。总是这样告诉你:总有一个神秘的司机或是女人或是职业杀手或者是其他什么人扣动扳机然后消失。这纯粹是胡扯。是的,包格斯有罪。我能分辨出来。"

"可是如果我发现新的证据——"

"我之前听过这种话。"

"不,是真的。他写信给我。他说警察放弃了调查。他们找到了一个他们需要的证人以后,就不再深入调查了。"

麦格勒讽刺地哼道:"要知道,在纽约,仅凭新证据几乎不可能翻案。"他眯着眼,回忆着法律规定。"应该是那种可以完全改变案件结果的证据,即便是那样,你还必须辛勤工作,以求在审理的时候能提出证据。"

"可如果我真的找到什么,你还会处理这个案子吗?"

"我?"他大声笑道,"我有空。但是这要花费我很多时间。我收四十块钱每个小时。国家可不会付这个账单。"

"可是我真的认为他是无罪的。"

"那是你说的。下次带上一万五到两万的定金来,我再和你谈。"

"我还以为你不收费。"

麦格勒又大笑起来。因为他没有肚子,看起来好像光亮丝制衬衣下的骨头都在抖动。"免费?我没觉得我跟这个词很熟。"

鲁伊这辈子第一次有了一位助手。

布拉福德·辛普森自愿来帮助她。她怀疑他有一部分的动机是想和她约会——尽管她一辈子也猜不到为什么他要找她,而不是那些金发高挑(这是她在形容其他女人时最不喜欢用的两个形容词)的漂亮妞儿。另一方面,在第一次被拒绝以后他再没有请她出去,她因此断定,他的再一次出现更多的是为了新闻工作,而不是追求浪漫。

"我能帮你做什么?"他问。

她有点狼狈,因为她一点儿想法也没有——从来没有人为她工作过。

"嗯,我想想。"

他建议道:"要不然我去资料库找一些与霍珀有关的信息?"

"听起来不错。"她说。

现在他在她的小隔间里看着一堆文档。他把这些文档放在她的办公桌上,就像他的罗伯特·瑞德福德式发型和锃亮的软皮鞋一样,干净整齐。

"你认识兰斯·霍珀吗？"她问。

"不是很熟。我在这儿第一次开始暑假实习的一个月后他就被杀了。可是我为他工作过。"

"你为集团公司的总裁工作？"

"哦，我不完全是一个播音员。他给所有的实习生分派任务。通常是鸡毛蒜皮的小事。但是他也会花大量的时间和我们在一起，给我们讲解关于新闻业、采访报道、编辑的事情。是他启动了这个实习活动。我觉得他是一个好老师。"布拉福德沉默了一会儿，"他为我和所有实习生做了很多事。"

鲁伊打破了沉闷的气氛，说："别担心。我们会报答他的。"

布拉福德睁着他的蓝眼睛，疑惑地看着她。

她说："我们要找出杀害他的真正凶手。"

第八章

这是什么?

鲁伊睁开眼,目光移向船屋卧室的天花板,注视着水面反射在发黑的墙面上的波纹状光线。

她扭开脸,眼睛眯着。

有什么事不对劲?

她感觉到船身在哈德逊河上轻柔地摇晃,河水一波一波拍着船壳;听到一条船发动机尖利的马达声,听起来很近但是在二百码以外——她已经学会在水上听懂噪声所表达的信息,也学会了听懂交通高峰期的声音。

发生了什么事?什么东西丢了?这里不应该是这样的吗?

扎染的被单卷在她脚下,高密棉布卷成了戈尔迪之结①。她白色的

---

① 戈尔迪是古希腊神话传说中小亚细亚弗里吉亚的国王,他在自己以前用过的一辆牛车上打了一个复杂绳结,并把它放在宙斯的神庙里。神示说能解开此结的人将能统治亚洲。后被亚历山大挥剑劈开。

"运动快乐"T恤衫卷起来堆在了脖子上,头发盖住了脸。鲁伊还没睡够。她展开被单,把T恤拉下去。她把一块弯月形的比萨饼皮扫到床下,坐了起来。

对了,因为太安静了——一种特别的安静,一种没有人类活动的安静。

鲁伊意识到克莱尔已经走了。

这个年轻女人总是在早上九点钟戴着随身听的耳机放音乐。甚至在楼上的卧室里,鲁伊都可以听到高分贝的嘈杂声正在谋害克莱尔的耳朵。

但是今天,什么都听不见。

鲁伊脑子灵光一现,想:也许她早早起床去逛街了。不对,她去的商店——成衣店和化妆品店——开门时间都在十点或十一点。

这也许意味着她已经动身去波士顿了!

事情的确如此。鲁伊站在楼下的客厅中央,读着克莱尔留下的字条。当扫过这些字的时候,她笑得像个圣诞节前夜的小孩子。

太好了!她想。谢谢你,谢谢你,谢谢你……

这张字条的全部内容是过去几个星期(六个半星期)克莱尔有多感激(拼写有错误)鲁伊为她做的事情,即便她是个脾气很坏的泼妇,但是这很好,因为如果她能和她一起住那么她就能和任何人一起住(鲁伊努力分辨这么多"她"到底指谁,她很不喜欢自己得到的结论)。

克莱尔解释说,她准备去波士顿的妈妈家,就像她曾说过的那样,而且还想再考虑上学的事。她写了很长一段,也是最后一段,谈论她有多么高兴看见鲁伊和考特妮是好朋友,并且相处得很好,因为——

脸上的笑容消失了。

——她知道鲁伊一定会照顾好这个小姑娘。

噢，妈的……

鲁伊闯入船头的小储藏室，那里是克莱尔和考特妮共同的房间。

我的天啊！

小姑娘正躺在榻榻米上克莱尔的位置那里睡觉，手里还抓着变形的动物毛绒玩具，之前那一直是只兔子。

这个婊子养的。克莱尔，你竟然能做出这种事！

鲁伊马上四处查看。房间收拾得很干净。克莱尔装走了她的衣服、首饰，和一切曾把梳妆台挤得满满当当，连灰尘都落不进去的方形的、圆形的、四边形的东西。

所有的东西都不见了——除了考特妮的玩具、衣服和杰克逊五兄弟的海报。克莱尔想等这张海报变得足够时髦的时候再挂起来。

这个——

鲁伊又跑出去找那张字条。

——婊子！

字条的最后一段只是说，她希望过一段时间回来接考特妮，并给她一个她需要且应该拥有的家。

过一段时间？

鲁伊开始冒汗。她真切地感觉到头皮发麻。她的手指在字条上留下了污迹。

没有地址。没有电话号码。

她甚至不记得克莱尔真正的姓名——当女人成为专业模特后一般都用艺名。

鲁伊回到房间仔细地搜寻着。唯一的线索是一个在床底下找到的胸罩，一侧写着——C.S.。但是鲁伊认为它似乎比克莱尔的号码要小，她还记起她有一个男朋友是易装癖。

没指望了，鲁伊坐在屋子中央，拾起一个玩具，一只站在棍子上的木制企鹅。它宽阔的塑料脚掌下面有轮子。她把它滑向前又滑向后，带蹼的脚掌拍着木制的甲板。

我不想当妈妈。

克莱尔……

啪，啪，啪。

走路的企鹅唤醒了考特妮。

鲁伊坐在榻榻米上，亲亲小女孩的脸颊。"宝贝，今天早晨你和你妈妈说话了吗？"

"嗯哼。"

小女孩揉揉眼睛。哦，她做这些的时候是那么可爱。来吧，孩子，变丑点儿。

"她有没有说去哪儿了？"

"嗯哼。我想喝果汁。"

"宝贝儿，你妈妈说她去哪儿了吗？"

"波顿。"

"波士顿，我知道。在哪里？"

"嗯哼。果汁？"

"当然。我们马上就能喝到优鲜沛①。波士顿哪里？"

"外婆家。"

"你外婆家在哪儿？"

"波顿。我想喝果汁。"

"宝贝儿，你妈妈叫什么名字？"

---

① 美国果汁品牌。

"妈咪。我想要果汁!"

鲁伊说:"她走之前说了什么没有?"

考特妮站在床上,拉着鲁伊。"动物园。"

"动物园?"

"她说你会带我去动物园。"

"你妈妈是这么说的?"

"嗯哼。我要果汁!"

"她说要出去多长时间?"

考特妮皱着眉头想了一会儿,然后尽量伸展开她的胳膊。她说:"很长,很长时间。"

鲁伊拾起玩具兔子。噢,妈的。

考特妮把下嘴唇凸出来威胁道:"果汁。"

萨姆·希利将近四十岁了,六英尺多高。他稀疏的头发直直地向后梳着,上唇的胡子绕过嘴角直直地向下延伸。他像个牛仔,至少当他穿着现在穿的这套衣服——花格衬衣、牛仔裤和黑色靴子——的时候。他的职业是纽约警察局拆弹分队侦缉探员。

他们坐在鲁伊的船屋内,他偶尔在这儿过夜。她身体前倾,专注地听他说着,就好似他正在给新手讲解如何拆除一个C-4炸弹装置。她问:"一天要喂她几次饭?"

希利说:"你对这事儿太紧张了,鲁伊,一天三次就可以了。"

"药呢?"鲁伊手心里全是晶莹的汗珠,"她应该吃药吗?"

"哦,她有病?"

"没有。"

"那为什么要给她吃药？"

鲁伊说："她是个婴儿。我觉得人们总是给婴儿吃药。"

"她没病就不用吃药。"

鲁伊凝视着外面的河水。"噢，萨姆，和她玩、给她讲故事还是挺有趣的，但是这样——这样是，好像，真的，真的很严重。"

"他们很皮实。"

"噢，天哪。如果她摔倒了怎么办？"她惊慌地问道。

希利叹了口气："把她拎起来，安慰安慰她，把身上的土拍干净。"

"我还没准备好，萨姆。我不能做母亲。我正准备写我的报道。我是……啊，神啊，她戴尿布吗？"

"问她。"

"我不能问她。我会不好意思的。"

"她多大？三岁？她可能会用厕所。如果不会，你应该现在就教。"

"我？不可能。别想这事儿了。"

"鲁伊，孩子真是太好了。你、亚当和我一起出去玩，我们都很快乐啊。"

"但是他是你的儿子。这不一样。我不想要自己的孩子。我太年轻，不能当妈妈。我的生活已经完蛋了。"

"这只是暂时的，不是吗？"

"这件事我不是很确定。"鲁伊看向考特妮的房间。她问："你觉得她喝果汁是不是喝太多了？"她的声音听起来有点惊慌失措。

"鲁伊。"

"她喝了很多果汁。"

"你应该少操点儿心。"

"萨姆，采访的时候我不能留一个孩子在身边。我该怎么办？"

"我会把以前谢丽尔和我经常送亚当去的托儿所的名字告诉你。那是个好地方。那里还有些女人晚上也看孩子。"

"真的吗？"

"看看好的一面：你不必自己劳动了。"

鲁伊靠近他，把头放在他的胸口。"为什么我会把自己搞成这样？"

"她是个可爱的小姑娘。"

鲁伊展开双臂抱着他。"他们睡着的时候都很可爱。问题是他们一会儿就睡醒了。"

他开始抚摸着她的肩膀。

"很好。"

"是的，"他说，"很好。"

抚摸了五分钟，他强壮的手指滑到她的后背。她呻吟着。他把她的T恤撑开，然后在衣服下面向上摸索着。

"这样更好。"她说，顺势躺下。

他亲吻她的额头。她亲亲他的嘴，感觉到被胡子扎得痒痒的。她习惯于这种感觉，她非常喜欢。

希利也亲亲她的嘴。他的手仍然在她的T恤里面摸索。他拆除过炸弹；他的手非常稳。

"鲁伊！"考特妮尖叫着。

他们俩同时跳了起来。

"给我讲个故事，鲁伊！"

她的双手捂着脸。"老天啊，萨姆，我该怎么办？"

第九章

从纽约前往哈里森的火车按时发车,钻出公园大道地底的隧道,沿着轨道向地面驶去,就像老式飞机缓慢地提升高度。鲁伊不停扭头看着红砖的建筑和街上一群一群的年轻人。没有人穿彩色衣服,全是灰色和棕色。一个女人推着装满破布的手推车。两个男人站在折叠车篷打开的米黄色轿车前,双手扶在肥胖的屁股上,像是正在确认最终的故障判断。

火车穿过哈莱姆区,加速驶向北方,路边景象比之前更快速地一页页翻过。鲁伊身体前倾,跪在坐椅上,感受着火车在铁轨上跳舞一样摇摆,像跑动起来的斗牛犬的屁股一样。火车就这样通过了哈莱姆河大桥。她向日班轮船上看火车的乘客们挥挥手。没有人注意到她。

火车行至布朗克斯区——经过了表面布满管道的供给房和木材场,在远处,可以看见废弃的住宅和仓库。阳光透过上层的窗户照进来。

你早晨醒来会想……

鲁伊想打个盹。但是她眼前不断闪现着录像里包格斯的脸,碎裂成扫描线,每条扫描线由一千个红的、蓝的、绿的像素点组成。

……我仍然在地狱里。

他们看着她的目光很奇异。

她猜测他们会用一大堆糟糕的办法来对付她——嘘声,叫喊声,或者"来啊,宝贝儿",或者是长长的谄媚的注视。

可是,没有。他们看着她,就像是一群工人注视着一位来工厂参观的人,这个人小心翼翼地穿行在机器之间,生怕她的漂亮鞋子沾上油。他们有看的,有不看的,有继续拖地的,有和人攀谈的,还有坐在那里发呆的。

典狱长办公室的工作人员检查了她的记者证,警卫搜查了她的提包和摄像包。她被一位高个子警卫护送到探视区——一位英俊的黑人,上嘴唇的小胡子好像用睫毛膏染过一样黑亮。探视的人和州哈里森监狱的住户们被厚厚的玻璃分隔开,通过一部古老且沉重的黑色电话交谈。

鲁伊站了一会儿,观察着他们所有的人,想象着妻子来探视丈夫的情景。太可悲了!只能和他说几句话,手中是厚实的听筒,伸出手只能摸到玻璃窗,根本感觉不到他皮肤的温暖和质感……

"就在这儿,小姐。"

警卫让她进入一个小房间。她猜这里是专门为了律师与犯人的单独会面而准备的。警卫出去了。鲁伊坐在一张灰色桌子旁。她观察着窗口伤痕累累的护栏,得出一个结论:这块金属比她见过的所有东西都牢固。

当兰迪·包格斯进来的时候,她正在看外面闪亮的玻璃。

他比她想象得更瘦。他两眼平视前方;当他扭头去看警卫的时候脑袋像只鸟——一只啄木鸟。他的头发比上节目的时候要长,冰雪皇后蛋筒冰淇淋一样的鬈发不见了。护发油或发蜡的闪光说明头发还像过去一样梳得整齐。他的耳朵又长又窄,几撮浅色坚硬的毛发从耳朵里面长了出来。她观察他的黑眼睛,过高的眉骨让眼睛显得很黑,浓浓的眉毛几乎连在了一起。他的皮肤不是太好;他脸上皱纹遍布,就好像卫星照片里的城市模样。但是鲁伊认为这只是暂时的不健康——一种美食、阳光、睡眠就可以抹去的状态。

包格斯看着警卫说:"能让我们单独聊聊吗?"

这个男人说:"不行。"

鲁伊对警卫说:"我不介意。"

"不行。"

"那行吧。"包格斯说,高兴得好像他被挑选去当垒球比赛的一垒手。他坐下以后说:"你见我是为了什么,小姐?"

她说她收到了他寄来的信,并且引起了她的注意。重点不在其他的事;重点在包格斯本身。他极其镇定。这也许不合理,但是她仔细考虑之后,认为这就是她感觉到的东西:他是那么平静,以至于她感觉到自己的脉搏在升高,呼吸变得急促——好像她的身体发生这些变化是因为他不能做出这些变化。

不过她还是放下个人感觉,投入了工作。鲁伊以前采访过别人。她把摄像机架在他们面前,调整好聚光灯,然后询问他们一百个问题。她有时候口齿不清,有时候也许问了错误的问题,但是她的才干总能让人们开口。

但采访包格斯仍费了很多事。即使他给电视台写了信,他还是不喜欢记者。"不要认为我不会感激。"他轻轻地说,在一些词语上带着一点南方口音,"可我是……哦,我并不是指我一个人的问题,也不是针对你,小姐,但是你就是那些给我定罪的人。"

"什么意思?"

"唔,小姐,你知道'媒体狂欢'是什么吗?我以前从来没有听说过,可是在了解我的审判之后,我明白那是什么了。我不是唯一有那种感觉的人。有个上过《时代》访谈的人说,这个词足以概括对我的审判。我写信给麦格勒先生和法官,说我认为这是一场媒体狂欢。他们俩都没给我回信。"

"这场狂欢和什么有关?"

他笑着看向别处,好像他正在整理思路。"就我来看,有那么多像你一样的记者撰写与我有关的事情,致使陪审团在心里就认为我是有罪的。"

"可他们不是……"她找不到一个恰当的词语,"你看,他们不是把陪审团关在宾馆房间里吗,不许他们接触报纸和电视?"

"被隔离。"包格斯说,"你认为那有用吗?被捕的当天,我的事情就上了《五点直播》节目,或许审判之前的那些日子我天天都出现在节目里。你认为这里的人会不知道我的事情吗?我非常怀疑。"

鲁伊说过她为《时事》工作,可是他没有什么明显的反应;他既没有看过这个节目,也不知道他被控谋杀的那个男人是这家集团公司的总裁。但也许他只是不在乎。他看了一眼桌子上放着的摄像机。"有一次来了一个剧组。他们正在拍一部关于警察的电影。每个人都特别激动。他们让一些犯人充当临时演员。我没有被选上。我猜他们需要那些看起来就像罪犯的人。我看起来更像一个职员,我想。或许……你看我像什么?"

"一个含冤受屈的人。"

包格斯笑了，脸部舒展得像州际公路高架立交桥。"你说到点子上了。我喜欢。是的，我扮演这个角色很久了，然而没人买账。"

"我想帮你无罪开释。"

"好吧，小姐，看来我们有很多的共识。"他明显开始对她热情起来。

"我找弗雷德①·麦格勒谈过——"

包格斯点点头，他的脸表现出了失望，却没有愤怒和轻蔑。"如果我有钱为自己雇一个真正的律师，像那些内幕交易者和电视里的那些毒品贩子，我觉得事情可能会不一样。弗雷德不是一个坏人。我只是不相信他会把我的案子放在心上。我记得我说过，他要是听听我的意见该有多好。我有一点和法律打交道的经验。不是什么值得自豪的经验，但事实上，我已经见识过几次法庭内的事。他真应该听我的。"

鲁伊说："他告诉了我你的故事。可是当我看见你的时候，我就知道你是无罪的。"

"你什么时候见过我？"

"在电视上。一个采访。"

笑容变得充满忧愁。他一直避开她的注视，这让她很困扰。她认为这是害羞的表现，不是诡计，但她也不想在拍摄中出现游离不定的眼神。

包格斯正在说："我很感谢你的想法，小姐，但是如果这就是你的全部依据，我还是感觉就像一条六盎司的翻车鱼被钩在一根承重二十磅的渔线上。"

---

①弗雷德里克的简称。

"看着我,告诉我:你做了还是没做?"

他的眼睛不再躲闪,直直地盯着她,每一个字都说得很清晰。"我没有杀害兰斯·霍珀。"

"这对我来说就足够了。"

包格斯说话的时候没有笑。"问题是,对纽约州的人来说,这看起来并不够。"

两个小时后,兰迪·包格斯说道:"决定搭便车去纽约,那是我人生中最大的错误。"

"你不想待在缅因州?"

"龙虾生意并不像我想象得那么好。我的伙伴——看,我不太懂数字方面的东西——他管账,而现金的收入怎么也抵不上现金的支出。我怀疑他隐藏了很多数字。当他把生意卖掉的时候,他告诉我说他把生意抵给一帮债主了。不管怎样,我拿到了可能有二三百块,和两条新牛仔裤、几件衬衣。我盘算着应该在冬季来临前离开这个地方。冰雪这种东西,只有电影里的,和盛在纸筒里,上面浇着糖浆的那种,算是可以接受。所以我开始伸出大拇指搭便车向南走。便车极少,就像母鸡嘴里的牙齿,但是最终我搭了几辆车,抵达了纽约的帕切斯。如果不是这个名字我就不知道是哪里了。"他咧嘴笑道,"帕切斯……那天下着雨,我伸出大拇指的时间太长了,它看起来简直像是个漂白过的西梅干。没有人停车,除了一个伙计。他停下车——我们管那种车叫中国住宅式汽车。老旧的雪佛兰切威,至少有十二个年头了——你知道,可以装下一家十口的那种。他说'跳进来',我照做了。我这辈子最大的错误,小姐。我得这么说。"

"吉米。"

"对。但是我告诉他我名叫大卫。我只是感觉他不是我会敞开心扉的人。"

"你上车以后发生了什么?"

"我们向南开向纽约市,有一搭没一搭地聊天。基本是关于女人,男人之间总说这个。说女人怎样羞辱你,你怎么不了解他们。你要做的就是吹嘘你有过一吨女人。都是那种事。"

"吉米要去哪儿?更南面?"

"他说他只到纽约市,但是能搭上他的便车我也挺感激的。我盘算着可以买灰狗大巴的车票前往亚特兰大。实际上,我正想着这件事的时候,他在车里看着我说:'嘿,小伙子,你想不想挣一百块?'我说:'我当然很想,特别是合法的,可即使不合法我也很想。'"

"他说不会是真的违法。只是去拿某件东西,再交给别人。我马上告诉他:'如果你在说毒品的事我就不干了。'他说是信用卡,因为我以前做过一点这样的事,所以我说这事儿不错,但是他要考虑给我两百块。他说他会考虑,而且还说,如果我开车他会给我二百五十块。随后我同意了,就轮到我开车。我们开往这里的某个地方。我不认识纽约的路,但是在审理过程中我知道那个地方叫上西城。我们在那儿停车,他下去了,我也紧接着下车。吉米,或者叫别的名字,走进了停车场。"

鲁伊问:"他长什么样子?"

"哦,我不是很肯定。我应该戴上眼镜,但是眼镜被我丢在缅因州的海里了,也没钱买新的。他又高又壮,坐着的时候体积也很庞大,像只狗熊。留着小胡子,我记得。这就是我看见的全部的外貌。"

"白人?"

"是的。"

"描述一下他的穿着。"

"他穿着裤角翻边的蓝色牛仔裤,工装靴子——"

"那是什么?"

"有搭扣的短靴。黑色。还有一件海军短大衣。"

"对于信用卡的事儿,你一点儿都不紧张吗?"

包格斯停了一分钟。"我要告诉你,小姐,在我人生中有过几段幸运的时光——不很多,可有几次——那时候二百五十块对我算不上很多钱。但当时,它对我来说是很大一笔钱。现在也是。当有人准备给你很多钱的时候,你可能会很惊喜,这让你不会感觉到可笑或者是怀疑。总之,我在车里坐了十分钟,抽了一两根烟。我非常饿,想看看四周有没有汉堡王。当时我就想要那个,那种至尊汉堡。我正在那儿忍饥挨饿的时候,听到了枪声。我这辈子玩了很多把手枪,所以我知道那是枪声。它们的声音不像电影里的那样。那里就响了这么一声——"

"我知道枪声。"鲁伊说。

"哦,你打过枪?"

"实际上是被别人用枪打。"她告诉他。这不是自尊心作祟,这是让他多了解她一点,让他更信任她。

包格斯看了她一眼,确定她不是开玩笑,缓缓地点点头。他继续说道:"我小心地走进停车场,看见一个人躺在地上。我以为是吉米。我跑过去才看见并不是吉米。我蹲下说:'先生,你怎么样?'他当然不会回答。我知道他已经死了。我马上站起来,惊慌地跑了。"

包格斯笑得嘴唇有点微微扭曲。"你猜猜发生了什么?我人生的精彩故事——我撞上了一辆正在巡逻的警车。我是说,我是真的撞上去了,'嘭'的一声。我跌倒在地上,他们把我扶起来然后逮捕了我,就这样。"

"吉米呢?"

"我向周围看看,只见到那辆车,但是吉米不在里面。他跑了。"

"你看见枪了吗?"

"没有,女士。我听说他们在灌木丛里发现了它。那上面没有我的指纹,但是我当时戴着手套。检察官在这事上大做文章,说我在四月份还戴着手套。但是我的手很小……"他停了一下,"我身体很瘦弱。真的是很冷。"

"你认为吉米枪杀了霍珀先生?"

"我想了很久,但是我想不明白为什么他会这么做。我没看见他有枪,而且如果只是信用卡诈骗,霍珀先生不应该把他怎么样。信用卡只是件很小的事。我想会不会是带着卡的吉米听到枪声以后也很恐慌,然后逃跑了。"

"你告诉过警察关于吉米的事了吗?"

"哦,没说信用卡的事。那样就太傻了。所以我对这事儿保持沉默。不过我当然告诉了他们吉米的事。不是所有的人——只有一个人——相信我的那个。"

你的律师都不相信你,鲁伊想。"假设吉米没有向霍珀开枪,你认为他会看到凶手吗?"

"可能会。"

"你告诉我的事情没有什么可进一步挖掘的。"

"我明白。"他叹道,"我只是在消磨时间,等着假释。但是这里有些我感觉要对我不利的人。我实在担心他们还会来找我。"

"找你?"

"要杀我,你知道。他们有这个意图。我不知道为什么。可这就是监狱生活,不需要有原因。"

鲁伊问:"还有什么坏事是你想摆脱的?"

包格斯看了一下摄像机。鲁伊站起来,透过取景器调整好镜头。取景器里的景象令她感到困扰,因为她看见的不是动物的眼睛,也不是罪犯的眼睛。那双眼睛应该充满恐惧,此刻却表现出期望;她看见柔弱、痛苦和——让人更难承受的东西:他身上有一部分灵魂,仍然是一个孤独、易受惊吓的大男孩。他说:"我的回答就是要告诉你这里像什么。就像你的心被晾衣绳绕了一圈又一圈;就像每天醒来都觉得是参加完葬礼后的早晨;就像你会接受恐惧——因为担心它的话,你将永远没办法摆脱。这是如此让人难过。当你看到头顶经过一架飞机,可以想象出它到什么地方去,但是你永远到不了,不管那里离你有多近。"

兰迪·包格斯停住,清了清嗓子。"请为我做一切你能做的事,小姐。求你了。"

第十章

鲁伊想尽办法当好一个妈妈。

她真的在做。

考特妮的上厕所训练也许完成了四分之三。剩下的四分之一很难应付,可是鲁伊尽最大的努力去完成。

她为小姑娘买了健康食品。

她一天给她洗两次澡。

她还为小姑娘买新衣服。

克莱尔对自己的时尚有着极其严格的品位,却为这个可怜的孩子买了一堆熊和迪斯尼卡通人物的衬衫,还有灯芯绒裤子。(灯芯绒!在纽约!)鲁伊直接把她领到苏活区一家儿童服装店,她认识那里的一个店员。她花钱买了些真正的衣服:一件人造革迷你裙和几件黑色T恤。黄色和灰绿色紧身裤。一包网状针织发带。首饰太危险——你永远不知道孩子会吞下什么东西——但是鲁伊发现了一条很抢眼的镶钉腰带和一双黑色的牛仔靴。(这双鞋稍微有点大,但是她盘算着,要应付小姑娘不断长大的脚,这是唯一的办法。为什么不买一双能多穿几个月的鞋?)最后买的是一件 PV 皮豹纹夹克。

鲁伊付了二百二十七块,不过她认为这很值。她说:"好吧,伙计,你看起来实在太棒了。"

"太棒了。"考特妮说。

但是没过多长时间麻烦就来了。

她们离开服装店,买了冰淇淋,一边走一边看橱窗。鲁伊在想,可不可以把三岁小孩带去跳舞。这里有一个超级午夜夜总会,就在哈德逊河附近的一座老建筑里,多年前这里是著名的区域①俱乐部所在地,相当有历史意义。她没在那儿见到过太多孩子——实际上,一个也没有。她想如果能早点儿去,刚下班,六七点的时候,可以偷偷把孩子带进去。把孩子打扮得像微型麦当娜,却不给她展示真正的纽约生活,那才是耻辱。

"你想去跳舞吗?"

"我想去动物园!"小女孩坚决地说。

"哦,动物园现在关门了,宝贝儿。我们过一两天再去。"

"我要看动物。"

"过一两天。"

"不行!"考特妮开始尖叫,跑进了川久保玲时装店,把冰淇淋扔到了一套八百块的套装上面。

托儿所也不管用。

鲁伊算过账,得出的结论是,如果她八点钟把考特妮送进去,七

---

①区域(Area)是纽约市著名夜总会,位于曼哈顿德逊街一五七号,一九八三至一九八七年间营业。

点钟接出来——这是派珀·苏顿建议她手下员工工作的最短时间——然后每周两天晚上请夜间保姆,她每个月要多花一百八十块钱。

所以这个小姑娘有半个星期在托儿所,半个星期在集团公司。

有一天晚上,派珀·苏顿打电话给鲁伊——那时全世界都下班了——要求她报告包格斯案的最新情况。("现在,鲁伊,现在现在现在!")鲁伊不得不将小女孩交给布拉福德·辛普森。他大度地接受了这个任务,即使她接到他私下打来的电话,说他放弃了一个约会来帮忙。很明显,如果她经常求助于这些应急保姆,那么不久以后她就不会再有朋友了。

然而最后结束一切的却是蜂蜜。

鲁伊花了整个星期四拍摄兰斯·霍珀遇害的那幢建筑外部和犯罪现场。她刚好在托儿所关门之前把考特妮接了出来,跳上出租车,把五十五磅重的器材和三十磅的孩子一起带回船屋。

鲁伊把她撂在老式摩托罗拉按键电视机前,播放《绿野仙踪》给她看,然后去冲澡。

考特妮不喜欢在堪萨斯那段黑白镜头,走来走去想找个东西玩。她最后锁定了厨房餐桌上的一罐苜蓿蜂蜜。她爬上椅子,小心翼翼地把瓶子拿下来,坐在地板上把它打开。

考特妮热爱蜂蜜。不是因为味道,而是因为它能十分缓慢地流到地板上。这十分有趣,但是更有趣的是,她可以用蜂蜜把鲁伊的录像带都粘起来。她粘了满墙的录像带,假装是恶毒女巫的城堡。

听到洗浴的水声停止了,考特妮觉得玩蜂蜜可能是她不应该干的事情。所以她把剩下的证据藏起来,都倒进了装池上牌摄像机的箱子里。

考特妮关上门,把空瓶子放在茶几底下。正好桃乐斯抵达了彩色的奥兹国,小姑娘坐下来开始看电影。

当看见摄像机时,鲁伊的尖叫把她自己也吓着了。她本来想大吼的,因为摄像机值五千块,但是她的嘴里没有冒出一个词。考特妮低头看着摄像机和到处流着的蜂蜜,开始大哭。

鲁伊跪在地上,一盘一盘地检查着损毁的录像带。她抱着摄像机,好像这是一只受伤的宠物。"噢,天啊,噢,不……"

"噢——噢。"考特妮说。

"我受不了了。"鲁伊喘息着说。

只打了两个电话。

她惊奇地发现,只要与孩子有关,你可以很快避开城市的官僚作风。和她通话的那个官员说保护调查社工将会在半个小时后赶到。鲁伊说不用麻烦,她明天会去他们的办公室。这个女人把地址给了鲁伊。

第二天,她把小女孩所有的东西打包,带着她搭乘地铁。在换乘了三次车以后,她们在布里克大街下车,爬上人行道。

"我们去哪儿?"考特妮问。

"去见几个好人。"

"哦。在哪儿?动物园吗?"

"我肯定他们会带你去动物园。"

"太好了。"

这幢大楼从外面看就像是一个拥挤肮脏的巨大工厂,表面灰度为十级——属于三十年代电影里那些身强体壮、头发油亮的企业家,他们都很明白金发荡妇和马提尼酒可能不是那么令人满意。

但是当鲁伊再次打量时,她确定这幢位于拉瓜迪亚的大楼看起来更像一所监狱。她几乎想转身就走。可她联想到——监狱……兰迪·包格斯……她意识到她有责任做好报道并拯救他。生活中有考特妮就不可能干成这些事。她左手牵着小姑娘的手指——上面还有点儿黏黏的蜂蜜——领着她走向这幢低矮黑暗的建筑。

鲁伊瞟了一眼前门上面的大理石板,那地方正适合刻上这么几个字:走入此门者,须放弃一切希望。

而不是现在刻着的:纽约儿童福利管理部。

鲁伊和考特妮缓慢地走向主办公室,穿过了绿色的走廊,走在绿色的亚麻油毡上。灯光明亮洁白,从墙上反射到皮肤上却变成了绿色。这让她想起麦格勒律师办公室的阴暗。警卫指向一位穿着红色亚麻套装,坐在堆满了回收文件和空纸杯子的办公桌后面的黑瘦女人。

"你有什么事吗?"这个女人问。

"你是约翰逊女士?"

这个女人笑着和她握握手。"坐。你是……"

"鲁伊。"

"对。你昨天晚上打过电话。"公务员约翰逊拿出一张白纸,拔掉比克牌圆珠笔的笔帽。"你的地址在哪儿?"

"西村。"

约翰逊顿了一下。"你能说得详细点儿吗?"

"说不清。这很难解释。"

"电话号码?"

鲁伊说:"没有。"

"对不起,我没听清?"

"我没有电话。"

"哦。"到现在为止她一个字也没写,"这是考特妮?"

"对。"

"我们要去动物园。"小女孩说。

"事情的经过是:我有一个室友——我是说以前——她的妈妈——我不知道她的姓,她把考特妮留给了我。她跑掉了——你能相信吗?我是说,我早上醒来才发现她跑了。"

约翰逊痛苦地皱着眉头,这时她更像是一个母亲而不是公务员。

"总之,她去了波士顿,而且就这样,她……"鲁伊的声音降了下来,"……抛弃了你看到的这个小孩。我想,我能做什么?看,如果没有工作的话我不会介意,我经常会这样——没有工作,我意思是——但是现在我——"

约翰逊早就把笔放下了。"毫无疑问的抛弃行为。发生的频率比你想得要高。"

考特妮说:"鲁伊,我饿了。"

鲁伊从她的挎包里找出一个沙丁鱼罐头。约翰逊看着她。鲁伊找出一个开罐器,然后打开它。"我更喜欢有小钥匙的那种罐头。"

考特妮期盼地看着开罐头的过程。

鲁伊看着迷惑的约翰逊女士。"你知道,那种钥匙。罐头盒子上的。就像卡通片里经常见的那种。"

"卡通?"约翰逊说,然后问,"你认为那些对她好吗?"

"这是水浸沙丁鱼。我不会给她吃油浸的。"她举起罐头。

鲁伊把一块手绢塞到考特妮的领子里,然后递给她一把塑料叉子。"不管怎样,她妈妈跑了,我也不知道怎么找到她。"

"你再没办法了?不知道她的姓吗?"

"不知道。只知道她住在波士顿。"

"波顿。"

约翰逊说:"通常这种案子需要警方介入。他们会联系波士顿警方,做一个标准的失踪人员搜查。她的名字是克—莱—尔?"

"对。我没有任何线索。克莱尔带走了她所有的东西。除了这张令人恶心的老海报和几件内衣。你也许可以查指纹。但是上面的指纹有可能不是她的。"

"考特妮的父亲是谁?"

鲁伊皱着眉,摇摇头。

约翰逊问:"未知人员?"

"基本上是。"

"描述一下她的妈妈。"

"克莱尔大概有我这么高。她的头发现在是黑色的,但是我们觉得染发让生活更明亮。原本是某种灰棕色。"鲁伊想了一分钟,"她的脸不大。她长得不算漂亮,我得说,更偏向可爱型的——"

"我更希望听到通用的描述,可以帮助警方找到她。"

"好吧,当然。身高五英尺三英寸,漆黑头发。大约一百一十磅重。经常穿黑色衣服。"

"她祖父母亲或其他的亲戚呢?"

"我连她母亲都找不到——我怎么会知道她姨妈或者叔叔的事?"

约翰逊说:"她可以被收养。她有什么健康问题吗?她现在吃什么药吗?"

"不,她非常健康。她只吃动物形状的维生素片。她最喜欢狗熊形状的,但是我认为她仅仅是喜欢药片的草莓味。你喜欢熊熊,是吗,宝贝儿?"

考特妮把沙丁鱼吃完了。她点点头。

"好吧,让我告诉你一些程序上的事情。这里是儿童福利管理部,属于本市人力资源管理部。我们有很多紧急寄养家庭,她要在那儿待一个星期左右,直到我们找到可永久收养她的家庭。希望到那时我们能给她找到一个妈妈。"

鲁伊的心一沉。"寄养家庭?"

"对啊。"

"呃,你听过新闻上的……"

"关于寄养家庭的?"约翰逊问,"那大都是媒体在夸张报道。"她的声音很坚定,鲁伊看见了一个不一样的约翰逊女士一闪而过。在红宝石色唇膏和假的安·泰勒首饰下,不会跳动着一颗温柔的心。也许在她左胸口文着帮派成员才有的文身。

这个女人继续说道:"我们会花几个星期调查收养家庭。你想想,倒是有谁会去详细调查亲生父母呢?"

说得好,鲁伊想。"我能去看她吗?"

答案是不行——鲁伊可以猜出来——但是约翰逊说:"有可能。"

"现在会怎么样?"

"我们有一位调查社工在待命。今天晚上她将把考特妮带到紧急收养家庭去。"

"我什么都不用做了?"

"你的任务到此为止了。"

鲁伊憎恨公务员的腔调,好像她们说出口的每一句话都快速结成了冰。

她转过脸对考特妮说:"你会想我吗?"

小女孩说:"不会。"

不会?

约翰逊对她说:"宝贝儿,你愿意和一对特别好的爸爸妈妈在一起吗?他们有很多像你一样的孩子,他们很想让你去那儿玩。"

"好啊。"

鲁伊对她说:"你在那里会高兴的。"

她为什么不哭?

约翰逊说:"我现在就带她走。你带了她的东西吗?"

鲁伊递过去一个袋子,乱七八糟地塞着毛绒玩具和她的新衣服。约翰逊看着鲁伊的脸,说:"我知道你的感觉,但是相信我,你做了一件正确的事。你没有别的选择。"

鲁伊蹲下,抱抱小女孩。"我会去看你。"

这时候考特妮大概明白发生了什么事情。"鲁伊?"她不确定地问。

约翰逊拉着她的手,领着她走向走廊。

考特妮开始大哭。

鲁伊也开始哭。

约翰逊仍然不为所动。"来吧,宝贝儿。"

考特妮回过头喊道:"动物园!"

"我们会去动物园,我保证。"

鲁伊离开了这座丑陋的建筑,感觉到一下就自由了。

她也感觉到和她一百零二磅体重一样重的负罪感,一盎司一盎司地加在她身上。可是她还忍受得住,她还有报道要做。

春天在监狱里和城市里一样。微弱,不易察觉。你只能通过空气感觉到它。气息,味道,你感觉到有一些温暖。它调戏你一两次,然后就走开了。回到工作岗位,或者回到监狱的院子里。番红花永远拱不破水泥地面。

兰迪·包格斯正在监狱健身房等待塞文·华盛顿，春天的气息击中了他。妈的，这让他感到不爽。他从来没上过大学。学校对他来说就意味着高中，而这所破旧的监狱健身房让他想起在华盛顿欧文高中时他闻到过的那种味道，二十年前。当时他在那里要么在双杠上做练习，要么在吊环上做十字悬垂，突然，他闻到了空气中的这种味道，这意味着不久以后他们就要离开学校，暑假正在前面等着他——在得到克雷斯格木材厂的工作或者其他工作之前，有好几个星期完全自由自在的时光。

妈的，春天的味道真是……

这股味道勾起了他一连串的回忆。女孩们小小的乳房、草地上的激情、链锯上切威三五〇发动机的隆隆声。还有啤酒。啊，他爱啤酒。不管是现在还是以前。不过他明白，当你还未成年的时候，没有一种味道赶得上啤酒。

兰迪·包格斯眯着眼睛看向健身房对面，看见了大步朝这边走来的塞文·华盛顿的身影。他足有二百三十磅，宽阔的脸庞上方是紧密编在一起的一排排的小辫子，下面是像包格斯大腿一样粗的脖子。

见面后没多久，华盛顿大声笑起来，告诉包格斯他活了四十三年，从来没交过白人朋友。他很怀念那条河，因为他的活动范围总是离家相当近，他家在第一百三十七大街，那里极少有白种人，更别提交朋友了。

这也就是为什么，当那天在操场上包格斯用他那扯淡的温柔又害羞的声音找他说话的时候，华盛顿感觉到很不舒服。华盛顿后来告诉他，起初，他以为包格斯想当他的"女朋友"，他的男爱人，后来华盛顿又觉得包格斯只是一个白屁股疯子，也许是吃了天使之尘或其他毒品。但是包格斯继续和他说着，谈天说地，开着玩笑，比牢里其他的人说得更合情合理，于是华盛顿和包格斯成了朋友。

包格斯说他曾经去过罗利市[1]和达勒姆市好几次，而且了解到华盛顿的家人就是从北卡罗莱纳州迁来的，尽管华盛顿自己一次也没去过。华盛顿想听关于那个州的所有的事，包格斯也很愿意给他讲。以北卡州为起点，他们谈了很多，包括西尔维亚餐馆、哈莱姆区、迪兹·吉莱斯皮[2]、德克斯特·戈登[3]、艾迪·莫菲、丹泽尔·华盛顿（不是华盛顿的亲戚）、D级重罪、啤酒、旅游、搭便车……

但是这两个人的友情还有另一个基础。

一天，华盛顿把包格斯叫到操场，说："知道为什么你找到我并和我说话吗？"

"不知道，塞文，我确定我不知道。你说是为什么？"

"安拉。"

"再说一遍是什么？"包格斯问。

这个巨汉解释道，安拉走进华盛顿的梦里，告诉他有一项工作是要去和包格斯交朋友，并让他皈依。

他把这些都告诉了包格斯。包格斯满脸通红道："操，这是我听过的最疯狂的事情。"

"不，朋友，事实如此。你安全了。我和安拉会照顾你。"

包格斯觉得这更疯狂了，特别是和安拉有关的那部分，然而对他来说，这再好不过了。

但华盛顿的工作从开始就不容易。包格斯在哈里森监狱就像是养

---

[1] 北卡罗莱纳州首府。
[2] 迪兹·吉莱斯皮（Dizzy Gillespie, 1917—1993），美国爵士乐小号手，乐队领袖、作曲家，对现代爵士乐有极大贡献。
[3] 德克斯特·戈登（Dexter Gordon, 1923—1990），美国爵士乐手，以次中音萨克斯风演奏而闻名。

殖场里的动物，瘦弱、害羞、安静、不合群。他不与人交往，不与人争执，不拉帮结派。他立即成为不受欢迎的人，就是那种以"偶然"死亡而告终的人——比如一个不小心，钻床上的四分之三英寸钻头扎到了他脖子上，然后在有人发现之前流血而死。

或者是那种自己结束生命的人。他们通常会把你的皮带收走，但是如果你想死，在监狱中你可以让自己死，一点儿不麻烦。

可是塞文·华盛顿做完了他的工作。哈里森监狱所有人都知道了，包格斯受一位最虔诚的穆斯林保护，这个人凑巧也是最强壮的。当这个消息在各个监区里传开的时候，兰迪·包格斯身边就极少有人走动了。

极少，但不是说完全没有。

华盛顿施了一个快速的穆斯林见面礼。"你好，兄弟。"他皱着眉头低语道，"哟，伙计，你有麻烦了。"

"什么？"包格斯问，心里一沉。

"有消息说他们还要找你。这次情况很严重。我在主监区有个卖消息的人，他说他打听到了这事儿，相当确定。"

兰迪·包格斯皱着眉头道："为什么，伙计？我就是不明白这一点。你听说什么了吗？"

华盛顿耸耸肩，道："一点儿都没听说。"

"好吧。"包格斯的脸有点扭曲，"该死的。"

"我准备派人去问了，"华盛顿说，"我们会找出发生这些破事儿的原因。"

包格斯考虑着。他从未仇视过黑人，他从来不在洗澡的时候窥视别人的生殖器，他从来不收警卫给的万宝路香烟，他从来不沾雅利安兄弟会。他想不到任何理由会有人想搞死他。

"我不知道我做过什么。我不认为——"

"嗨,冷静点儿,伙计。"华盛顿咧嘴笑道,"嗨,你想什么呢?还有二十四个月。这么点儿时间保住你的屁股不被人搞应该不会太难。"

"伙计,我痛恨这个地方……"

每次有人说出了众所周知的事,塞文·华盛顿都会像现在一样大声笑起来。"要反过来想。没几个人敢动我们。"

兰迪·包格斯说:"当然。"想着想着,他看到了覆盖着细铁丝网的玻璃窗里的自己,他通红的眼睛正在看着的根本不是他活生生的身体,是别的什么东西——令人恐惧的东西,冰冷且毫无生气地躺在那儿,血正从身体里流出来。

想到这些,除了这个壮汉的保证,他现在唯一的希望就是那个留着马尾辫,带着摄像机的女孩了。

第十一章

这个城市是一个你永远不会厌倦的游乐场。

一旦你去除对这里的恐惧（这里没有东西能让杰克·内斯特害怕），纽约就是世界上最大的游乐场。

走出长途汽车总站的一刹那，他感觉到了兴奋。触电一般。他当时想：自己为什么要在微不足道的佛罗里达浪费时间？

他闻到了散发鱼腥味的河流、烤椒盐脆饼小贩的炭烟、大便、尾气。忽然他嗅到了一股恶心的香味，三个阿拉伯人装扮的黑人正在一个折叠桌前卖东西。他走过去。图画里的人看起来像是古代人，穿得和这三个人一样。以色列十二部落。只不过这三个全是黑人。黑皮肤的犹太祭司……

真是个疯狂的城市！

内斯特走在第四十二大街上，在一排色情表演小剧场前停住脚步。他离开并继续游逛，看着老电影院、舞台剧院、愤怒的司机、自杀一样乱穿马路的人。汽车喇叭此起彼伏地叫嚣，好像每个人的车后座上都有一个临盆的孕妇。他已经感觉有些累了，但是他知道，只要一两天他就能恢复过来。

他停下来买了一个热狗，三口吃完。走到下一条街拐角他又买了一个，这次他还要求加了洋葱。在第三个柜台他买了两个热狗，不加洋葱，站在那儿吃完，又喝了一杯雪碧。他点的是雪碧，可拿到的完全不是。某种柠檬苏打水，牌子没听说过，味道就像药水。当小贩切开香肠往里夹德国酸菜的时候，内斯特问他这附近哪儿有旅馆。

这个男人耸耸肩道："不造。"

"嗯？"

"不造。"

"那是旅馆名字？"

"我不资道。"

"你他妈的为什么不学学英语？"内斯特走了。过了两个街区他看见了一块牌子：王庭酒店。他曾在迈阿密海滩住过一次同样名字的旅馆，不是个差地方。他记得这个旅馆干净而且便宜。内斯特走向大门，突然门开了。他没留意到有个穿黑衣服的年轻小伙子站在门内。这个人说："你好，先生，要我帮您拿包吗？"

迈阿密的店可没有门童，内斯特记得。

"我只是想向柜台上的小伙子问个问题。"

她不是小伙子，而是一个年轻的金发女人，说话带点儿法国腔，牙齿整齐，绝对完美。她微笑着说："您好。"

"呃……"他看着周围。很奇怪，这里看起来像是个屋顶很低的库房，到处是石头和金属的家具。很多家具都用白布包着。

"呃，我想知道，你们还有房吗？"

"当然,先生。你想住多长时间?"

"呃,单间多少钱?"

她在电脑上查了一下。"四百四十元。"

一个星期的价?这些人疯了吗?

现在的问题是如何离开这里,而不会被这个长着梳子一样整齐牙齿的金发女人认为自己是个彻头彻尾的浑蛋。

"我是说一晚上。"

停顿了几秒钟。"事实上,这就是一天的价钱,先生。"

"当然。我只是开个玩笑。"内斯特嘿嘿笑着,看到没有办法挽救这个形势,便直接走了出去。

只走过了一个街区,他找到了美仑徽章酒店。他知道这里还可以,因为有一群看起来脏兮兮的旅行者正站在大门前,翻阅着纽约市米其林指南。这里的前台接待站在一面树脂防弹玻璃后面,他的牙齿没有那么整齐,也还算挺白的。内斯特要了一间三十九点九五元的房间,乘电梯来到了七楼。房间还可以。他在房间内走了一圈,感觉很好。向外望去没有大海,也没有高速公路或其他什么东西,只有通风井,不过这对内斯特来说无所谓。他放下百叶窗,躺在床上,倾听着胃和热狗之间的争论。

他打开电视,看了一会儿重播的《迈阿密风云》,又把每个频道都按了一遍,然后关上电视机。没有遥控器真是让人恼火。他脱下拳击短裤和无袖T恤,狠狠地刷完牙,上床睡觉。

他闭上眼睛。

一闪。画面开始了。

内斯特经常有睡眠问题。很早以前,他认为是身体方面的原因。或者说,他"希望"是身体方面的原因。但是现在他知道根本不是。

失眠的原因是这些画面。

当他的头接触到枕头的那一分钟（除非有人睡在他身边，转移他的注意力，或者至少有此打算），准备睡觉的那一分钟，画面就开始了。他可以称呼这些画面为记忆，因为它们不是别的，都是他过去生活的情景。然而记忆和这些又不同。记忆应该是他对家庭和童年的印象；他的第一辆车；他的第一次性交。也许是真实的记忆，也许不是。

但是这些画面……啊，每一个细节都如此清晰。

他在三百码的距离外用 M16 的金属准星瞄准一个菲律宾革命者，这个男人像个麻袋一样跌倒……

一个南非黑人想着他可以安全穿过博茨瓦纳的边境线……

一个衣服架子绑住了一位萨尔瓦多人的双手。为什么非要这么麻烦？反正他过六十秒以后头上就要挨一枪……

还有上百个其他的人。

白人和黑人，穿着不同颜色衣服的人，一言不发的人，叫声此起彼伏的人。

画面一幅接一幅……

当然，它们不会萦绕他，他也不会有任何情绪反应。他没有被负罪感折磨，也没有很强的欲望。它们只是挥之不去。画面涌入他的大脑，不让他睡觉。

当夜，内斯特躺在过于柔软的床上，承受着这些画面——城市让他充满精力，同时这里的快餐也让他不舒服。他推开一幅，又推开取而代之的另一幅，然后是下一幅。他想她，但是画面将她挤了出去。他思考着在城里要干什么，这让画面暂停了一小会儿，可是它们又回来了。

最后——将近凌晨三点——他开始回想那个法国姑娘，那个有整齐牙齿的女人。他又使了点劲儿去想（这还真是重体力活儿），最终他放松了下来。

一个约会足以让布拉福德·辛普森高兴，而不至于让鲁伊担心。

他们坐在西侧高速公路附近一家墨西哥饭馆的露天餐桌旁，桌子上堆着很多特卡特牌啤酒①的红罐子、薯条和萨尔萨辣酱——还有一厚沓有关兰斯·霍珀和兰迪·包格斯的资料。

他想过再一次约她出来，现在已经实现了，可是鲁伊却打算让这个傍晚主要用于谈工作。

当他们审阅霍珀的档案时，布拉福德急促地把椅子拉近，鲁伊忍受着膝盖之间若有若无的接触。"考特妮在哪儿？"布拉德问。

"别说那个。"鲁伊说。

"当然。她还好吗？"

是的。不。可能不好。

"她很好。"

"她真是非常可爱。"

我们别说那件事，她想着，翻回到布拉福德在资料室找到的兰斯·霍珀的档案。

读着读着，她开始构建起前集团公司新闻主管的清晰画面。

霍珀是个难相处的人——他要求公司每个人都要像他一样勤奋，并且不许私人生活干扰工作。他也是个贪婪、爱嫉妒、小气、极有野心的人，有几次他与公司续约的时候，威胁母公司给了他股权，使他

---

① 墨西哥著名啤酒品牌。

的身价成百上千万地飙升。

同时，他也是一个有情义的人。例如，他尽力抽出时间与实习生在一起，布拉福德曾经提到过。他支持公司里对年轻人的教育计划，即使这些节目的收益远不如新手动画和冒险节目。

霍珀定期出现在华盛顿的联邦通信委员会和一些国会委员会面前，宣扬解除媒体限制的重要性。所以他经常被重视家庭的保守团体横加挞伐，他们认为应该对媒体进行更严格的审查。

霍珀曾为公司历史上最严重的丑闻承担责任。三年前——就在他去世前——集团公司做了一则备受赞誉的新闻故事，作为对联合国在黎巴嫩维和行动报道的一部分。这个新闻故事是关于贝鲁特郊外一个小村庄的独家消息。这个村庄看起来拥护自由且亲西方，但实际上是宗教激进分子武装的一个基地。

当联合国军在这个村庄清扫可疑的恐怖分子时，他们做足了准备以应对武装抵抗。然而当一名伏击者的一颗子弹落在车队附近后，整个行动变得血肉横飞。开枪的连锁反应随之而来。二十八人死亡，包括一些士兵，全部死于友军火力。伏击者是一名十岁大的男孩，他一枪打在了石头上。武装分子估计一个星期前已经离开了。有些人指责联合国竟然把新闻报道当情报，而大部分的人则认为错在集团公司，因为他们首先做了这一报道，或者至少没有继续跟进报道恐怖分子已经离开的消息。

霍珀承担了此次事件的责任，只身前往贝鲁特参加被杀村民的葬礼。

布拉福德和鲁伊继续仔细查阅档案，霍珀的身影渐渐浮现出来：一个性格复杂、雄心勃勃、一往无前的男人，没有发现致他死亡的明显原因。

随后他们俩又开始研究鲁伊上个星期前往东海岸和南部地区采访

认识兰迪·包格斯的人的记录。

对,兰迪·包格斯为我工作了将近两年。他走进来找个工作。好小伙儿。挺可靠的。他不会是凶手。他干活很卖力。我肯定那是六十年代的事儿。那时我们存在黑人问题。当然,我们仍然存在黑人问题。对于这事儿,我要说几句,既然你带了摄像机来——

下一个……

兰迪·包格斯?对,我认识包格斯一家。我不记得他家的孩子。他爹是个卑鄙小人,伙计,那个——

下一个……

兰迪?对。我们一起做过龙虾生意。但是——你让摄像机转着吗?好的,让我告诉你这个故事。老婆和我有一次去波特兰,我们开一辆切威——我们通常买美国车,即使它们是一坨……你知道的,嗯。我们在路上开着,看到天空中有三道光,我们知道那不是飞机,因为这三道光很强烈。然后其中的一道——

下一个……
鲁伊大大地打了个哈欠。
"你还撑得住吗?"布拉福德问。
"还行。"她打开另一份文档。

她的生活已经被自己变成了无穷无尽的加班循环，公费坐飞机、住旅馆，三天两头紧张地向集团公司汇报工作，时而跑题时而有用的采访，船屋孤单的生活，以及乱哄哄的新闻摄影棚。（有天早晨她醒来一看，发现她睡觉的时候枕边还放着贝塔制式摄像机——更吓人的是，她睡觉的时候胳膊搂着摄像机一整夜。）她放弃了深夜俱乐部，放弃了西村作家酒吧，甚至连萨姆·希利也没见几次。派珀·苏顿偶尔会突然把鲁伊从她的小卧室里揪出来，让她汇报阶段性情况，就像一只老鹰正紧紧抓着在它爪子中不停扭动的鲑鱼。

当她和布拉福德埋头于所有这些材料之中，埋头于这些一边畅饮着龙舌兰酒，一边传出沙哑的大笑、吹牛、调笑声的几十个年轻律师与商人之中，埋头于曼哈顿令人激动的生活之中——鲁伊不仅对像兰斯·霍珀这样活力充沛且重要的人被杀害感觉到越来越愤怒，而且也越来越肯定，兰迪·包格斯没有做这件事。

第十二章

"来吧,萨姆。求你了!"她试过诱惑,现在她正试着乞求。

但是萨姆·希利是一个以拆除炸弹为生的警官;很难说服这种人去做他不想做的事。

他们正坐在船屋的后甲板上,一边喝啤酒一边吃着微波炉爆米花。

"我只是想看看。一份小文件。"

"我没办法获准查阅第二十区的文件。我是拆弹小队的,他们凭什么理睬我?"

鲁伊花了很长时间,试图确定她是否爱这个人。她觉得自己是以某种方式在爱他,不过不同于以前——不管这个"以前"已经过去多久了——没有那么分明。不是简单的爱或不爱,现在的爱更加复杂了。爱有程度,有不同的阶段。爱就像空调的压缩机,有吸入有释放。她和希利可以轻松说话,并且一起欢笑。他有时看起来像万宝路香烟广告里的男人,她喜欢这一点;她喜欢他冷峻的眼神,比她见过的任何一个男人的眼睛都深沉。但是她错过的是那种深入肺腑、令人忘我的痴迷,这是鲁伊最想要的爱情,即使极少会遇见。

此外,希利是已婚人士。

奇怪的是,这并没有给鲁伊带来太多困扰。至少他跟太太已经分居,并且直截了当地坦承他去见过几次谢丽尔。鲁伊将他的婚姻看作车里的安全气囊——一种安全措施。也许当她岁数再大一点,她会逼着他做出决定。不过现在他的婚姻只是他自己的事。她想要的只是坦诚,以及一位捉摸不透的男朋友。而没有哪个男朋友能像纽约市拆弹小队的这位警官一样捉摸不透。

鲁伊说:"他们抓错了人。"

"我知道你对包格斯的看法。"

"我不用悄悄进入证物室,我只是想看一个文档。"

"我认为你想当一名记者。"

"我正是一名记者。"

"记者不会骗人。用我打听消息是不道德的。"

"当然不会。你知道,有匿名消息来源这种东西。干吧,你将会成为我的'深喉'[①]。"

"这是谋杀案调查。我会因为泄露消息被停职。"

"这是谋杀案判决,已经结案了。"

"案卷是开放的,你为什么不——"

"我已经拿到案卷了。我需要警方报告,里面有所有证人的名字、子弹角度、开放性伤口照片。所有好东西。帮帮忙,萨姆。"她亲亲他的脖子。

---

①水门事件新闻的匿名消息来源。

"我什么都做不了。对不起。"

"这个人是无罪的。他正在为他没做过的事情服刑。这太悲惨了。"

"你可以和公众信息官员谈谈。他们会给你有关部门对此案的报告。"

"他会告诉我一堆废话。"

"她,"希利说,"不是他。"他站起来,走进厨房。"你有什么扎实的东西吗?"

"哦,首先,我采访过的人都说兰迪·包格斯绝不可能会杀人。其次——"

"我是说能填饱肚子的东西。"

"噢。"她瞟了一眼厨房,"没有。"

"别那么垂头丧气。"

"我没有垂头丧气,"她马上回应道,"我只是没有'扎实'的食物。对不起。也许还有些水果和高纤麦片。"

"鲁伊……"

"一根香蕉,已经放很久了。"

"我拿不到报告。对不起。"

"一罐金枪鱼。那个相当油腻,即使你就着麦片吃也一样——甚至就着高纤麦片。"

希利不想上钩。"没有档案。放弃吧。"他拿着椒盐饼干和农家奶酪走回来,"你的小姑娘呢?"

她犹豫了一下。"我送她去社会福利部门了。"

"哦。"他看着她,脸上没有表情,什么都没说,吃着奶酪。他给了她一小块,但是她没兴趣。

她分辩说:"那里真的有一大群好人。你知道,他们真的非常专业。"

"哦。"

"他们会先把她放在一个寄养家庭里一段时间,然后他们会寻找她妈妈……"她在躲避他的眼睛,看着别处,研究着他的纽扣、衣缝的针脚、他鞋子中间不规则四边形的地板。"嗯,这是个好办法,不是吗?"

"我不知道。是吗?"

"我必须这么做。"

"我干巡警的时候,每天要按规定巡逻。我们有时会看见小孩。如果怀疑任何孩子受到忽视或是虐待,你必须带他们去社会福利部门,或是找一个社工来看看他们。"

鲁伊说:"那些人不错,对吗?"

"我想是的。"

她站起来,慢慢踱着。"那我能做什么?我不可能照顾一个婴儿。"

"我没有说——"希利开始解释。

"是,你就是。你一直说'我想是','我不知道'。"

"你做了你认为对的事情。"

握紧,松开。她没有修过的短指甲扣进手掌,然后放松。"你的语气就像是我把她送给了吉卜赛人。"

"我只是有点吃惊,仅此而已。"

"那我应该怎么办?天天带着她?因为她,我修理摄像机就要花五百块钱。我不得不重新摄制八个小时的片子。我没能力雇一个保姆——"

"鲁伊——"

声音越来越高,越来越气愤。"你搞得好像是我遗弃了她。我不是她妈妈，我根本不想要她。"

希利笑着说："别多想。我肯定他们会照顾好她的。来吃点农家奶酪。那里放的是什么？"

鲁伊看了一眼。"苹果？梨？等等，我想是一个葫芦瓜。"

"能是那种颜色吗？"

她说："等他们找到克莱尔，就会把考特妮接出来了。"

希利说："也许过几天就能找到。"

鲁伊站在圆圆的舷窗前，看着外面的水面，霍伯肯的灯光倒映在水面上，好像飞机跑道上的灯。她顺着灯光看向陆地，又看回来。她凝视着这些灯光几分钟，直到一艘途经此处的快艇将它们打散。当颜色重聚的时候，她扭头看着希利说："我做得对，是吗，萨姆？"

"你做得肯定对。"他扣上奶酪盒子，"我们出去吃饭吧。"

派珀·苏顿感觉到了自己对他的影响力。这让她很不舒服，因为这纯粹是性的力量。

因此，这是她不应该施加的，或者，她宁愿不让自己施加这种影响力。

她看着桌子对面的那个男人。她跷起腿，奶油色的长筒袜细微的摩擦声提醒着她那种影响力。她正坐在比自己的办公室高两层的一间办公室里——母公司大厦最顶端的房子。

"一起喝杯咖啡吧。"这个男人说。

"不用了，谢谢。"

"我得喝一杯。"丹·森普尔有四十四岁，外表整洁得体，头发花白斑驳，额前垂下几绺卷曲的短发。他不是派珀·苏顿、李·梅塞尔或者是他的前任兰斯·霍珀那种新闻从业者。他以前向地方电视台推销广告时间,后来进入集团公司,又调入娱乐节目部门,最后转入新闻部。缺乏记者从业经验并不重要。森普尔的天赋和钱有关——赚钱与攒钱。没有一个电视产业人会天真到认为单靠高品质的新闻就能成功经营一家集团公司。除了仅有的几个例外,当森普尔代替霍珀坐到集团公司新闻部主管的位子上时,没有人觉得惊奇。他们的共性很明显:作为一个彻头彻尾的混账家伙,霍珀曾是一个伟大的新闻工作者;而作为一个冷酷的自大狂,丹·森普尔则是一个伟大的商人。

虽然对待派珀·苏顿时,他不是那么冷酷。

过去,她和好几个集团公司的高管上过床——仅仅是那些与她地位相等,并且是她在肉体上喜欢的男人,或者因为她实在是喜欢他们的公司。苏顿压根儿不去理会谣言和闲话,但是她有几条道德准则,其中之一是她绝不会利用肉体获取提拔;有无数种其他方法可以对付你的上级。

和森普尔的关系维持了一年,那时他们都在集团公司当部门领导,而那是四年前的事情了。后来霍珀被杀,苏顿曾经预言过的事情发生了:森普尔接了霍珀的位子。董事会宣布任命后的那天,她走进他的办公室说,她为他感到非常高兴,她知道他多么想要这个职务。然后,苏顿抓着森普尔的手,亲亲他的脸,结束了他们的关系。

从那时起,森普尔开展了一场几乎是青春期男孩才会有的行动,来争取她回心转意。虽然他们经常见面,在一起吃饭,出席义演和正式宴会,但是她已经决定结束他们的亲密日子。当她说这对她来说也是一个艰难的决定时,他根本不相信。事实上确实如此。她喜欢他的肉体,她喜欢他的力量、光芒和果断。苏顿过去曾经为了一个弱小的男人而安顿下来,并且学到了教训;她用了很多代价去证明这一点。

她和森普尔的每一次对话都潜伏着这种浪漫的紧张。让她很困扰的是,虽然森普尔极大地尊重她的能力,他对她的渴望却是层次最低的那种。她对他的影响力是情人的影响力,而不是女王,这让她十分愤怒——同时她不断地拒绝继续与他保持性关系。

"巴黎怎么样?"她问。

"马马虎虎。干吗总是问怎么样?都一样。巴黎从来没有变化。"

咖啡到了。执行副总裁有他们自己的餐厅,会把他们对食物或饮料的要求放在唯宝①杯具的瓷碟上,托在印有母公司标志的漆盘里。森普尔倒了一杯咖啡,小口啜着。

"告诉我这件事情。"

苏顿很快说完,不带任何感情。

"她叫鲁伊?名还是姓?"

"某种扯淡的艺名。她是公司在曼哈顿下属电视台的摄像师。"

"李怎么看这件事?"森普尔问。

"稍微比我多一点点支持。不是很多。"

"为什么我们要做这件事,嗯?"他冷冷地问。森普尔深色的眼瞳扫过苏顿的上衣。她很高兴自己在白色丝质衬衣上面穿着羊毛夹克。可是他的眼睛只有一部分在看她的身体,另一部分正在思考。在那双眼睛后面的大脑正在想什么,这对她完全是个秘密。这是他最吸引人的品质——她没法测出他的深度。这也是他更加令人害怕的地方。

她答道:"这个女孩说,实际上,如果她不为《时事》节目制作这个报道,她就会独立制作并卖给别人。"

"要挟。"他断然道。

---

① Villeroy & Boch,德国著名餐具品牌。

"更像是年轻人的狂热。"

"我不喜欢这个主意，"森普尔说道，"这个报道没什么意义。"他喝下了更多的咖啡。苏顿记起他喜欢一大早裸体坐在床上，膝盖上放着托盘，杯子和杯托直接放在他的阴茎上方。他喜欢这种温暖？她过去常常琢磨这事儿。

他问道："目前她做到什么程度了？有什么收获？"

"没有。没有什么实质性的东西。拍了很多背景性质的带子，仅此而已。"

"那你认为这个报道有没有可能不了了之？"

苏顿避开他的眼睛。"她还年轻。我会密切关注她。我希望她会对整件事感到厌倦。"

森普尔有权力永远让这个报道不了了之，留下比电视上几条像素扫描线还少的痕迹。他瞥了苏顿一眼，说："随时向我报告她的进展。"

"好的。"

"我是说每天。"森普尔看向窗户外面，"我发现了一个很不错的饭馆，离圣杰曼不远。"

"真的？"

"我想你可以和我一起去。"

"听起来不错。"

"米其林犯了个错误。我得写信给米其林，让他们给这个饭馆增加一颗星。"他拔掉钢笔的笔帽，在日历上记了几句，提醒自己要做这件事。

第十三章

鲁伊正在梦游。至少她是这么觉得。

她已经坐在办公桌前,脊椎弯曲了七个小时,一直在审阅录像。周围的空气中充斥着一群小黄蜂发出的嗡嗡声。她还以为是面前的电视发出的,直到她关上电视才意识到,嗡嗡声一直不停,是从她脑袋里传出来的。

够了。

鲁伊站起来,伸了个懒腰;关节一连串的啪啪声顿时取代了嗡嗡声。布拉福德正埋头登记最近她摄制的录像,鲁伊径自走了出去。她穿过迷宫一样复杂的走廊,走入春季的傍晚。她从脖子上取下身份牌的镀铬链子,揣进豹纹背包。

外面有一个集团公司的女员工正焦急地站在人行道上。她的丈夫——一位年轻的专业人士——牵着两个孩子向她走来。很明显,今晚轮到他去接孩子。

这个妈妈漫不经心地抱抱他们,然后开始和她丈夫讨论周末计划。他们的女儿,一个和考特妮差不多大的红头发女孩,扯扯她妈妈的诺玛·卡玛丽牌裙子。"妈妈……"

"等一会儿,"这个女人严厉地说,"我正在和你爸爸说话。"这个小女孩看起来很不高兴。

鲁伊冲小女孩笑笑,她却没有理睬。这一家子走了。

上帝啊,我已经筋疲力尽了,她想。

她走在路上,感觉到凉爽、弥漫着电器味道的城市空气让她清醒,她看见纽约互助人寿保险公司大厦上的时钟,时候还早,只是晚上八点钟。还早?鲁伊想起下班时间是五点钟。她继续沿着百老汇大街向下走,经过林肯中心一大片彩色粉笔画作——她停下脚步,听见有音乐传来,但听不太清楚。她继续向南走,决定走路回家,几英里的步行能让血液重新回到腿上。她思考着应该怎样做这则报道。首先要做的事是拿到警方对霍珀案的报告。

然后她必须找所有的证人谈谈。给麦格勒拍一段片子。也许要采访法官。再找几个陪审员。她想会不会有某个老牧师认识包格斯。一个像演员史宾塞·屈塞那样的人。啊,好吧,我要告诉你,他曾在难民救济厨房帮忙。他照顾他的妈妈。当他还是辅祭男孩的时候,每个星期天他都会把他一半的零花钱放入捐献盘……

还有很多事情要做。

她走过地狱厨房。当走到第九大道的时候,她转动着脑袋,感到很失望。这个地区又新增了很多建筑——四四方方的高层建筑,外表光鲜的饭馆和商店。她最喜欢的还是像地鼠帮①老巢那样的社区,那

---

① 美国二十世纪初的黑帮,发源地就是曼哈顿的地狱厨房。后文提到的三个人名均为帮派成员。

是十九世纪纽约最强悍的黑帮。鲁伊最近才读过有关老帮派的书。在她被包格斯的故事绑架之前,她已经计划着做一部帮派题材的纪录片。主角恶棍就是这个地鼠帮和它的姊妹帮派——巴特罗女士社交与运动俱乐部(众所周知的名字是女地鼠)。没有一个独立制片人对这个题材感兴趣。手持机关枪的黑手党、哥伦比亚人和牙买加人仍是当下的犯罪明星,在媒体看来,人们大都很想看那些人的故事,比如单肺卡伦、山羊萨迪、矮胖子马拉尔基等。

当走到她的街区时,她的脚有些疼痛。在船屋外,她停下脚步,看着漆黑的窗户。一家人经过她身后——母亲、父亲和他们的孩子,一个有五六岁的可爱男孩。他正在问问题——哈德逊河会流向哪里,河里有什么样的鱼——妈妈和爸爸正在胡乱编造着答案。他们三个人都在不停地大笑。鲁伊急切地想加入他们,但是她制止了这个念头,她明白自己是个局外人。这家人走过之后,她登上跳板,走进船屋。她把包扔在门边,站在那儿听着,脑袋转来转去。汽车鸣笛声,直升机的声音,发动机的轰鸣声。所有这些声音都来自远方,没有任何声音从船屋里面传出来,除了她自己的心跳声和脚踩在地板上发出的嘎吱声。

她想开灯,却慢慢把手缩回来,摸索着向前走,躺在沙发上,双眼看向屋顶,凝视着哈德逊河变化多端的水面反射在屋顶上迷幻旋转的光影。她躺在那儿,许久许久。

一个小时后,鲁伊坐在燥热的地铁车厢里,列车行驶在轨道上,口吃一般地发出同样的声音。她在提包里装了些新工具——一把木工锤,一罐军用催泪喷雾,两把起子(十字口和平口),遮蔽胶带和橡胶手套。她的物品清单还包括一个大号手提水桶,一杆棉线拖把和一瓶温德克斯牌洗涤剂。

她也在思考着法律。她想知道如果不是破坏和非法进入,罪名会不会轻一点——如果你仅仅进入而不搞破坏的话。

对于这种问题,只有萨姆可以马上回答。当然,他是这个世界上她最不能去问的人。

不过她想,应该已经有人思考过这其中的差别。即使你没有撬开门锁或者打破任何杯盘,惩罚也不会因此减轻很多。也许法官会判她一年而不是三年。

也许是十年而不是二十年。

也许是更长的刑期。即使她着眼的是政府财产,这也不会有什么差别。

这栋建筑离地铁口只相隔几个门。她走出来,突然停住。一名警察走过,他的步话机嘶嘶地响着。她紧紧贴在一根路灯柱后面,上面刷了一层又一层油漆,她想知道多年前的颜色是什么样的。也许一百年前地鼠帮或者哈德逊工装帮的帮派分子就藏在这根灯柱后面,找机会干活儿。

街道上空荡荡的。她漫不经心地走进这座老旧的政府机关大楼,走向夜班警卫,托词和假证明都准备好了。

二十分钟后她走出来,包里装着用拖把和水桶交换来的马尼拉纸文件夹。

她来到一处电话亭假装打电话,快速翻阅着文件。她找到了要找的地址,然后迅速走入地铁。等了十分钟,她搭上老旧的地铁四号线,前往布鲁克林区。

鲁伊喜欢纽约市外的行政区,特别是布鲁克林。她想着那里,时空翻转。道奇队①经常在那里练球,肌肉发达、穿着T恤的小伙子们一边舔着蛋筒冰淇淋,一边调戏着嚼着口香糖、性格强悍的姑娘,而姑娘一边打着性感的懒洋洋的哈欠,一边予以回击。成员众多的移民家庭挤在狭小的公寓房里,争辩、胡扯、大笑并且充满爱和忠诚地相互拥抱。

地铁里熙熙攘攘,她潜入的社区却安静祥和。她拿着手中的东西,迟疑了一下。

在找到那排房子之前,她必须走路穿过三个街区。红砖墙,黄篱笆,两层楼,一块窄小的像贫血一样的黄色草坪。一蓬一蓬的红色盖住了这栋建筑的正面:天竺葵正蔓延到每一处地方——从花盆里,从驴子或胖墨西哥人形状的陶罐中,从窗台上的绿色塑料盒子里,从牛奶纸盒中,它们不断逃散。这些花让她感到烦恼。欣赏这些花的人很可能是一位非常好的人。这意味着鲁伊将会为自己下面要做的事感到非常内疚。

但是,这并不能阻止她走上门廊的台阶,把一个纸袋子丢在门廊的地面上,然后将其点着。

"噢,妈的……什么?……又是那些臭小子……肯定是!这次我要叫警察了……别打火警电话。只是……"

鲁伊迅速跑向后面的台阶,穿过大门敞开的厨房。她看见一个男人急速跃向前方,用脚猛踩燃烧的纸袋,火星四溅,浓烟阵阵。一个身体圆胖的妇人手提一个长嘴水壶,把水浇在那个男人脚上。鲁伊趁他们不注意,从他们身后经过,沿着铺着地毯的楼梯走上二楼。楼上是一条窄小的走廊。

---

① 美国棒球大联盟的棒球队,在布鲁克林组建,后来迁到洛杉矶,现为洛杉矶道奇队。

第一间屋子，没有人。

第二间屋子，没有人。

第三间屋子，一团混乱。六个孩子正在看楼下的热闹，有的尖叫，有的乱跳。

当鲁伊走进来并打开灯时，他们都把头转向门口。

其中一个孩子喊道："鲁伊！"

"嗨，宝贝儿。"她对考特妮说。小女孩跑向她。

一个十岁左右的胖男孩看着她。"这是干什么？越狱吗？"

"嘘，不要告诉别人。"

"好的，当然，好像我会告密一样。有烟吗？"

鲁伊给了他五块钱。"忘记你——"

"——看见的任何事。没问题。我知道规矩。"

鲁伊对考特妮说："来，我们回家。"

她把上衣的拉锁拉开，然后套在她身上。

"我们在玩游戏吗？"小女孩问。

"是的，"鲁伊说，匆忙带着她进入走廊，"这个游戏叫绑架。"

监狱的操场与其他地方是隔离的。

第二天早上九点钟，兰迪·包格斯在操场上瞎逛。他想，这里和城里没什么区别；就像日常生活一样：黑人站一边，白人站另一边，除非打半场篮球。

黑人中大部分是年轻人。很多人头上戴着魔术头巾或是发套，或者梳着一绺一绺的小辫子。他们站在一起，强壮，魁梧，油光发亮。

嘿，在家里，别搞那么响。

咋啦?

这是我家。我给你说过我家吗?

扯吧。

白人的年龄更大一些,更冷酷,更不苟言笑。他们看起来很糟——脏兮兮的长头发,苍白的皮肤。他们也站在一起。

黑人,白人。就像在城市里一样。

很多人都在健身。这里有健身器械,但是高层不允许所有的囚犯都用。不过大家还是可以做俯卧撑和仰卧起坐。监狱是个练肌肉的好地方。但是包格斯从不迷恋健身。健身只是提醒自己身在何处的一种方式。如果他不站在举三十磅重哑铃的队伍里,也许会在别的什么地方。

"奇异恩典,何等甘甜……"

一个无伴奏福音合唱团正在操场上练歌。他们唱得非常棒。包格斯第一次听见他们唱歌时直想哭。现在他只是听着。这个合唱团不会在一起太久。他们的刑期有两个月的,四个月的和十三个月的。

"昔我迷失,今归正途……"

歌者们开始唱第二段,附近一个人喊道:"喂,闭上鸟嘴!"

他闻到了壁炉里的木头的烟味。他尽量不去想他最后一次坐在壁炉前是什么时候了。他想着那个来自纽约的女人,一个扛着大摄影机的小个子女人。

他静静地坐着,抽着烟,虽然从入狱后,他已经不爱抽烟了。他已经对很多事情都失去了兴趣。他坐在那儿五分钟,想着那个姑娘,那个故事,监狱、天空,直到他意识到他旁边的狱友已经不在了。

包格斯知道他们走开的原因,他感到皮肤因为恐惧而出现了鸡皮疙瘩。

塞文·华盛顿生病了。他得了非常重的感冒,整夜都在呕吐,此刻正躺在医务室里。如果包格斯知道这事儿,那所有的人都知道。

他环顾操场,立即看见了那个人。胡安·艾斯西皮奥回来了。

他戴着红色发带,连裤衣外面套着一件制服式夹克。另有两个犯人走在他身边。包格斯根本不知道艾斯西皮奥为什么要杀他。艾斯西皮奥是个新来的,一个黑市交易者,被控刺杀了两名竞争对手。他不是一个大块头;他的脸在笑的时候可以让小孩感到安心。一张和善的脸,你愿意亲近的那种脸。但是包格斯注意到了他的眼睛,笑容中透出冷酷。

这三个人在距离包格斯十五英尺的地方停下,旁边是红砖砌的高墙。艾斯西皮奥说:"哟,小子。过来。现在。"

包格斯看着他,没有站起来。

艾斯西皮奥指着一小片哨塔看不见的阴影。囚犯们都称那里为爱人胡同。

艾斯西皮奥走入那个角落,把裤子拉链拉开。"哟,小子。我正在和你说话。你聋了吗,还是怎么搞的?"

他的朋友说:"你,小子,跪下。我们会放了你,小子,放了你。搞完了你就不会死。大个子黑鬼不在这里护着你的小脸蛋。"

包格斯看看前面,又看看他们。他说:"我不想干。"他目测着最近的警卫离这里有多远。那是一段长长的路。其他犯人都在包格斯的另一边,研究着非常重要的事情。

这会很糟糕。

艾斯西皮奥吐出一口痰:"你不想干?这个婊子养的说他不想干?"

包格斯低头着着自己的右手,手正放在膝盖上。他来回打量着。

艾斯西皮奥随着他的目光看去。

一根长长的指甲。

指甲不停地长长。一英寸，两英寸，三英寸，四英寸，六英寸。包格斯又望向他们的眼睛。一个接一个，他的头左右转动。

塞文·华盛顿昨天晚上给了他这个东西。一片强化玻璃片，一支透明的匕首，单侧刃口锋利到可以剃毛。防金属探测器。这片指甲可以造成玻璃能造成的最大伤害。包格斯曾说："就你所知，安拉会同意这样吗？"

华盛顿安慰他说："安拉说干死那些找你麻烦的浑蛋是可以的。我在冥冥中听到他那样告诉我。"

艾斯西皮奥大声笑道："把它扔掉，小子。把你漂亮的白嘴巴伸过来，小子。"

只要他跪下，另两个人就会上来按着他，艾斯西皮奥会把他打死再扔到洗衣房。官方的说法会是他掉下楼梯摔死了。

包格斯摇摇头。

"我们有三个人，小子。我可以叫来更多人，那——"艾斯西皮奥冲着刀子点点头，"那会搞死你。"

"小子！"另一个人冲着这个不肯顺从的人咆哮着。

包格斯没有动，手上的匕首闪亮。

艾斯西皮奥走近了一点，慢慢地。他直视包格斯的眼睛，停在了那儿。他们对视了好一阵子。最后，这个拉美人微笑着摇摇头。"好吧，小子。你有种。我喜欢。"

包格斯没有动。

"你不错，我的朋友，"艾斯西皮奥说，声音里带着佩服，"没有人敢对我这样。你他妈的还真行。"

他伸出手,握手的姿势。

包格斯低头看着这只手。

一只鸟掠过头顶。

包格斯还没转过身,偷偷潜到他身后的第四个人的拳头已经打在他的耳朵下面。指关节打在骨头上,发出一声巨响。他还感觉到艾斯西皮奥的手一把攥住他的右手,手指仿佛要抠进皮肉里。

匕首落向地面,包格斯看着它摔在地上,视线被遮挡住好几次。

"不!"然而这个词没有喊出来。身后打他的那个人用粗壮的前臂把这个词捂了回去。

这里没有警卫,没有雅利安兄弟会的护卫,没有塞文·华盛顿,没有人在爱人胡同里,除了这五个人。

五个人和一把玻璃匕首。

艾斯西皮奥凑近他的脸。包格斯闻到他嘴里的蒜味——他私存食物里的大蒜。还有无限供应的香烟的烟草味。

"哟,小子,操你妈的蠢货。"

不,包格斯绝望地想。不要用刀捅我!别用刀。不要,求求你……

刀刃捅入身体的时候,包格斯感觉远没有想象中那么痛,但是恐惧感比想象的要强烈得多。

刀子抽出来,又扎进他的身体,他感到一种令人害怕的放松。

后来,有别的喊叫声,十几码以外,也许是一百码。但是包格斯根本没注意;那对他来说没什么意义。他唯一能感知的是艾斯西皮奥的脸:一双从不畏缩或者犹豫的眼睛,一副可以令孩子欢喜的笑容。

第十四章

她从别的电视台听到了这条消息。不是集团公司下属的电视台，而是另一家本地电视台。这家电视台反复播放《陆军野战医院》[①]，收视最好的节目是关于肥胖女人的性代用品与受到的歧视。

鲁伊所在的集团公司新闻部甚至认为兰迪·包格斯被刺案根本不值一提。

把考特妮带回来几个小时以后，鲁伊打电话给希利花言巧语了一番。她声称办成这件事用了很多关系（准确地说，她对如何做到的一带而过），对于她能把小姑娘带回来，他很高兴而且根本没有一点不快。

一个半小时以后，她搭上了前往哈里森的列车，想着是不是应该买张月票。

她被医务室吓到了。她本以为那里的条件会极恶劣。会有无数大

[①] MASH，美国二十世纪七十年代热播电视连续剧。

房子和更多的爱德华·G.罗宾逊①。然而,这里是个整洁干净、灯光明亮的医院。一名警卫陪着她。是一位胸膛宽阔的大个子黑人,制服不太合身,领子上钉着两粒蓝色纽扣,与她的眼睛在一条水平线上,一个上面是D,另一个上面是C:惩戒部的缩写。他很沉默。

兰迪·包格斯看起来气色很差。他脸色苍白,抹在头发上的啫喱或是发蜡什么的搞得他的头发乱糟糟。虽然最困扰鲁伊的是他的眼睛。这双眼睛毫无生气且一动不动。天啊,太奇怪了,死人的眼睛。

"是你啊,小姐。"他微微颔首道,"你总是来看我。"

"你会好起来吗?"

"留给我一条相当好看的刀疤。但是刀子没扎着所有重要的器官。"

"发生什么事了?"

"具体我也不知道。我正在操场上,被人从后面拉住,有人上来给了我一刀。"

"你一定看见他了。"

"不,一点儿没看见。"

"在白天?"

"是的。早晨。"

"怎么可能有人捅你一刀你却没看见?"

包格斯挤出一个微笑,但是没成功。"那里看不见人。"

她说:"可是——"

"看……"他的眼睛一时间恢复了神采,然后又逐渐消失。"这里是监狱,不是真正的世界。我们有完全不同的一套规矩。"他举起手放在肚子上,隔着破烂、洗得发白的病号服,手下面是一大块纱布。他

---

①爱德华·G.罗宾逊(Edward G. Robinson, 1893—1973),罗马尼亚裔美国演员,在许多电影中扮演黑帮分子和硬汉形象。

的头靠在枕头上，干瘦有力的前臂掩住了双眼。"妈的。"他喃喃道。

她看着他保持这个平静的姿势很长一会儿，想着要是带着摄像机就好了。但是她马上又决定，不，最好还是由他去吧。他是那种不愿意被别人看到他哭泣的男人。

"我给你带了点儿东西。"

她打开提包，翻出了一本书，封面斑驳脱皮，书页镀了金边。

包格斯放下胳膊，若有所思地看着这本书，好像以前从来没有人给他送过礼物，而且他正想着是不是还要用什么来交换。

"这是本书。"她说。

"我知道。看起来是一本旧书。"他翻开书，翻到版权页，"一九〇四年。是的，很古老。我奶奶就在那年出生。这里面写了什么？"

"不会值很多钱或是什么的。"

"写什么的，童话故事吗？"

"希腊与罗马神话。"

至少他的眼睛正活过来。当他翻着书，浏览着有透明纸保护的插图时，他的脸上甚至带着微微的笑意。人们收到喜欢的礼物却不知道怎么办的时候才会有这样的笑容。

鲁伊说："有一个故事我想让你看看，特别是这个故事。"她飞快地翻到那一页。

他看着。"普罗米修斯。他是不是那个用蜡做翅膀的？"

"哦，不，是另一个家伙。"

包格斯随意翻着。"嘿，看这个。"

她沿着他的视线看向插图。"对。"她说，哈哈笑着凑过去。普罗米修斯被锁链绑在岩石上，一只巨鸟扑下来撕扯着他一侧的身体。"就像你一样——被刀刺伤了。这不是很疯狂吗?"

他合上书,从薄薄的毛毯上揪下一小撮刺毛。"告诉我,小姐,你还在上学吗?"

"我?不。"

"那你是怎么知道这种东西的?"他举起书。

她一耸肩。"我只是喜欢读书。"

"我有些后悔自己一直不够聪明,上不了学。"

"不,如果我是你,我绝对不会这么想。"她说,"如果你上大学,找一份真正的工作,结婚,事实上,你就绝对不会有机会挑战生活了。而那正是最有趣的部分。"

他点点头。"无论如何,我从来都坐不住。"他看了她一会儿,眼神逡巡不定,"给我说说你的事吧。"

"我?"她突然有些窘迫。

"是啊。我说了我的事。你的事会让我想起外边的生活是怎样的。说说嘛。"

"我不知道……"她想,这就是我采访的那些人的感受。

包格斯问:"你住在哪儿?"

船屋的问题不好解释。"在曼哈顿。"她说。

"你在那儿能受得了吗?那是个疯狂的地方。"

"别的地方我都忍受不了。"

"从来没在那里待过。从来没办法适应那里。"

"你为什么不想生活在你可以适应的地方?"她问道。

"也许你是对的。不过现在你是在和一个带点儿偏见的人说话。我来到城里,发生了什么?我因为谋杀被逮捕……"他笑笑,然后近距离地看着她,"你是个记者。这是你想做的吗?"

"我的工作是拍片子。我觉得我想制作纪录片。现在我给这家电视台打工,我会一直干到我不再喜欢为止。直到有一天我醒来,对自己说我宁愿去克莱斯勒大厦顶上野餐也不愿意去工作,那一天我会放弃现在的工作,然后做点儿别的。"

包格斯说:"你和我有点儿像。我也经历了很多不一样的事情。我一直在寻找。总给自己准备一小笔储备金,时刻准备抬腿走人。"

"嗯,在这份工作之前,我在一家面包圈饭馆干了六个月。在那之前我当过商店橱窗设计师。我的好朋友大部分都是我在失业救济办公室遇见的。"

"我想,像你这样的漂亮姑娘应该会考虑安定下来。你有男朋友吗?"

"他不完全是那种适合结婚的人。"

"你还年轻。"

"我一点儿都不着急。我想我妈妈已经准备好谢克海茨婚纱店的电话。万一我告诉她我订婚了,她会像五角大楼那样迅速做出反应——你知道,红色警报。但是我不太能想象自己结婚。有些事情你可以想到,有些事情你想象不出来。那种事算不清楚。"

"谢克海茨在哪儿?"

"离克利夫兰不远。"

"你来自俄亥俄。我在印第安纳待过一阵子。"他笑起来,"也许我的说法容易造成误会。我不是说我在那儿服刑。我在那里生活了差不多一年,工作。一份真正的工作。临时工。在盖瑞市的铁矿。"

"小姐,"警卫插嘴说,"我让你留下的时间已经比你应该留下的时间长了。"

她站起来对包格斯说:"我为了这个报道正非常、非常努力地工作。我要把你从这儿弄出去。"

包格斯的手指沿着书本的边缘滑动,带着敬畏地触摸,好像那是真金。"我会好好保存。"他说着,好像那是他能想到的谢谢她的最好的方式。

当鲁伊和警卫走回监狱出口的时候,警卫转开头不看她,说道:"小姐,对于你正试图做的事情,我听到了传言。"

她抬头望向他。她的目光基本没有超过巨大的肱二头肌。

"说你也许会让他重新审判。"

"哦?"

"我喜欢兰迪。他很老实,从不给我们制造任何麻烦。可是这里有一些人非常不喜欢他。我不应该告诉你这件事,我也不希望你说出去……"

"当然。"

"但是如果你不能很快把他弄出去的话,他不会再有机会活着遛弯儿了。"

"做了那件事的人?"她冲着身后的医务室点点头。

"我们没有办法阻止他们。"

他们走到大门口,警卫停了下来。

"可是他做过什么?"

"他做过什么?"警卫没有明白她的意思。

"我是说,为什么有人要捅伤他?"

警卫的脸闪过一丝不悦。"他被关进了这里,小姐。这就是他做过的事。"

* * *

这个地方相当容易进去。

就像水流过筛子一样容易,杰克·内斯特想。然后他笑了,觉得这个比喻可能不太适合用来形容一间船屋。唯一的难题是,附近有一个停车场和一间有保安的岗亭,这个保安的目光经常扫过这间船屋,好像他一直看守着这里。但是内斯特等了一会儿,直到这个保安去打电话,他绕过保安,小跑着踏上了黄色的跳板。

他一进屋就戴上了棕色棉制手套。先从后面开始,他一点儿也不急。他以前从来没进过船屋,对这东西非常好奇。他租过船,去过不计其数的游艇,当然也坐过军事运输舰和登陆舰。但是这个船屋与他见过的船都不一样。

屋里布置得一团糟,看起来像是他那傻乎乎的继母的家。然而他最佩服的是驾驶室——如果还能被称为驾驶室的话——这里有极好的铜制管道和开关把手,橡木地板上花色油漆也是很久以前刷的。非常好。除了轮舵,所有的控制器都锈死了,他猜测发动机一定坏了。他抑制住自己拉一下铜笛的欲望。

在楼下,他小心地走过书架,廉价的弹性纤维板桌子上堆满了纸张和图片(大部分都是龙、骑士和仙女,那种扯淡的东西)。还有几十盘录像带,大部分也都是骗人的玩意儿。仙女故事,屠龙勇士,他从来没看过的东西。一些下流电影。《饥渴的表姐》,还有名为《蓝调艳星的墓志铭》[①]的东西。

所以,这只小鸡崽还有性欲异常的一面。

他翻完壁橱翻卧室抽屉,还有小储藏间的五斗橱。他走进厨房看

[①]相关情节见该系列上一部作品《蓝调艳星之死》。

了看冰箱，这里是很多自作聪明的人藏东西的第一个地方，也是很多专业小偷第一个要查看的地方。

一个小时以后，他确信她没有任何让他感兴趣的东西——或者是担心的东西。

这就是说文件应该在她的办公室，那是个麻烦。

内斯特环顾四周，一屁股坐在沙发上。他需要做个决定。他可以在这儿等着，直到她回来，然后宰了她。做完之后，把这里弄得看起来像是一起抢劫。警察很可能会买他的账。他经常感到惊奇——人们是多么渴望接受最明显的解释，那样总是更简单。抢劫杀人。

或者是强奸杀人。

另一方面，那可能会遗留下一些材料，而那些东西不应该让外人知道。

寂静……

使劲关上车门的声音。

他迅速跑到楼上，从窗户向外看。他看见了她——不是一个丑姑娘，如果她没有穿着那些白痴衣服，比如黑黄条纹紧身裤和红色迷你裙的话。这让他失去兴趣并憎恨她……

哦，他了解这种情绪。当他通过瞄准镜看着一个穿着卡其色制服棕色皮肤的瘦削男人，会感受到同样仇恨，并努力产生一种狂暴的、不断增长的愤怒（也许因为内斯特热得像身处蒸汽管道一样流汗，或者因为小虫子正使劲钻进他的皮肤，或者因为他的肋部有一道光滑的星形伤疤）。憎恨，仇恨。他需要那些感情——来帮助他扣动扳机，或是把刀尽可能刺得最深。

外面传来靴子与柏油路面摩擦的声音。

内斯特觉得有点痒，挠了挠他的伤疤。他感觉着斯泰尔自动手枪在口袋里的重量。

但是他把手枪留在口袋里，从窗户翻到外面的甲板上。

他看着她打开门，笨拙地斜着身子抵抗着摄像机、录像带和一条插着电池的皮带在身体一侧造成的重量，那看起来像是 M16 步枪弹夹的子弹带。她把这些东西都堆在门边，走进卧室。他等了几分钟，看能不能瞄到一眼裸体。但她出来时穿着一件平常的工作 T 恤和松紧裤。他静静地离开船屋，消失在西村。

第十五章

一个天才,但总是有争议……

咔嗒。

一个天才,但总是有争议,兰斯·霍珀……

咔嗒。

鲁伊又一次敲击后退键。这是兰斯·霍珀的一个不错的镜头,或者说,是对他身后事的一个不错的镜头——轮式病床上放着他的尸体,从那个致命的庭院里被推出来,三年以前。她希望自己的片子里可以用这个镜头,不巧的是别的电视台已经拍摄过这个场景了。

……争议,兰斯·霍珀不讨同事和对手喜欢。虽然在他的领导下,晚七点国内新闻节目在收视率上提升了一个百分点,但他让新闻集团卷入了几个大丑闻。其中包括因大量解雇员工、剧烈——批评人士指出——且专横地削减预算、尖刻地审查集团公司的新闻节目和内容而引起的骚乱。

然而，可能让他的集团公司实质上蒙羞的事件，是五名女性雇员提出的一项同等就业机会诉讼，声称霍珀在雇佣和晋升工作中歧视她们。霍珀否认这项指控，诉讼后来得到了庭外和解。虽然这位前任主管的同事们承认他更喜欢让男人担当领导职务——他认为一个女人没能力进入集团公司新闻部更高一层的梯队，但是，他华丽的个人生活让人们对他存在偏见，经常有人看见他和社会上或娱乐界的漂亮女人在一起。曾经有谣传说他有双性恋倾向，还有几个年轻男模当男伴。然而，他的嗜好是高个子金发女郎……

咔嗒。

高个子金发女郎。为什么总是高个子金发女郎？

鲁伊在自己的办公桌前，身边堆满了报纸、杂志、打印文件、录像带，以及吃完一打快餐留下的垃圾。现在是下午四点三十分，每一个人都在加速准备七点的新闻。她感觉自己坐在台风眼中，到处都在动，不顾一切地、疯狂地动。

鲁伊也曾经了解到，霍珀的实习生计划的确有助于很多新人的新闻事业发展，他也许对年轻人表现出了超过一般的兴趣。在档案中，鲁伊发现了一份秘密备忘录，记载了集团公司道德委员会听取了两个实习生的投诉。两人一个十八岁，一个十九岁，称他曾不正确地接近他们。投诉人的姓名没有记录，好像也没有关于这件事的后续资料参考。

她问过布拉福德这个报告，但是他说不认识那两个人，而且他压根儿就不相信那个故事。有权势的人，他解释道，会吸引谣言。显然他不想让他偶像的脚上沾上泥，鲁伊想这会不会纯粹是这个年轻人的疏忽，当他翻阅档案寻找有关霍珀的资料的时候，漏掉了这次调查的备忘录。

咔嗒。

鲁伊看着霍珀的尸体被推进春季夜色的那段录像，救护车和警车旋转不停的灯光在屏幕上刻下蛇一样的残像。围观的人群——在摄像机的光源下脸色苍白——看起来既好奇又无聊。

"鲁伊。"一个冷静的声音，一个女人的声音。

"哦，嗨。"那是派珀·苏顿。

我早就应该把桌子收拾干净，她想道，并记起女主播的办公桌有多么整洁。站在面前的她也非常整洁，领子上镶黑丝绒的深红色套装，搭配白色高领毛衫，深肉色丝袜下是鲁伊所见过的最闪亮的漆皮鞋。高跟鞋的一侧绕着一条磨砂条纹。

鲁伊试过穿这种鞋，狠狠地摔了一跤。

但是，啊，这种鞋子真酷啊。

"你很忙。"苏顿的眼睛瞟过桌面。

"我正在忙那个报道。"

鲁伊随手抓起离她最近的几个纸袋——一个肯德基薯条和两个汉堡王——然后扔进，哦，是扔在——塞得满满的垃圾筐上面。

"你想，嗯，坐坐吗？"

苏顿看看空坐椅上的番茄酱包。"不，我不坐了。"她伸手把索尼放映机里的带子弹出来，看看标签。"X 标志，"她说，"这是竞争对手的。在我的新闻节目中，我不会特制一个片段说'援引另一家电视台'。"她把带子还给鲁伊。

"我明白。我只是用这个当背景。"

"背景。"苏顿轻柔地念出这个单词，"我要和你谈谈。不过不在这里。你晚饭到哪儿吃?"

"我正想去约翰餐厅吃比萨。他们在放鱼酱的时候真慷慨。"

苏顿轻易否定了她的想法。"不。你要和我吃晚饭。"

"问题是,还有一个人。能和我们一起吃吗?"

"我想和你单独谈话。"

"你可以谈任何事,在她面前。她,嗯,很谨慎。"

苏顿耸耸肩,最后看了一眼办公桌,看起来并不喜欢面前的景象。"随便你。"然后她上下打量着鲁伊的粉色T恤、迷你裙、渔网袜和及踝短靴,说:"你有裙子,是吗?"

鲁伊辩解似的说:"我有两件,实际上。"

苏顿大笑起来,鲁伊不明白自己哪儿说错了。女主播写下一个地址交给鲁伊。"这里在麦迪逊和第五大道之间。六点半到那儿。我们吃个简餐,不用多花钱,行吗?"

"那行。我朋友喜欢早点儿吃饭。"

你不能称之为小费。那是贿赂。

领班雅克接过苏顿递给他的钱,顺手揣进他熨烫得极为平展的黑色小礼服。不管那钱有多少——鲁伊没有看见——那些现金可以替他们买到进雅座的路,却没有让这个可怜的、郁郁寡欢的人快乐一点儿。他把她们引到餐厅角落的一张桌子坐下,然后打量着考特妮。他说:"也许你们需要一本电话簿。"

鲁伊说:"两本,黄页和白页。"

雅克噘着他那不高兴的高卢人的嘴唇,去找最适合孩子坐的纽约电话簿。

鲁伊环顾四周。"这里真的、真的太漂亮了。我可以来这里——适应这样的生活方式,我的意思是……"

"嗯。"

蜗牛餐厅的主题看上去是花卉和过度装饰——也许食物也是如此。雅座中间装饰着一条扭转缠绕的藤蔓、含苞待放的兰花和玫瑰、满天星。四周的墙上挂着巨幅花卉的绘画。鲁伊喜欢这些。这些都像是莫奈用电光彩色可幼乐牌蜡笔——而不是油彩——画出来的。鲁伊或多或少可以与这些装饰相配。下班后她飞奔回家,从两条裙子中挑出了一条。那是一件紫色和白色相间的劳拉·艾什利牌小洋装,她春夏季的衣服。虽然买了好几年了,但是看起来还很新。

她们面前的桌子上放着一个高高的、里面有一株天堂鸟的玻璃花瓶,还有一些外表奇怪、像是松果的绿色东西,如果你不去查国家地理节目,你不可能说出这是植物、鱼,还是巨型昆虫。鲁伊指着天堂鸟花说:"我喜欢这些东西。"她爱抚着它。"我觉得它看起来根本不像鸟。我认为它看着像龙。"

考特妮说:"我喜欢龙。"

苏顿眼神空洞地看着她们。"龙?"

小女孩补充道:"我是一个骑士。但是我不会杀死任何一条龙。我要把它们当宠物。鲁伊要带我去动物园,我们就能看到龙了。"

从那分开不超过四分之一英寸的牙缝间,苏顿道:"很好。"

雅克回来了,手里拿着两本厚厚的电话簿,然后放在桌子旁的第三张椅子上。当他把她举到电话簿顶上坐好,考特妮笑了起来。

他转向苏顿。"真的不能,呃,经常这样,你明白吗[①]?"

[①]原文雅克的话均掺杂法语词,下同。

"雅克,找人给这个小女孩做一些……"她看着鲁伊,眉毛一抬。"她喜欢吃比萨。"

"我们这里是法国餐厅,小姐。"

"她也喜欢腌菜、贝壳杂烩、烟熏牡蛎、米饭、鱼酱——"

"牡蛎,"雅克说,"小火炖,配罗勒及奶油白酱汁。"

苏顿说:"好的。让人切成小块,我不想看着她撕扯食物。叫侍酒生给我拿一瓶普里尼-蒙哈谢干白。"她看着鲁伊问:"你喝葡萄酒吗?"

"我已经超过二十一岁了。"

"我没问你要驾驶执照。我想知道八十美元一瓶的酒给你喝是不是浪费了。"

"也许一瓶白俄罗斯鸡尾酒更适合我。"

苏顿冲领班点点头,说:"给我拿半瓶,雅克。如果没有普里尼就拿梅索①。"

"好的,苏顿小姐。"

巨大的菜单出现了。苏顿看看她。"我认为我们不要冒险点新奇的东西,还是扇贝开始的好。"她问鲁伊,"当你吃海鲜的时候皮肤会肿或者变红吗?"

"不,我经常在一家韩国熟食店吃鱼棒,而且——"

苏顿一挥手打断她。"然后是鸽子。"

鲁伊瞪大双眼。鸽子?

雅克说:"沙拉随后上吗?"

"请加上。"

---

① 二者均由勃艮第地区的酒庄出品。

鲁伊的眼睛一会儿看看这儿,一会儿看看那儿,最后落在面前的银质餐具军火库和空盘子上。这里的用餐程序好像圣餐仪式那么复杂,如果你搞砸了,后果似乎比搞砸圣餐还严重。冷静,现在!她对自己说。这是你的老板,她认为你已经被吓到了。鲁伊极力抵抗跳得过快的心脏,猛烈跳动的脉搏正摩擦着胸罩的带子。

第一道菜上来了,同时还有小女孩的牡蛎。

"杂烩。"考特妮说,但是她开始狼吞虎咽,"我们能不能买一些做早餐?我喜欢吃这个。"

鲁伊很高兴考特妮喜欢吃;这个小女孩让她在坐立不安之余能够有事可做。她从地板上捡起勺子,擦掉她脸上的牡蛎,保持花瓶不倒。

苏顿看着她们,这是鲁伊认识她以来这个女主播第一次脸色柔和。"总是这样。"

"什么?"鲁伊问。

"孩子。"

"你没有孩子?"

"我有,前夫的。有三个。"

"我很抱歉。"

苏顿眨眨眼睛,盯着鲁伊看了一分钟。"是的,我相信你觉得抱歉。"她笑起来,"但是有一件事我是后悔的。孩子。我——"

"现在要还不算太晚。"

"不,我觉得晚了。也许下辈子再说吧。"

"'下辈子'是最糟糕的一个词。"

苏顿继续带着好奇研究她。"你正跌跌撞撞地生活着,不是吗?"

"差不多就是这样,我想。"

苏顿的视线落在考特妮身上。她伸出手,拿着像这个小女孩衣服一样大的餐巾,擦擦她的脸蛋。"脏兮兮的小东西,嗯?"

"对,有些像累赘。今晚她还算不上糟糕呢——我告诉过她要讲规矩。有一天我们吃午饭,你知道吗?我们正吃着香蕉和汉堡,结果它们全部都混合到了一起,而且——"

苏顿的手挥舞过桌面。"够了。"

两个侍者端上主菜。鲁伊眨眨眼。噢,天啊。小鸟。

苏顿看着她的脸,说:"别担心。这不是你的那种鸽子。"

我的那种?

"这个更像是鹌鹑。"

不,它们就像是双手被绑在身后的小人质。

考特妮兴奋地尖叫。"小鸟,小鸟!"五六个用餐的客人扭头看向这边。

鲁伊拿起餐叉和最没有进攻力的刀开始吃饭。

她们静静地吃了一会儿。事实上这些鸟吃起来不算太差。难题是肉里面带着骨头,而餐刀就像剑那么大,这意味着有很多肉你的刀够不到。鲁伊看看四周,但是没有看见任何一个人举着鸡腿在啃。

停了一下,苏顿看着她说:"那个报道进行到哪儿了?"

鲁伊预计到她迟早要问,她也已经计划好要怎么说。说的时候没有像她希望的那样组织好语言,但是她尽量减少说"好像"和"大概"。她告诉苏顿对麦格勒和包格斯及其亲戚朋友的采访,还有采集到的所有背景镜头。"并且,"她说,"我大概可以得到这件案子的警方档案。"

苏顿笑了。"你永远不可能拿到警方的档案。没有一个记者能拿到警方档案。"

"我会提出特别申请。"

可是苏顿只是摇摇头。"不可能的。"她问,"你找到什么可以证明他无罪的东西了吗?"

"不是真正的证据,可是——"

"有还是没有?"

"没有。"

"好吧。"苏顿靠回椅背。她的食物有一半还没吃,但是服务员一出现,她便微微冲他点头示意,盘子马上消失了。"让我告诉你为什么我要问你。我需要你的帮助。"

"我的帮助?"

"你看,"苏顿神情严肃,"我很坦诚地说,你不是我的第一选择,可是没有别的人选了。"

"呃,你在说什么事?"

"我想给你升职。"

鲁伊叉到一块正方形的白色蔬菜——一种她从来没见过的东西。

苏顿的目光穿过餐厅,若有所思。"有时候我们不得不为了做好新闻而做一些事情;我们不得不把自己的兴趣放在一边。入行的时候,我是一名报道犯罪事件的记者。他们不想让女人待在新闻演播室里。美食报道、社会、艺术——那些都不错。但是重要新闻?不行。别想了。所以主管给了我这个烂工作。"苏顿瞥了考特妮一眼,但是这个小女孩并没有注意到她使用了不适合小孩子听到的词汇。女主播继续说道:"我报道尸体解剖,我追逐救护车,我去参加庭审。我走过满地的鲜血去摄像,当时我的摄像师正跪在新闻车后面呕吐。我干了所有的那些脏事儿,它们成就了我。但在当时那是一种牺牲。"

苏顿的声音里所蕴含的东西吓着鲁伊了。她听起来正像是与集团公司另一位高管说话,相等的身份。苏顿和丹·森普尔或者李·梅塞尔会这样说话——声音低沉。周围都是戴着几何形状珠宝首饰的人，面前摆着被抓做人质的鸟儿细小的尸骨，喝着八十元一瓶的葡萄酒。

"你想让我当报道犯罪事件的记者吗？我不——"

苏顿说："听我说完。"

鲁伊坐回靠背。她的盘子被清走了，一个穿白夹克的年轻人正在用一支看起来像微型地毯刷的东西清理桌子上的碎屑。大部分的碎屑都在鲁伊这边。

"我喜欢你，鲁伊。你很有街头智慧，而且你很坚强。这是我在如今的记者身上不怎么看得到的东西。通常他们只能做到其中一点，还附带一份超过二者许多的自我意识。现在我的困难是：我们刚失去伦敦分局的副制片人——他辞职去了路透社——而他的部门正在做三个节目。我现在需要有人过去。"

鲁伊的皮肤一阵战栗。好像一波没有痛苦的火焰掠过了她。"副制片人？"

"不，你会任助理，而不是副职。至少开始的时候是这样。伦敦、巴黎、罗马、柏林、莫斯科的分局将会给你们反馈线索，你和执行制片人将做出你们报道哪个新闻的决定。"

"李怎么想？"

"他让我找人来填这个坑。我没有提到你，但是他会同意我推荐的任何人。"

"这太让人兴奋了。我是说，我从来没想到你会说这些事。我要在那里干多久？"

"最少一年。如果你愿意，可以给你安排更长久一些。这取决于李。但是通常我们愿意给员工换岗。在伦敦后面可能是巴黎或者罗马。你不是必须学习外语。"

"哇，我在高中学过法语。'你可愿跟我上①……'"

苏顿说："我知道了。"

鲁伊向经过的服务员要了一杯牛奶给考特妮。"有吸管吗？那种弯的。"他没有听懂，然后鲁伊放他走了。她对苏顿说："我不希望你认为……我是想说，我非常感激这一切——但是兰迪·包格斯的事情怎么办？"

"你说你还没有任何证据。"

"我仍然知道他是无罪的。"

苏顿的脸毫无表情。

鲁伊说："在监狱里有人要杀他。他们刺伤了他。如果我们不把他救出来，他们会再来一次。"

苏顿一耸肩。"我会指派一位本地记者接替你。"

"你会吗？"

"嗯。那你觉得怎样？"

"哦，你会不会介意我再考虑一下？"

苏顿眨眨眼，看起来好像要问：你还他妈的要考虑什么？可是她只是点点头，说："这是个重大决定。也许你应该好好想想。我不会询问我正在考虑的其他人选，直到明天为止。"

"谢谢。"

苏顿拿起她盛着残酒的杯子。年轻的服务员急忙走上前，目光在她长着雀斑的胸部和水晶玻璃酒杯之间游离了片刻，迅速倒空了酒瓶。她看看她的手表，说："请把账单拿来。"

---

①原文为 Voulez-vous couchez，完整句子为 Voulez-vous coucher avec moi (ce soir)，是一句在英语世界中广为人知的法语歌词，意为"你（今夜）可愿与我共度良宵"。

她们三个站在餐厅外。

"真是一辆超棒的车。"鲁伊说。一辆闪亮的午夜蓝加长林肯城市轿车正转过弯缓缓开来。"你不想知道谁会开这样的东西吗?"

苏顿没有回答。

这辆车轻轻地停在她们面前。司机跳下车,跑向一侧的车门,为派珀·苏顿打开。

哇。

苏顿说:"明天你要给我答复。"

"当然。"

"派珀,我们已经晚了。"一个男人的声音从这辆豪华大轿车里传来。

"晚安。"女主播简短地跟鲁伊说了一句,然后抬脚上车。

一个男人凑上前帮她上车。正是丹·森普尔,穿一套漂亮的灰色双排扣西装。他瞄了鲁伊一眼,然后亲了一下苏顿的面颊。他们消失在车内的黑暗中。

"谢谢——"

车门关上,鲁伊和考特妮看着她们映在车身上的镜像。就这么一小会儿,司机已经上车,驾驶着这辆豪华大轿车加速离开了这里。

"——你的晚餐。"

第十六章

伦敦是个问题。

自从读过《指环王》（四次中的第一次），鲁伊就想去英国！那个国家有小酒馆、篱笆墙、郡县、霍比特人和龙。哇，还有尼斯湖。

她已经考虑了好几个小时，她知道世界上任何一个理智的人都会在十秒钟内断然接受派珀·苏顿的提议。

所以鲁伊有一点好奇，想知道自己为什么要把考特妮交给一个忠诚但昂贵的保姆，然后搭上出租车前往上东城。

司机载着她来到一幢旧公寓楼前，深色的砖墙上装饰着肮脏的灰岩狮子浮雕。她走进整洁的大楼门厅，按下通话门禁系统按键，表明身份。门打开了。她乘电梯来到十四层。她走进一条狭窄的过道，发现整个一层楼只有四户。

李·梅塞尔打开门，挥手招呼她进去。这是一幢布局复杂、墙上贴着深色装饰板的公寓。他没有和她握手，他的手上还滴着水。

她跟着进去,看见角落里放着一条大象的腿,屋内还摆着半打雨伞和手杖。有几根的手柄上刻着头像:一只狮子,一位老人(鲁伊认为那是个巫师),某种鸟类。

梅塞尔正在洗碗。他系着一条蓝色斜纹粗棉布围裙,上面满是罗夏墨迹测验形状的水渍,正紧绷绷地围在他的肚子上。

"我打过电话……哦,我希望没有打扰你。"

"我早就跟你说过不要打扰我。"梅塞尔面色阴沉似南方的积雨云。"吧台在那边。"他点头示意,"吃点儿什么?"

"哦,我刚吃过。"

梅塞尔又回到洗碗水里。他被各种器具包围着——刮刀,海绵,好似钢铁假发一样的钢丝球。大理石的橱柜桌面仿佛经过了一场台风。一只平底锅浮了上来,漂到乐柏美牌台面上,他正仔细地检查。他脸上带着心满意足的神情。她嫉妒他;鲁伊知道自己永远不可能享受做饭和洗碗这种爱好。

客厅里的投影电视正在放一部老电影。贝蒂·戴维斯[①]。男主角是谁?应该是泰龙·鲍华[②]。多么有名,多么帅气啊!过去的男人确实长得更英俊。她可以看泰龙·鲍华看好几个小时。

最后,梅塞尔擦干净双手,说:"跟我来。"

他们走进客厅。

鲁伊停下脚步,看着挂在墙上的相框里的一则新闻故事。这是《时代》的一页。标题是:"电视台记者赢得普利策奖。"

"很优秀。"鲁伊说,"因为什么得奖?"

[①] 贝蒂·戴维斯(Bette Davis, 1908—1989),原名露丝·伊丽莎白·戴维斯,美国电影、电视和戏剧女演员,两度荣获奥斯卡最佳女主角奖。
[②] 泰隆·鲍华(Tyrone Power, 1914—1958),美国著名男演员。

"几年前在贝鲁特的一篇报道。"

"是《时事》节目吗？"

"不，在我们推出这个节目之前。"他缓缓地看着那页纸，"以前那是一个多么美丽的城市。那里发生的事是本世纪最大的罪恶之一。"

鲁伊快速阅读那页纸上的文章。"上面说是你的独家报道。"

但是他看起来很困扰。"这是一次复杂的胜利，"他说，"我们做了记者应该做的事——我们深入调查，报道真相。可是有些人因为这些而丧命。"

鲁伊记起布拉福德跟她说过的那起事件，也记得兰斯·霍珀面对批评奋然而起，捍卫他的新闻团队。

"过来。"梅塞尔说，他表情愉悦。他领着鲁伊穿过一条长长的走廊，头顶上是一排聚光灯，看着像是一家画廊。

"嘿，这里太酷了。"

这里挂着几十张镶在相框里的地图，大部分都是古董。梅塞尔走到每一张跟前停下，告诉她在哪里找到的，以及他是怎样与那些骗人的书商和商贩讨价还价的。她最喜欢纽约的地图。梅塞尔指着这些地图，讲解着现在哪些建筑在地图上显示是田野或小丘。

她最喜欢的是一张十八世纪的格林尼治村地图。"这真是太神奇了。我热爱老纽约。你觉得呢？嗯，你出去到耐迪克连锁餐厅吃饭——我特别喜欢那里的腌洋葱——你猛然想到，哇，也许我坐的这个地方以前有一个黑帮老大被击毙，或是两百年前发生过对印第安人的战争。"

"我不吃热狗，"梅塞尔漫不经心地说道，她注意到他看了看手表。他们走进灯光昏暗的书房，那里有真皮座椅、更多的地图和梅塞尔工作时的照片。他们坐下。他问："最近过得如何？"

鲁伊说:"我得到一份工作邀约,我不知道该怎么做。"

"直销公司的?"他嘲笑地问。

"比那个要强。"她告诉他派珀·苏顿的提议。

梅塞尔听着。她一直在说,直到她注意到他深深皱起眉头。"那么,她给了你去英国的机会,是吗?"

"我相当惊讶。"

她可以从他脸上看出来,他也很惊讶。"鲁伊,实话实说。我对你没什么意见,但这是一项非常艰巨的工作。我心里有几个比你更能胜任的人选。我不是说你不能奋起直追,而是你的经验……"

"不符合那里的需要。"

梅塞尔没有表示认同或不认同。"你是一位好摄像师,而且你正在从霍珀的报道中学到很多东西。但是制片包括太多的内容。"他耸耸肩,"然而我让派珀找人填这个职位。她会做决定。如果她想把这个工作给你,那就是你的了。"他望向对面的墙,那里挂着更多的古董地图。她想知道他在看哪个村子。

"我非常想去。"她说。

"这有什么可惊奇的?"他嘲弄地说,"这个国家里有大约一万到一万五千个记者打破头争取这个工作。"梅塞尔伸展双腿。他穿着明黄色的袜子。

"可是,"他说,"你还在惦记着包格斯的报道。"

她点点头。"正是这个问题。"

"进行得怎么样了?"

"很慢。我实在是没有什么方向。没有硬货。"

"可是你仍然认为他是无罪的?"

"是的,我想是这样。这个报道应该做完。派珀说她会委派地方记者去做。"

"她是这么说的?"

"是的,她向我保证。"

梅塞尔点点头。

过了一会儿,鲁伊说:"她不想让我做这个报道,是吗?"

"她在害怕。"

"害怕?派珀·苏顿?"

"这不像看起来那么好笑。她的工作就是她的整个生命。她有过三次糟糕的婚姻。她没有别的事情能做好,也没有别的事情想做。如果这个报道干砸了,她、我、丹·森普尔,还有其他相关的人将会受到猛烈的批评。你知道观众是多么反复无常。丹和我只需要关注新闻。派珀也要关注,可她是一位主播——她要花费很大力气去弥补她的公众形象。"

"我无法想象她会怕什么事。我是说,我非常害怕她。"

"她不会开掉你,如果你告诉她你会留下来继续做这个报道的话。"

"但她是我的老板……"

梅塞尔大笑。"你太年轻了,不了解老板就像老婆一样,不一定和我们天生有缘。"

"可她是派珀·苏顿。"

"那就是另一回事了。而且我可不会嫉妒你必须打电话告诉她你不想接受她的邀请。可是,那又能怎么样?你是一个成年人。"

鲁伊若有所思。她说:"我不知道该怎么办,李。对我的报道,你真正的、诚实的想法是什么?"

梅塞尔在考虑。一只金表开始敲响十点钟。当敲到第八下的时候,他说:"我不会为了照顾你的面子而表现出过多的善意。包格斯的报道？你的个人情绪太重了。这样很不专业。我有一种感觉，你好像把它当成了你的神圣使命。你——"

"可是他是无辜的，而且没有人——"

"鲁伊，"他严厉地说，"是你问我的看法，让我说完。"

"对不起。"

"你没有全面的认识。你应该明白，记者有责任做到完全不带有偏见。你没做到。在包格斯这件事中，你是我所见过的最有偏见的一个人。"

"对。"她说。

"这也许是一个高尚的人，但绝不是一个记者。"

"派珀也这样说过我。"

"政府的腐败和无能无处不在，在南美和非洲还有侵犯人权的事件发生；有人无家可归，幼儿园还有虐童现象……有那么多重要的事情需要媒体选择，而广播电视节目和报纸专栏报道这些事情的时间又那么少。你现在做的只是一件小事。这个故事不算太差，只是没什么意义。"

她看向远处，无心地看向梅塞尔的墙。她想找一个预兆——一张过去的英格兰地图，也许。她没找到。

过了一分钟。

他说："还是要你自己做决定。我想我能给你的最好建议是，好好考虑一下。"

"你是说，整个晚上翻来覆去地睡不着，就想这事儿？"

"这样应该会有用。"

* * *

在上西城，第二十警区被很多警察当成美味多汁的李子。

西班牙裔团伙被排挤到北方，黑豹帮也只不过是个传说，无主之地——中央公园——有它自己的辖区来容纳抢劫犯和毒品贩子。在第二十警区发生的事大多只是家庭纠纷、商店失窃、偶尔发生的强奸。安全玻璃的碎片好像蓝绿色的小冰块，标示出可能是这里最常见的犯罪：从汽车控制面板上盗窃蓝宝牌和松下牌音响。开着本田雅阁或宝马的雅皮们在扎巴餐厅前挤进挤出。有时会有一两个内线交易人自杀，但是情况不会变得更差。

大量的人和车进出于这幢低矮的六十年代装修的砖石与玻璃相间的建筑。社会关系是这里最重要的，更多的人则走进二十警区的大门参加会议，或者就是和警察在那儿聊天，而不是报告劫案。

所以在这个温暖的下午，接待警官——一位壮实的、留着金黄色卷毛大胡子的警察——没有正眼看这个穿着迷你裙的年轻妈妈。她大约二十岁，身后跟着一个非常可爱的三四岁的孩子。她走上前，说她要投诉警察对社区保护的质量。

当然，警官没怎么当回事儿。对这些事事都管的公民，他的喜爱程度与对痔疮的喜爱程度等同。他几乎要为那些街头小贩、无业游民、酒鬼们感到悲哀，这些人总是被这种瞪着眼睛、好训斥人、正派诚实的纳税公民呼来喝去。但是，在警察学校时他就学过社会关系，所以现在，尽管他没法让自己冲这个矮个子女人亲切地微笑，他还是点点头，好像自己对她说的事很关注。

"你们这些人没有认真巡逻。我的小孩和我在大街上走路——"

"是的，女士。有人打扰你了？"

她因为被打断而瞪了他一眼。"我们在走路，你知道我们在路上发现了什么吗？"

"雷雷。"小女孩说。

警官非常想与这个小女孩说话。他一直很讨厌专注的、矮个子的、事事都管的公民，但是他喜爱孩子。他弯下腰，笑得像百货公司里第一天工作的圣诞老人。"宝宝，那是你的名字吗？"

"雷雷。"

"哦哦，这名字真好听。"噢，她真是太可爱了，简直让他不敢相信。她挎着漆皮的小皮包，看着就像个大人。他不喜欢她穿的灰绿色迷你裙，而且他认为挂在小女孩脖子上的太阳镜和黄色系带会有危险。她的妈妈不应该给她穿这些狗屎。小女孩应该穿那些带蕾丝的东西，就像他的妻子给侄女们买的。

这个好公民妈妈说："宝宝，把我们找到的东西给他看看。"

警官捏着嗓子用成年人以为孩子会回应的声调说："我弟弟的小女孩也有这样一个包包。你拿着什么，宝宝？小可爱？"

那不是。那是一枚美军装备的碎片式手雷。"雷雷。"小女孩一边说，一边双手捧着那个东西。

"圣母玛利亚！"警官喘着气说。

妈妈说："那里。看看它，就躺在街道上。我们——"

他按响火警铃后一把抓起电话，呼叫纽约警察局中央指挥台，并报告一件突然发现的爆炸装置。

随后他觉得按响火警铃声不是一个好主意，因为这栋大楼里的四十或五十名警官将会从三个疏散通道之中的一个出去——后门、侧门和前门。大部分人都会选择从前门走，离这个手里拿着一磅重TNT炸药的小孩子不到八英尺。

接下来发生的事有点混乱。一群警察从小女孩手里接过那个东西，拿到大厅最远的一个角落。但是没有人明确知道该怎么做。六个警察目瞪口呆地站在那里。手雷的保险针没有拔掉。他们讨论着手雷底下会不会有个孔，如果有孔的话那就意味着那是一个模型，就像陆海军军品店里卖的那种，《野外与溪流》杂志后面的广告里也有。然而把炸弹拿到墙角去的人放置的方向使人看不到它的底部。既然拆弹小队才是受雇去做那种事的人，他们还是决定等着。

可是有些人注意到它暴露在阳光里，他们觉得会引爆。他们开始争论，因为有一个警察参加过越南战争，那里阳光下的温度可以达到华氏一百一十度①，而他们的手雷也没事，但是这个可能会比较陈旧而且不稳定……

一旦它炸了，他们会失去所有的窗户和放奖杯的柜子，部分人会变成碎片。

最后，接待警官出了一个主意，把半打凯芙拉防弹背心盖在那个东西上。他们很快定下了一个大计划，一件接一件小心地把防弹背心盖上，然后每一个警察都开始逃跑，不理会他的手有没有捂住他的眼睛、耳朵或是睾丸。

于是这些魁梧的警察就远远地站在那里，盯着一大堆背心，直到十五分钟后拆弹小队的侦探们抵达。

在这期间，没有人注意到那个与此相关的妈妈和小女孩。她们越过接待警官进入空无一人的档案室，从后门溜了出去。那个妈妈把一些纸张塞进了她难看的豹纹斜挎包。

她牵着女孩的手，穿过停满警车的停车场，经过警车加油泵，走到哥伦布大道。几个警察和路人看见了她们，但没有人注意她。警察局大楼里面发生的事情要令人激动得多。

---

① 摄氏四十三度。

第十七章

鲁伊把萨姆·希利的厨房水池放满水,给考特妮洗了个澡。然后她把小女孩擦干,给她穿上纸尿裤。到现在为止,这些日常事情她已经做得非常好了。虽然不愿意承认,但是她着实喜欢儿童爽身粉的味道。

小女孩问:"念故事吗?"

鲁伊说:"我有个更好的故事可以念。到这里来。"

她仔细听听外面的声音,确定拆弹小队给希利配发的商务车还没回来。然后,她们走进卧室,鲁伊疲惫地转着圈倒在陈旧的长沙发上。她躺在上面,考特妮爬上她的膝盖。

"我们能读鸭子的故事吗?"考特妮问,"鸭子的故事很重要。"

"这个故事更重要,"鲁伊说,"这是警察的报告。"

"太好了。"

小女孩点点头,鲁伊开始读这个报告。纸上印着"第二十警区文件"。里面有几张霍珀尸体的照片,看起来血肉模糊,在考特妮看到之前鲁伊迅速把它们翻了过去。她念着,直到嗓子痛了起来。她把声音降低到孩子喜欢的低声区。她时不时停下,看考特妮的眼睛打量着这些廉价的白色纸张。当然,孩子根本不知道这些词语的意思,但是她很感兴趣,在加黑字体的摘要中发现了一些秘密的快乐。

二十分钟后,考特妮闭上眼睛,沉重地趴在鲁伊的肩膀上。

故事的内容对考特妮来说明显无所谓;鸭子和警察办案程序让她同样快地入睡了。鲁伊把她抱上床,给她盖上毛毯。她看着U2乐队的海报,这是希利的儿子亚当给希利买的生日礼物(作为一位好父亲,这个警员立刻把海报裱起来挂在墙上最佳的永久位置)。她决定花些钱给船屋上考特妮的房间里买一幅马克斯菲尔德·帕里什①或者怀斯②画作的复制品。孩子们就需要这些:云中的巨人或者是魔法城堡。也许是拉克汉姆③给《仲夏夜之梦》画的插画。

鲁伊继续读报告。

> 我刚从扎巴餐厅回来。经过客厅的窗户对,我看见这两个男人站在那里。一个人开枪……闪光过后,其中一个人倒地。我跑到电话前拨九一一,但是我承认我当时有点犹豫——我害怕那可能是黑帮火并。你听说过的,所有那些证人都被杀了。也许是毒品贩子内讧。我走回窗户跟前,看看他们会不会只是开玩笑。或许是年轻人在玩闹,你知道,但是那时警车已经到了……

---

① 马克斯菲尔德·帕利什(Maxfield Parrish,1870—1966),美国画家,以与众不同的高饱和色调及理想化的新古典主义主题而闻名。
② N.C.怀斯(N.C.Wyeth,1882—1945),美国最伟大的插画家之一。
③ 亚瑟·拉克汉姆(Arthur Rackham,1867—1939),英国著名插画家,在儿童文学领域享有盛誉。

这份报告包含警察走访过的三个人的名字。这三个人都在同一幢楼的一楼居住。前两个人不在家。第三个是报告上述情况的女人，她是布卢明代尔百货公司的职员，住在霍珀家公寓楼的一楼，可以看见那片空地。

这就是全部？警察仅仅走访过三个人？只有一个目击者？

至少有三四十套公寓朝向那片空地，为什么他们不走访？

掩饰，她想道。阴谋。碧草丘，沃伦委员会①。

她读完了这份报告。没什么有用的东西。鲁伊听见希利的车停在车位上，便收起了档案。她看着考特妮，亲亲她的额头。

小女孩醒来，说："爱你。"

鲁伊眨眨眼，沉默了一会儿，努力地说："是啊，我也爱你。"但是考特妮看起来在她说话的时候又睡着了。

"真可笑。"萨姆·希利第二天早晨说。

"可笑？"

"一个训练用的手雷从拆弹小队消失，随后，据报告说，它出现在了第二十警区的大街上。"

"有意思。"

他刚刚在外面修剪草坪。她闻到了青草和汽油的味道，这让她想起在克利弗兰郊区居住的童年。星期六早晨，她的父亲会修剪黄杨木和草坪，给山茱萸的根盖上麦草。

"我没在广播上听到这件事。"鲁伊说。

---

① 肯尼迪遇刺的地点和调查该事件的组织名称。

"报告说一个年轻女人和一个小孩发现了那个东西。我好像记得你昨天去过拆弹小队,对吗?你和考特妮?"

"可能吧,我不太记得了。"

希利说:"你的口气好像那些律师。'是的,我拿着枪站在尸体旁边,但是我不记得我是怎么到那里的。'"

"你不会以为是我干的吧?"

"我正是这样想的。"

"你想让我严肃地说吗?"

"你能向格林兄弟发誓吗?"

"绝对。"她举起一只手。

"鲁伊……你不认为让一个小孩卷进这种事情里是很危险的吗?"

"我不是说我真的拿着一个手雷闲逛过,不过如果我那样做,我一定会先确认那是个假的。"

"你会害我被解雇的。并且你会被捕。"

她试图让自己看起来既可怜又悔恨,而且受了冤枉。他砰、砰打开两罐帕布斯特啤酒。

他严肃地说:"不要忘记,你要多想想,不光是考虑你自己。"

他的话让她有点害怕。想想我?我也是你生活的一部分。但是他接下来马上否定了这一点,冲卧室点头示意,然后说:"想想她。你不会想让她在一个月内失去两个妈妈,对吗?"

"嗯。"

他们小口喝着啤酒,谁都没说话。她说:"萨姆,我有个问题:你调查过谋杀案吗?"

"调查?没有。以前在应急中心的时候,我们出过很多现场,但是我从来没有跑过外勤。那很无聊。"

"可是你了解吗?"

"了解一点儿。怎么了?"

"比如有人被杀,可以吧?"

"假设?"

"是的,假设这个人被谋杀了。警方找到一个目击者,并且这个目击者报告了情况。警察会不会就此停下来,不走访别的证人?"

"当然,为什么不?如果这个证人是可靠的目击者。"

"真正可靠。"

"一定。侦探们手里的谋杀案多得根本忙不过来。有一个目击证人——这在谋杀案调查中是很难得的了——那么他们肯定会问讯完,将证人交给检察官,然后再去办别的案子。"

"我以为他们还会做更多的事情。"

"一个目击证人,鲁伊?再没有比这更好的啦。"

悲剧发生地。

那是三年前发生的,但是当她在路面磨损的卵石表面迈步时——非常缓慢,像是哀悼者的跳格子游戏——鲁伊体会到了兰斯·霍珀被杀带来的死亡气息和令人作呕的感觉。现在是八点,一个阴郁潮湿的夜晚。她和考特妮站在院子里,被四栋大楼的墙壁环绕。头顶是四方形被城市灯光照成暗粉红色的天空。

霍珀就是在这儿死的吗?她想知道。在有穹顶的大门旁边,玻璃风灯洒在空地上的昏暗光线中?或者在相反的地方——在阴暗中?

他有没有爬向灯光?

鲁伊发现这对她有些困扰,她不知道那个男人死的时候躺下的准确位置。她想这里应该有某种标记，指示出事情发生的位置——生命消逝的瞬间。但是这里什么也没有，根本没任何标志。

不管墓志铭上是怎么写的，霍珀应该很满意。他曾经很富有；她确定这是有说服力的观点。

鲁伊领着考特妮走进灰色水泥墙面的门廊。一个中世纪城堡的入口。她期望至少能见到一套盔甲，一套长矛、宽剑和钉头锤。可是她只看见一块公告板，上面淡淡的字迹写着消费合作社的消息，还有一沓中国餐馆的外卖菜单。

她按响了门铃。

"多可爱的小姑娘。你真是个年轻的妈妈。"

鲁伊说："你知道这种事。"

这个女人说："我二十六岁生了安德鲁，二十九岁生了贝斯。那时候已经算年纪大了，对我们那一代人来说。我给你看看照片。"

这间公寓让人不适。它让鲁伊想起她看过的一部电影：在一艘太空船里，激光束交叉分布，如果你碰到了就会触响警铃。这里尽管没有激光束，但是有小瓷碟、动物雕像、茶杯、纪念盘、一套弗兰克林·敏特牌陶制顶针、花瓶，和一千件其他的手工艺品，大部分东西既华丽又丑陋，都放在仿柚木架子和桌子的边缘，摇摇欲坠，等着掉到地板上摔碎。

考特妮的眼睛亮闪闪地看着这么多破坏的机会，鲁伊死命地拉住小女孩连体衣的腰带。

这个女人名叫布莱克曼小姐。她长得很漂亮，是一位天生的售货员：矜持、热心、有条理、有礼貌。鲁伊记得她快六十岁了，虽然她看起来更年轻。她身材矮壮,有双下巴(但还是很漂亮)和水桶粗的腰。"请坐。"

她们从陶制地雷边挪到铺着坐垫的椅子处坐下。鲁伊强压下她的傲气,开始评论布莱克曼小姐的收藏。

这个女人热情地说:"大部分都是我妈妈留给我的。我们对装饰有相同的想法。我猜这是遗传。"

从这里开始,她们谈论孩子、男朋友和丈夫(布莱克曼小姐十年前就离婚了;她是——用她自己的说——"现货待售")。

虽然布莱克小姐最想谈论的是那则新闻。

"那么你真的是记者?"她的眼光盯在鲁伊身上,好像一位发现了新昆虫的科学家。

"实际上,我是一位制作人。不是报社的那种新闻记者,那和电视新闻不一样。"

"哦,我知道。我看过所有的电视新闻。我经常争取上白班,以便按时回家看《五点直播》。这个节目有点儿闲扯,但我们不都是这样吗?我不关心六点的报道——大多是经济类——所以我固定在那个时候做饭,然后我吃饭的时候看《七点世界新闻》。"她皱着眉头,"我希望你不会介意我告诉你,你们电视台的晚间新闻不怎么样。吉姆·尤斯提斯,那个主播,我认为他长得很搞笑,而且有时候他说波兰和日本名字的时候发音不对。但是《时事》太棒了。你认识派珀·苏顿吗?你肯定认识,当然。她像看起来那样有魅力吗?机智……甜美……"

如果你知道真相的话,女士……

鲁伊想把话题引向包格斯的事情,不知道该怎么说。如果鲁伊对包格斯无罪的判断是正确的,当然,她一定要称这位热爱小雕像的女士为骗子，仔细想想的话，她还是个做伪证的人。鲁伊选择了间接的方式。"我正在做霍珀谋杀案的深度报道，我想问你几个问题。"

"我很高兴能帮忙。这是我一生中几件最令人激动的事情之一。我当时在法庭上，凶手就在旁边，他看着我。"布莱克曼闭上眼睛，"我实在太害怕了。但是我履行了我的义务。我特别希望从法庭出来的时候，所有的记者都将麦克风伸到我跟前——你知道，我喜欢那些带着电视台名称的麦克风。"

"哦。也许我应该把我的装备架起来。"

当鲁伊架起机器的时候，布莱克曼小姐把考特妮抱到自己的腿上，紧张得手足无措。带上小女孩是个好主意——她就像是成人的镇静剂。

当便携灯光打开，池上牌摄像机上的红色指示灯开始闪动的时候，布莱克曼小姐的双眼放光。鲁伊估计，如果她们仅仅是刷美国运通卡买一件童装，布莱克曼小姐的眼中是不会有这么强烈的光芒的。

鲁伊说："你能坐到那里去吗？"她指指一把带墨绿色针织花边坐垫的安娜女王式椅子。

"你让我坐哪儿我就坐哪儿，亲爱的。"布莱克曼小姐坐在那里，然后调整了半天姿势。

"现在，你可以准确地告诉我那天发生了什么事情吗？"

"当然。"她给摄像机讲述了那次谋杀。她买完东西回到家，看到那两个男人在争吵。一把枪出现了。沉闷的枪声。霍珀倒地。她跑向电话。犹豫……

"你看见他开枪了？"

"哦，我看见了闪光，还有那个可怜人尸体旁边的枪。"

"你能看见那是什么种类的枪吗？"

"看不见，天太黑了。"

"你听不到他们在说什么?"

"听不到。"她扭头看向外面的院子,"你可以看见……"

好镜头!鲁伊将镜头移向外面,给卵石地面一个特写。

"……那里有点远。"

鲁伊从包里翻出一张纸。她看着纸,然后说:"警察的报告说,直到枪击发生的第二天他们才来走访你。是这样吗?"

"嗯。第二天晚上来了两个人。警探。但是看起来不像科杰克侦探①之类的。我有点失望。"

"你当时没有马上联系他们?"

"没有。我跟你说过,那事让我很震撼。我非常害怕。万一是毒贩火并怎么办?你知道电视上报道的新闻吗?基本上每天都有,妈妈和孩子因为作证而被杀害。但是第二天早晨,我看见《新闻早班车》报道说他们已经逮捕了这个流民。不是职业杀手之类的。所以警探来找我,我毫不犹豫地告诉了他们我看见的事情。"

"报告上还说警察问你是不是看见了什么,然后你说:'对不起,我没有马上告诉你们,但是我的确看到了这件事,我是说,我看见了枪击事件。'警探又问:'你看见那个开枪的人了吗?'你回答:'当然看见了,是兰迪·包格斯。'这差不多就是你当时说的话?"

"不,根本不是差不多。完全都是我的原话。"

鲁伊笑了笑,不再急着说什么。没有进一步的问题了。

鲁伊突然感觉到一个阴影袭来,这让她心里一震,很不舒服。她

---
①美国著名刑侦题材电视剧,一九七三年起播出。

赶紧看看旁边是不是死亡天使在她头顶盘旋,没想到迎上了派珀·苏顿的眼睛。

"嗨。"鲁伊说。

苏顿没有回答。

鲁伊看向四周,想知道为什么这个女人如此生气。

"猜猜我拿到了什么。"鲁伊摸摸录影带,"我找证人谈过了——"

瞬间的暴怒就像照相机的快门,那么狂暴和残忍。鲁伊倒吸了一口气。好在派珀·苏顿控制住了自己,但是眼光依然那么冰冷。"你得学一点儿什么是生活……"她看起来吞下了句子的末尾,也许是:小姑娘。

鲁伊开始说:"我怎么——"

然后她想起来了——噢,妈的。伦敦的职位。

"没有人强迫你为我们电视台工作。"现在,怒气又一次发动了起来,苏顿专属的怒气。就像雪从山上滚下来,一场雪崩一触即发,鲁伊即将被掩埋。"你有你的选择。但是如果你准备在这儿工作,妈的,你就要像个成年人,否则——"

"我正准备告诉你关于去伦敦工作的事情,对不起。"

"你就会在某家下贱饭馆领你的薪水!"声调威胁性地降下来,"我带你去吃晚饭,在那里你和那个淘气鬼让我很不爽,我给你的提议,以前从没你这样年纪的人能得到!"现在尖叫又开始了。鲁伊眨眨眼,向后一靠,眼睛睁得大大的。"你愿意给我一个答案吗?"

演播室里所有的耳朵都竖起来,没有人敢张望,但是没有人不在听。

"对不起。"

可是苏顿的声音又升高了好几分贝。"你对我的尊重有没有比对出租车司机更多一点儿?你有没有说过'谢谢你,但是我决定不接受你的工作邀请'?你有没有说过,'派珀,你能不能给我几天时间再考虑一下'?没有,你他妈的都没有。你说的只是……什么都没说。这就是你说的。然后你想怎样就怎样。"

"对不起。"鲁伊听到自己的呜咽她很不喜欢自己这样,于是她清清喉咙。"我全心投入那个报道。我曾想告诉你——"

苏顿一挥手。"我讨厌道歉。这是软弱的表现。"

鲁伊想大喊,但只是坐在那里掉眼泪。

苏顿正在与天花板说话。"这个报道的一切都错了。我早就知道这是个错误。我真愚蠢。愚蠢,愚蠢。"

鲁伊忍耐着。她轻抚着文档。"请让我解释一下。我与那个证人谈过。"

苏顿冷笑着摇摇头,越来越不理解。"什么证人?"

"那个指证兰迪的人。"

"哦,当然,这可以解释你的行为。"苏顿的语气带着浓浓的嘲讽。

"不,我可以证明她根本没看见兰迪·包格斯。"

"怎么证明?"

"她是一个,像是,新闻狗。"

"新闻狗?这他妈是什么东西?"

"她每天都收看所有的新闻节目。她从未描述过包格斯的长相,直到她在电视上看到包格斯被捕以后。当时——"

苏顿的手抬起来,像个烈士。"你到底想说什么?"

"听着。当警察走访她的时候,她说:'我看见凶手就是兰迪·包格斯。'"

安静。周围的人全都保持着安静。苏顿大笑两声。"那就是你的证据?"

"从她的位置根本看不清楚外面的院子。布莱克曼是在新闻上看见的兰迪。她看到他被捕了。这才是她的描述的来源——电视。否则,她怎么知道他的名字?她开始并没有描述他。她马上就说:'是兰迪·包格斯。'"

媒体混乱……

苏顿对这个产生了一点兴趣,但是她又笑了。"继续努力,亲爱的。你还有很长的路要走。"

"但是这不就证明了她是一个不可靠的证人?"

"只是拼图的一角。仅此而已。继续深挖。"

"我想——"

"我们要追这条线?"

"我想是的。"

一根尖尖的指甲指着鲁伊的脸,像是明亮的红色匕首。"这是关键时刻。你总是忘记这一点。我们不会播出一个报道,我们要播的是一个完整的故事。"她穿过新闻演播室,鞋跟捣在地上发出响亮的声音。员工们不引人注目地迅速移动,让出她的路线。

第十八章

在大楼的门厅,鲁伊进行着她的工作,却不喜欢眼前的景象。

住户的名录上足有一百多个名字。

"要帮忙吗?"门房的口音听起来像俄国人。但是随后鲁伊确定自己并不知道俄国人的口音听起来是怎样的;这个男人——穿着一套灰色旧制服,屁股处的布料磨得发亮——可能是捷克或者罗马尼亚或者南斯拉夫人,甚至可能是希腊或者阿根廷人。不管他是哪个民族的,他是个大个子,面带嘲笑,表情很不友好。

"我正在看名录。"

"你想找谁?"

"不确定。我只是——"

他狡猾地笑了,好像在玩纸牌游戏中抓到了作弊的。"我明白。有人这么干过。"

"我是个学生。"

"对,学生。"他用舌头舔舔嘴巴。

"你在这儿干了多长时间?"她问。

"六个月。我才来这儿,这个国家。和我的侄子一起住了两天。"

"在你之前谁在这儿干?"

他耸耸肩。"不知道。我怎么会知道?你有钱给我吗?你知道我在说什么吗?"

"你什么意思?我只是个学生。"

"我都听说了。你觉得我没听说过吗?"

"我是个学艺术的学生。建筑。我——"

"好。"他仍然鬼笑着,舌头舔着嘴唇,"你挣多少?"

"挣多少?"鲁伊问。

"你把它们卖多少钱?"

"什么?"

"名字。"他点点头,"你把名字卖给公司,给所有人发垃圾邮件。我们国家就没有垃圾邮件。这里!到处都是。"

"我只是想和这里的人谈谈。关于公寓的设计。"

鬼笑之余,这人点点头。

再没有比这更糟的了——他们给你安上你没做过的罪名,即使你正在做的确实是你不应该做的事情。

她在提包黑暗的深处翻了一分钟,直到拿出一张挺括的纸币。二十元,还带着自动取款机的热度。她递给他。

嘴巴闭上了。它消失在他的口袋里。

"你挣多少钱?"

又一张二十元加入了它朋友的行列。

"啊。"他走开了,手插进兜里,捏着崭新的现金票子。鲁伊也转身继续她的工作。

最好还是找出能看到兰斯·霍珀被害的院子的那一排公寓,但是她不知道那个斯拉夫裔—俄裔的南美资本家过多久又会回来讨要他的贿赂。她从名录左边开始记,从 1B 的梅隆·扎克曼,快速写到 8K 的彼得斯先生或者是彼得斯夫人。

二十分钟对后,门房回来了,她刚好写完。

"还在研究?"他怪笑着问。

"我刚弄完。"

"那告诉我,你在哪个公司?也是大公司吗?我说得对吗?"

"是个大公司。"鲁伊说。

"在泽西,对吗?"

"你怎么猜到的?"

"我去过很多地方,见过不少事儿。你骗不了我。"

"我从没打算骗你。"

她的背部泛起烧灼似的疼痛,耳朵里面在出汗。她的声音从压低的女高音变成了带喉音的女低音,并且每过几分钟就必须清一清嗓子。鲁伊坐在演播室的小隔间里,不停地讲电话,已经八个小时了。

你好我是《时事》新闻栏目的制作人扎克曼诺理斯威廉姆斯罗斯格林科先生我们正在做一个兰斯·霍珀谋杀案的节目片段你或许记得这个人几年前在你家楼边的院子被杀我希望你能提供帮助我想知道……

已经很晚了，马上要过八点，考特妮的睡觉时间也过了。小女孩坐在鲁伊脚边。把行程记录纸撕成复活节小兔子的形状。

……你在 3B、3C、3D、3E、3F 住了多长时间……

"鲁伊，兔兔。"

鲁伊拿开话筒，低低地说："漂亮极了，宝贝儿。我正在打电话。现在做一个复活节的兔兔妈妈。"

"那个就是妈妈。"

"那就做一个爸爸。"

目前鲁伊已有了房客们的统计数字：

一个是布莱克曼小姐。八个人没有电话号码。二十个人没接家里的电话。三十三个人在霍珀死后才入住。十八个人凶案发生那天晚上不在家（或者声称自己不在家）。十九个人在家但是没有看见与谋杀有关的任何事（或者声称自己没看见）。

名单上还有十二个人。

一个坏数字。如果只有三个，她就会再给他们打电话；要是二十个，她就结束工作回家睡觉。可是十二个……

鲁伊叹了口气，伸了个懒腰，听到肢体末端骨节的响声。

考特妮打了个哈欠，坏笑着把一只兔子撕成两半。

该下班了，鲁伊想。我要回家。然而，想到苏顿那刺耳恶毒的嗓音和怒冲冲的眼神，她又拿起了电话。

幸运的是，当她问 6B 的弗罗斯特先生是否知道霍珀谋杀案时，他停了一下，说："实际上……我看见了。"

* * *

"你把那个放在瓶子里,效果会更好。"她说。

鲁伊越过开门的老人,走进这间公寓,径直走向一个玻璃盒子。那里面是一艘精致的船模——不是帆船也不是渡轮,而是一艘现代的货船。它有四英尺长。她说:"太了不起了。"

"谢谢。我从来没有在瓶子里做过船。实话实说,我没什么爱好。"她介绍了自己。

"伯奈特·弗罗斯特。"他说。他大约有七十五岁,穿着一件肩膀上有蛀洞的开襟毛衣和灰色廉价长裤。他头顶微秃,头上和脸上长着老年斑。和她握手时,他凑上来,脊背微弓。他握着她的手时间比一般要长,近距离地看她。接触和考察,却不带性的色彩。他在评估她。当他做完这些之后,放开了她的手,冲着玻璃盒子点点头。

"明尼苏达公主号。对于一条一直在地中海和大西洋跑的船,这名字挺奇怪,不是吗?我的第一条船。不,我应该这么说:是我第一条挣到钱的船。我想这比'我的第一条船'更准确。我叫它明尼苏达号,因为我是在那里出生的。"

他走进这间大公寓。鲁伊跟着他。在凌乱的客厅里,她看见了行李箱。

"你准备出门?"

"我在百慕大有个住所。海地是我最喜欢的。奥洛夫森——那是多好的旅馆啊。当然,现在没原来好了。我还从没去过英属殖民地,但是你知道,到处都一样。"他眯缝着眼看她,像是分享一个秘密。她点点头。

他的目光落在她的摄像机上。

"你有记者证之类的吗?"

她向他出示了公司的身份牌。他又上下打量着她,似乎要看到她的灵魂。"你很年轻。"

"比有些人年轻,也比有些人老。"

他若有所思地笑笑,说:"我开始做生意的时候也很年轻。"

"你以前是干什么的?"

他凝视着那个船模。"那是我对海运产业和海洋美感的贡献。它并不非常美,它不是庄严的船。"

"我觉得它看上去很可爱。"

弗罗斯特说:"'庄严的船在前行,去往山脚下的海港。啊,如何才能触到那消失的手,听到那静止的声音。'丁尼生①。现在已经没有人读诗歌了。"

鲁伊记得几段儿童诗和莎士比亚,但是她没说。

他继续说道:"但是它为很多人挣来一把一把的钱。"他举起一个沉重的细颈玻璃瓶,准备给两个杯子里倒入紫红色液体。他问:"你要来点儿吗?"

她接过杯子抿了一口。像蜂蜜一样腻甜,味道像咳嗽糖浆。

"我开始是一个杂货商②。你知道那是什么吗?"

"做蜡烛的?"鲁伊耸耸肩。

"不,是卖货的。卖各种东西。只要船长想要,从棘轮到半扇牛,我都会找到。那时我十七岁,等他们一抛锚我就划着小艇过去,赶在代理商到达或者是卸货之前。我给他们减价货,要求一半的定金,再给他们开好精美的现金收据,回来的时候总是带着他们想要的东西,

---

① 阿尔弗雷德·丁尼生(Alfred Tennyson, 1809—1892),英国桂冠诗人。文中引用的是他悼念亡友的诗歌《冲激》(Break, Break, Break)中的诗句。
② 原文为 chandler,可译为杂货商,亦有蜡烛商之意。

或者更好更便宜的替代品。"

"我想知道，先生——"她开始说。

弗罗斯特打断她。"听着，这很重要。三十多岁的时候，我开始了船运生意。"

鲁伊没觉得这有多重要，但是她让他说。

他继续说。十五分钟后，她了解到他在船运生意中是怎么积累财富的。他正在谈他自己设计的螺旋桨。"他们称它为弗罗斯特效率螺旋桨。我太开心了！效率螺旋桨！所以我的船从霍尔木兹海峡绕过非洲之角到安博罗斯灯塔只需要三十三天。我拥有这个世界上最快的油轮。三十三天。"

鲁伊说："我能不能问你几个问题，关于霍珀谋杀案的？"

"我正在说这事儿。"

"对不起。"

"我放弃了船运生意。我可以预见到油价的飞涨；我可预见到贸易收支失衡。我不想离开我的船；啊，太让我伤心了，但是人必须向前看。你听说过老式的制造商吗，汽车产业一发展，他们就完了。你知道他们的问题在哪儿？他们没想过做加速器生意。哈！"他喜欢这个笑话，也许已经说过一千遍了，"我下一步该做哪一行？"

"航空公司？"

弗罗斯特大声嘲笑着。"公共交通？一大堆条条框框。我想过，但是我知道一个民主党员，最多两个，就可以摧毁这一行。不，我经营很多行业——金融服务、采矿、制造业。我成为世界上第四富有的人……你不相信。我可以明白。你从来没听说过我。某个老疯子，你正在想，为了某种邪恶的目的在这里引诱我。但这是真的。在七十岁的时候我有三十亿美元。"他停了一下，"那些日子里，十亿美元还算是不少钱。"

他坐直身体，鲁伊感觉他快要说到重点了。

"有那么多钱我能干什么？给我的老婆孩子花；买好鞋子、一套优质高尔夫球杆、保暖的大衣、体面的房子；我不抽烟；一群情妇？我很满意和老婆四十一年的婚姻。我让我的孩子上学，为孙子们建立信托基金，虽然不是很可观，而且……"他意味深长地笑笑，"我把大部分的钱都捐了。因此，你……。"

"我？所有这些事情和霍珀谋杀案有什么关系？"

弗罗斯特想了一会儿。"我在忏悔。"

她眨眨眼。

"可是，"他说，"你必须明白。这没有什么不同，你明白的。"

"哦，比如，你到底想说什么？"

"他们有其他证人。你不能指责我。"

"请你说清楚好吗？"

"当时，当他被杀的时候，我还有很多钱。我正在把钱捐出去。有很多人为我工作，一辈子都在靠我生活。还有他们的家庭……你们这些媒体的人——你们从不会给人留一点隐私。"他说到"隐私"的时候，好像在说"特权"。

他继续说着："后来我单纯是害怕。我害怕告诉警察我看见了霍珀被杀。我会上新闻节目；我会上法庭。会有关于我的财富的报道。绑架者会瞄上我和我的家庭。社会活动家会为了要钱开始纠缠我。起初我感到内疚，但是当我听说楼下那个叫布莱克曼的女人看见了那件事，并告诉了警察有关凶手的事，我一下解放了。"

"但是现在你不介意告诉我你看到的事情？现在与那时有什么不同？"

弗罗斯特走到窗户前,看着阴沉沉的庭院。"我对生活有了不同的态度。"

啊,求求你,鲁伊祈祷着,现在就说。告诉我你所见的。求求你,一定要有用。"我可以吗?"她指指摄像机。

短暂的沉默。他点点头。

指示灯亮起。摄像机嗡嗡作响。她将镜头对准弗罗斯特的长脸。

"很奇怪,"他的眼神充满渴望,"把自己的财产捐出去时的感觉。真是妙不可言。我不知道为什么这件事不被人理解。"他严肃地看着她,问:"我问你,你认识捐出十亿美元的人吗?"

"我的朋友里没有这样的,"她说,"很不幸。"

第十九章

鲁伊和派珀·苏顿坐在女主播的办公桌前,盯着监视器。里面传出两个声音。

"弗罗斯特先生,你看见枪击了吗?"

"就像鼻子长在我脸上一样明确。或者是你脸上——反正就是那个意思。太可怕了。我看见那个人走近霍珀先生,拔出小手枪对他开枪,就是对他扣扳机。这让我想起鲁比,你知道,杰克·鲁比,枪杀奥斯沃德①的那个人。霍珀先生挥动手臂,好像要抓住子弹……"

苏顿有点激动,但是没说话。

---

①指李·哈维·奥斯沃德,被认为是肯尼迪遇刺案的主凶。案发两日后,奥斯沃德在警察的严密戒备中当众被杰克·鲁比开枪击毙,美国人在电视直播中目睹了枪杀经过。

"你能描述他吗?"

"他是个胖子。不是非常胖,但是有啤酒肚。像个定音鼓。"

"像个什么?"

"像个鼓。深黄色头发。留八字胡……应该怎么说呢?肯定,我肯定他有八字胡和络腮胡子。浅色夹克。浅蓝色裤子。"

鲁伊对苏顿说:"那就是吉米。让兰迪搭车并把他送到纽约的人。"苏顿皱着眉头,挥手让她安静。

"你为什么不去找警察?"

"我跟你说过。"

"请再说一遍好吗?"

"我当时很害怕——害怕报复。害怕宣传。我非常有钱。我害怕给自己和家庭带来麻烦。不管怎样,凶手被抓并被指认了。楼下的女人指认了他,而且报道说警察当场就抓到了他。为什么他们一定需要我?"

"我给你看一个人的照片……你能不能告诉我这个人是否是你在庭院里看到的那个人?"

"谁?这个皮包骨头的小伙儿?不,这根本不是他。"

"你发誓?"

"我当然可以发誓。"

咔嗒。

鲁伊一直盯着监视器,像一个自豪的学生等着老师的夸奖。

但是苏顿只是评价了一个词:"妈的。"

鲁伊的笑容里带着高兴和不掺假的骄傲,但她尽量忍住了。

苏顿看看表,说:"我耽误了和李的会议。你给这盘带子留底了吗?"

"当然,"鲁伊说,"我总是留底子。就锁在我书柜里。"

苏顿说:"星期五有个报道会议。带上你的脚本。你要展示给我们两个人看,而且还要准备应付其他的浑蛋。明白吗?"

"明白。"

苏顿准备离开办公室。她想了一下,温和地说:"我不太擅长表扬他人。可是我要说,没有人能像你一样坚持这么长时间做这件事。"然后她皱起眉毛,本色苏顿又回来了。"现在去睡一觉。你脸色很差。"

"这个报道关于一个人,他受到不公正地指控,为他没有犯过的罪行……"

哦,不。

"……关于一个人受到不公正地指控……"

那好吧,如果他没做过,这是不公正的。

"……关于一个人被控莫须有的罪名的报道……"

文字肯定是最难的部分。

鲁伊坐着圈椅转了一圈,发出一声备受挫折的痛苦的轻叹。文字——她憎恨文字。鲁伊看见事物,喜欢看见事物。她记得见过的事物,但是会忘记听说的事物。文字真的是狡猾的小东西。

"这个报道关于一个人,他被控莫须有的罪名。这个人失去了两年的时间,因为……"

为什么？为什么？

"……因为这个国家的司法系统就像一条大狗……"

一条狗？司法像一条狗？你疯了吗？"胡扯！"她大喊，"胡扯，胡扯，胡扯！"半个演播室的人都在看她。

当李·梅塞尔读到这个的时候会说什么？派珀会说什么？

"……因为这个系统，不，因为这个国家的司法系统，不，因为美国的司法系统像一只折翼的鸟……"

胡扯，胡扯，胡扯！

弗雷德·麦格勒比设想的更兴奋，因为他的午餐是三个热狗（夹酸菜和洋葱）和一杯无糖百事可乐，以及吃饭的时候他看到的是刑事法庭大楼——曼哈顿最黑暗、最阴郁的法庭建筑。

最后一点，他的一个客户，他给鲁伊解释过，被审判的三项指控里有两项是谋杀。

"蠢货。他自己不争气。我能说什么？"

麦格勒还是那样瘦，还是灰白头发，咀嚼、喝水、说话同时进行。鲁伊靠后站着，躲开从他肥厚湿润的嘴唇中喷射出的热狗碎屑的抛物线。他对弗罗斯特所说的事情颇受震动，尽管他不想表现出来。他说："啊，听起来包格斯这事儿有办法了。不够改变判决，也许。但是法官可以重新审判。我不会说行，也不会说不行。有了新证据，然后还会有更多新证据。你告诉我的事情，在审判期间会作为证据。"

"我想知道一件事：你怎么会找不到弗罗斯特？"

"嘿，这个案子我只拿最低工资。不像你们这些新闻界的人，我没有报销账户。五点钟我可没有坐在亚岗昆喝一杯曼哈顿。"

"曼哈顿是什么？"

"一种鸡尾酒。你知道，裸麦威士忌、苦艾酒、比特酒。看，包格斯的案子，我做了我能做的。我资源有限。这是他的问题。他一毛钱也没有。"

最后一个热狗的尾巴消失了。鲁伊好像看到一条大鱼吞了一条小鱼。

"听起来对我不公平。"

"公平？"麦格勒问，"你想知道什么是公平？"

鲁伊肯定自己知道。当她按下藏在她豹纹皮包里JVC摄像机的录制键时，麦格勒——他可能会对秘密录音引用各种各样的法律——很礼貌地结束咀嚼，在说话之前选择了一种深思熟虑的表达方式。"这个国家的公正是运气、命运、环境和私利。只要那些都在，像兰迪·包格斯这种人将会在牢里待他们不应该待的时间。"

"你还办这个案子吗？"

"我们已经谈过我的费用……"

"得了。他是无辜的，你不想帮助他出来吗？"

"不是很想。我不会给流浪汉钱。我为什么应该施舍我的时间？"

"我不相信。"鲁伊的声调提高，"你——"

"你的集团公司会付给我钱吗？"

听起来好像有点不对。她说："我不认为这是道德的。"

"什么，道德？我可不想为这些跳进火坑里。"

"我是指记者的道德。"

"哦，你的道德。"他把剩下的可乐一饮而尽，低头看看，注意到海蓝色领带上有个污点。他从兜里掏出一支去渍笔，在领带上使劲蹭，直到污点看不清楚。"好吧，这是公对公。我工作，我有收入。那是法则。不过你还有别的办法。有法律援助，或者美国公民自由协会——

那些家伙得到这个案子会很兴奋。那些从耶鲁、哥伦比亚、哈佛出来的穿三件套的社会改革家会闻着气味来接手这个案子。所以你能继续你的报道——我保证，一些瘦小的纽约大学毕业生会一直敲你家的门，求你给他们包格斯的电话号码。"

"可是那会花几个月的时间。他现在就得出来。他有生命危险。"

"你看，二十分钟后我还要回到那个地洞里，站在一个人旁边——据称——他在给他的一个情妇讲波兰人笑话的同时，用机枪扫射了三名敌对帮会的成员。我必须站在那儿，听法官向他解释，他将在十英尺宽二十英尺长的牢房里住至少二十五年。他见到我的时候说：'弗雷德，我听说过你的事儿。帮我脱罪。你就是干这个的对吗？帮我脱罪。'"

他大声笑着，拍着胸脯。"嘿，我没有帮他脱罪。他很不高兴，他和他的朋友都是杀手。我想说的是，包格斯有危险，我也有危险。想想吧。你也一样有危险。警察、检察官还有你的集团公司都是一群傻瓜。生活就是危险的。我还能说什么？"

麦格勒看看他的表。"是时候为美丽的美利坚做点儿什么，并且清除掉街上的一些垃圾了。"

"我有一个提议。"鲁伊说。

这个律师检查了一下他的肩膀。"快点儿。毒贩头子可不等人。"

她说："你知道有多少人看《时事》节目吗？"

"不，我同样不知道亚马孙地区的平均降雨量。这需要我关心吗？"他走向楼梯。

"取决于你想不想让一千万观众看到你的名字、脸，听到你所做的不可思议的事。"

弗雷德·麦格勒停住了。

鲁伊重复道:"一千万。"

麦格勒瞥了一眼法院大门。他嘟囔着什么,然后继续向楼梯走去。

我,好吧。我在亚特兰大出生,我们在那儿生活了十年,后来我爸决定去一个机会更好的地方,那就是他的想法,我现在仍然记得他说……

十三英寸的日本电视机,颜色不均衡,过于偏红。兰迪·包格斯正在里面讲他的人生故事。

机会更好的地方。我非常害怕,因为我以为我们要死了,我把"机会更好的地方"想成了"应许之地",我记得在耶稣升天教堂听过这个词,意思是天堂。那时候我接近十一岁并且信仰虔诚。哦,我在上学的时候曾卷入相当大的麻烦。有个人,有个大孩子诅咒的时候说:"耶稣基督啊!"我当时被惹毛了,逼着他说对不起,结果是我被狠狠地揍了,次数多得我自己都记不清。

编辑录影带比编辑电影胶片容易一百倍。这是一种电子的过程,而不是机械的。鲁伊认为这代表了文明的某种惊人的进步——以前你可以看到事情的每一步是怎么完成的,现在却只能看到结果。鲁伊喜欢这样,因为这有点儿像魔术。她深信如此,唯一的区别是变魔术不需要电池。但是编辑的轻松解决不了她的问题:她有太多的好镜头,成千英尺的好镜头。这段特别的镜头来自对她包格斯的第一次采访,非常有内涵,所以她不想剪掉。

……不管怎么说,最后我们没去天堂,去了迈阿密,而所谓的机会最终变为……伙计,就像我爸一样。那时候巴蒂斯塔①刚下台,到处是肮脏的古巴人。你知道,多年来我一直不喜欢西班牙裔的人。可那很蠢。好几年前我去过中美洲——我只出过那一次国——结果我很喜欢那里。总之,我在谈以前的事。小时候,我看到那些曾经富过的古巴人,他们是我们那地方最可悲的一群人。你可以看出他们走路时的失落,还有他们看着自己现在驾驶的汽车时的眼神,根本不像他们以前那种神气。可他们竟然开始抢我们白人应该得到的工作。我没有种族歧视。但是这些古巴人给多少钱都干。他们必须这么干,只为了找个工作养家。他们都是些大家庭。我从来没有见过一个家庭里有那么多的小浑蛋。我曾经认为我爸很差。他往我妈身上一滚,砰,她就怀上了。家,我有六个姐妹和两个兄弟,有一个兄弟死在越南,一个姐妹得了子宫癌……

　　我爸天生懂机器,但是他从不努力干活。我正好相反。你付给我钱,我就努力给你干活。我喜欢工作的感觉。一天不工作我就浑身发紧。但是我不会计算。我爸爸经常好多天都在外面乱混。我的大哥参军了,海军陆战队,我快到十六岁的时候也想过参军,可是我后来就业了。

　　兰迪·包格斯的职业:仓库保管、巡回游艺团小贩、机器操作员、

---

①鲁本·富尔亨西奥·巴蒂斯塔-萨尔迪瓦(Rubén Fulgencio Batista y Zaldívar, 1901—1973),古巴军事领导人,曾任古巴合法总统,之后通过军事政变于一九五二年重新成为古巴最高领导人。一九五九年,巴蒂斯塔被卡斯特罗所领导的游击运动驱逐出境,史称"古巴革命"。

皮格里·威格里①的清洁工、在肯尼迪角附近高速路旁边卖热狗（他在那里目睹了阿波罗登月发射，所以他想当宇航员）、饲养员、渔夫、看大门的、厨子。

然后是小偷。

有一次我、布尼还有另一个一起工作的朋友去克利尔沃特市②，他是我兄弟，我通常这么称呼我的同事。我们进入这家汽车电影院，他们在说挣钱的事，还有布尼多么想买一辆布尔泰科牌摩托车，就是那种低手把的。当时我——啊，天哪——当时我都十九岁了，得靠兄弟掏钱我才能进电影院？我非常难堪。所以那天晚上他们去了，哦，你知道，妓院——想在克利尔沃特市找个妓院还真不容易——他们让我看几个小时的车。我干了什么？被他们看不起让我非常难受，我开车回到汽车电影院，那里快关门了，然后我干了一件让我转移情绪的事——在电影屏幕附近的灌木丛里放火——当所有的人跑出来察看的时候，我冲进售票亭准备抢点儿钱。可是一毛钱也没有，钱已经被收起来藏到什么地方了，也许存进了夜间银行。我跑出去，直直冲向老板。我现在是瘦小伙，以前是瘦小孩，他看到了一切，然后把我一拳打昏。

……你知道他们告我什么？我想想就想笑。他们不能以盗窃逮捕我，也不能以抢劫逮捕我。他们以纵火逮捕了我。因为烧了一棵比野草还低的植物。你能相信吗？

录像带不停地播放、播放、播放，无穷无尽。

---

①美国连锁杂货超市。
②美国城市，位于佛罗里达州。

《时事》报道的格式让鲁伊的工作变得困难。派珀·苏顿坚持她要在每一段的最佳位置出现在镜头中。报道中大部分的内容将是鲁伊的采访录像，但是大概每三分钟要剪切回苏顿，她会按照讲词提示器上的文字解说故事。然后，播放更多的录像——犯罪现场、气氛镜头、采访录像。然后是伯奈特·弗罗斯特的爆料。协调所有的环节——录像片断的解说和对话，还有派珀的台词——这是最难的。

（"另外，"李·梅塞尔警告她，"如果你给她的台词里有模糊的隐喻或者是连续几个齿擦音的词，上帝都帮不了你。"）

可是困难又怎样？鲁伊一阵狂喜。她正坐在这里——凌晨三点钟，考特妮（和毛毛熊）在她脚旁打盹——把录像带编辑成在本公司电视台黄金时间收视率第一的新闻杂志节目中播放的轰动性新闻报道。最让人激动的是，这个报道将有一千万人收看，他们将会看到她的名字，除非他们看完后马上去吃零食或上厕所。

她想了一会儿，最让人激动的是：她有责任让一个无辜的人从监狱释放——一个当他不能活动时，浑身都会发紧的人。

普罗米修斯，将会得到自由。

第二十章

会议室。

集团公司摩天大楼第四十层那间传奇的会议室。

这里就是上层主管和高级新闻人士筹划特别报道的地方，有马丁·路德·金遇刺事件、鲍比·肯尼迪和尼克松的辞职、伊朗人质事件、挑战者航天飞机爆炸。这里看起来很不起眼——黄色涂料的墙、磨损严重，斑斑点点的椭圆形桌子、十张从母公司拿来时是天蓝色，但现在已变成浅蓝色的转椅。但是破旧丝毫不能撼动一个事实：历史在这个房间里被记载——或者被书写。

鲁伊停在柚木门外。布拉福德·辛普森没有被邀请参加会议，他帮忙从她办公桌上取来文件然后递给她。"祝你好运。"他说，并在她面颊上亲了一下——这个亲吻比标准的祝福亲吻的时间要长一点，她认为。他消失在前往新闻演播室的路上。

鲁伊向里面看去。李·梅塞尔和派珀·苏顿坐在桌子前面。在他们身后是一幅世界地图,上面的红色标签指示出电视台在哪里有常驻机构。红点之间的距离最多也就几英寸,除了大洋和南极。

就是这个房间,鲁伊从来没想过自己会进来。当她向电视台申请助理摄像师工作的时候,他们告诉她不可能转职到新闻部门制作她自己的报道;那些职位是为有经验的记者或明星新闻学校的学生准备的。

但是现在她来了,作为李·梅塞尔工作的下属制作人,紧张的手里握着稿件,真的是她为派珀·苏顿写的。

她极力压制心中的紧张。

她把一大沓文档和录像带换到另外一侧胳膊上。她的心脏猛烈地跳动,手中的录像带沾着掌心的汗水。苏顿注意到她,点头示意她进来。"来吧,"她突然说,"你还等什么?"

梅塞尔心不在焉地看了鲁伊一眼。

"现在开始,"苏顿说,"我们看看脚本。快点儿。"

鲁伊把稿子发给他们,他们俩都安静地读着,除了派珀·苏顿的金十字笔不耐烦地在桌上轻敲。他们面无表情地浏览着十六页的文件。先是苏顿将文件扔在桌子中间,然后是梅塞尔。

"好吧,"苏顿说,"你做这个报道为什么这样重要?"

这个问题飞出了左外野。鲁伊没想过这样的问题。她咽口唾沫,看向梅塞尔,但是他没有任何提示。她想了一会儿,开始说。她心里的话比说出来的多(文字,又是该死的文字)。在她回答苏顿的时候夹杂了一大堆的"哦"和"我意思是"。她纠正自己,把同样的事说了两次。她听起来像是辩解。当她说话的时候她试图看透苏顿的眼睛,但这只是让她心里一团糟。她不断地说着,关于正义和记者的责任。

这些都是真的,但是鲁伊,当然,不会告诉苏顿一个小小的答案,她从未说过这个答案。为什么我这么拼命地做这个报道?因为我想成为你。我想身材高挑，留着金色卷发，穿着高跟鞋走路，看起来不像个笨蛋。我想让电视台和公司的高管们羡慕并色迷迷地看我。我想让我的内心像黑带高手一样又冷酷又犀利。我想尝试你那种力量，而不是我自己的。不是童话故事里的魔力，而是锻造最强符咒的力量——让你准确知道每分钟该干什么该说什么……

但是她说起媒体，关于无辜，关于包格斯。说完后她靠在了椅子上。苏顿一定对这个回答很满意。她说："好吧，让我问你几个特别的问题。"

虽然这甚至会更糟，因为这些是鲁伊本应该自己想过的问题。你采访过犯罪现场调查小组吗？（好主意；她没想到。）你找到了包格斯以前的律师吗？（鲁伊不知道居然还有这个人。）他有没有找精神病医生谈过犯罪倾向？（她从未问过。）

他们三个人争论了十分钟，最后梅塞尔和苏顿都同意说这个节目应该继续制作，只要在节目中不主张包格斯是无辜的——只是指出他的罪名里有一些重要的问题。

最后一个问题是什么时候播出这个报道。

他们问她的意见。

鲁伊清清喉咙，翻动文件，然后说："下个星期的节目。"

梅塞尔说："不行，完全不行。"

争论又开始了。

"问题是，"鲁伊说，"他必须尽快出狱。他们不想让他待在那儿。他们已经试图杀害他，我跟你们说过。"

苏顿问："他们？谁是他们？"

"其他的囚犯。"

梅塞尔问："为什么？"

"我不知道。一个警卫告诉我说他不受欢迎。他被孤立。他——"

"今天是星期五,"梅塞尔厉声道,"鲁伊,在下个星期二播出,整个节目应该在今天录制。星期天就必须在电脑里。现在做不到。"

"我不认为他还能坚持一个星期。他们企图杀他一次,还会试第二次。"

苏顿和梅塞尔对视了一眼。苏顿看着她说:"我们的工作是报道新闻,不是拯救某个人。包格斯就是死了,报道也会有效。我们可以——"

"这样说太可怕了!"

"啊,够了。"苏顿说。

梅塞尔说:"苏顿是对的,鲁伊。重要的是这个报道,而不是帮人出狱。我不认为我们能做到。时间不够。"

"脚本都写好了,"她说,"我熬了三个晚上编辑。所有的东西都已经精确到秒了。"

"精确到秒。"苏顿疲惫地叹了口气。

梅塞尔说:"派珀得在星期天晚上或星期一早晨录影。"

鲁伊用温柔苦情的语气说:"我希望下个星期就播这个报道。"她双手交叠放在膝盖上。

他们都在看她。

鲁伊继续道:"如果我们可以救他一命,而我们没有及时播出这个报道的话怎么办?"

沉默。苏顿和梅塞尔用眼神交流了一下。梅塞尔打破僵局,问女主播道:"你怎么看?"

鲁伊感觉到她的牙关紧锁。苏顿回应道:"下期的节目排的是哪个?"

"皇后区的阿拉伯人，"梅塞尔说，"已经编辑到一半了。"

"我一直都不喜欢那个报道。"鲁伊建议说。

苏顿耸耸肩。"那是普通新闻。我恨普通新闻。"她皱着眉头，明显因为她发现自己同意鲁伊的意见。

"我的报道不是，"鲁伊说，"是重大新闻。"

苏顿说："我猜你会希望署名。"

一千万人将会看到。

"也许吧。"

女主播继续道："但是你的名字——你得换个名字。"

"不用担心，"鲁伊说，"我有专业的名字。"

"一个专业的名字？"梅塞尔极力抑制住笑意。

"艾琳·多德·西蒙斯。"

"这是你的真名吗？"女主播问。

"差不多。"

苏顿说："差不多。"她摇摇头，继续说："至少听起来像是知道自己正在干什么的人的名字。"她从手包里取出个人日程薄，香水和软皮的味道散发出来。"好吧，亲爱的，首先我们要聚在一起做一个脚本——"

"脚本？"鲁伊眨眨眼，"可是都做完了呀。"她冲着面前的文件点头示意。

苏顿大笑道："不，宝贝儿，我是指真正的脚本。我们明天早晨六点半在《时事》新闻制作室碰头。"

鲁伊第一个想法是：妈的，我得找个保姆。我到哪儿找个保姆？她微笑道："六点，如果你愿意。"

"六点半就行了。"

* * *

你没有权利接电话,但是他们偶尔允许你接。一项特权,而不是权利。(一天,包格斯听到有个犯人喊道:"给我电话!我们有权利要电话。"一个狱警给出了在那个环境中显得相当有礼貌的回答:"给你什么你就用什么,浑蛋。")

但是也许因为包格斯被人捅伤了,或者他不是一个流氓,或者只是因为这是一个明媚温暖的日子,管理信件和电话的狱警同意派人把他找来,所以他可以接电话了。

"兰迪,你感觉如何?"鲁伊问。

"是你吗,小姐?"

"你出院了吗?"

"昨天他们就把我踢出来了。说不上痛,除非我伸懒腰。我读了你给我的那本书。我喜欢那个故事。不要以为我看起来很像他,然而,如果我曾经从神那里偷火,我一定不知道如何销赃……"他停了一下,她十分配合地大笑起来,他可能想了好长时间才编出这个笑话。确实如此。

"猜猜发生了什么事?"她问。

"不知道。"

"我找到了一个新证人。"

"新证人?"

"当然。"

"哦,天哪,给我说说。"

她说着,从开始到结尾,所有关于伯奈特·弗罗斯特的事。在她讲述期间兰迪·包格斯没有说一个字。实际上,没说一个音节或者哼一声,甚至,似乎连一次呼吸都没有。

当她说完这一切,他们沉默了好长时间。

"那么,"她说,"你不打算说点儿什么?"

"但我正在笑,这个我可以告诉你。妈的,我都不能相信。你真的做到了,小姐。"

"下一步我准备努力让这个节目下个星期播出。麦格勒说如果他的名字和形象在节目中出现,他就会申请无罪释放的新审判。"

"麦格勒先生这么说的?"

"这伤着他了。我可以看出来那种痛,但是他说他会那么做。他说如果法官买账,并且同意申诉,你会马上被释放。"

"法官也许不会同意,但是,这只是我猜的。"

"弗雷德说在《时事》上播出这个节目会很有帮助。法官基本会倾向于释放你,特别是如果他想再次当选的话。"

"哦,太棒了。太棒了。我现在能干什么?"

"你只要在下个星期照顾好自己,不要再被人用刀捅了。"

"不会的,夫人。……我想说……你做的事情……"

沉默。

"我想我在试图感谢你。"

"我想你已经说过了。"

他们挂掉电话以后,兰迪·包格斯欢天喜地地离开管理大楼去找塞文·华盛顿,去告诉他这个消息。

当包格斯离开大楼,另一个囚犯,一个矮个子的哥伦比亚人,跟了上来,然后越过了他。这样的囚犯在四五十年代被称作模范犯人,现在则被称为傻冒或渣子。他为一个狱警收集消息,此刻他和这位上司说了几句,这个狱警会随机监听囚犯们的通话内容。这个囚犯冲包格斯笑笑,用西班牙语说了句你好,然后走在前面,没有听包格斯的回答。他根本不关心回答是什么。他得赶紧了。他要尽快去见胡安·艾斯西皮奥。

第二十一章

鲁伊确定自己已经发现了一种新毒品,绝对合法而且便宜。名称可以叫作"半梦半醒",你甚至不用吃下去。你所要做的只是三十个小时不睡觉,这种毒品一定会给你带来你所能想象的最优质的迷幻效果。

小精灵从索尼电视里爬出来,恶龙从聚光灯里呼啸而出,洞穴巨人放弃了桥,正在她办公桌模糊不清的舞台上跳狐步舞。到处都漂浮着奇怪的变形虫。

现在是星期二下午六点,产生幻觉——还有导致她不睡觉——的原因是一盘小小的塑料磁带,其中包含着再过几个小时即将在当晚《时事》节目中播出的新闻报道的一英寸录影母带。报道的名字是"简单的司法"。话外音加入了,线索和倒计时加入了,派珀·苏顿评论的"直播"部分加入了。

录影带将会准时按照所分配的时间段播放,正在集团公司电脑系统的深处歇着。这系统工作起来像上一个优秀的从不睡觉的舞台经理,将会在晚间八点零四分三十六秒准时开始播放。这个系统会自动播出兰迪·包格斯的报道，长度精确在十一分钟又十四秒，这是集团公司制式的"四分之一小时"——比爱德华·默罗①的"四分之一小时"稍短一点，但是话说回来，在过去，每附加的一分钟广告时间也不像今天那样意味着多五十万美元的利润。

鲁伊瞥见几个鬼魂，坐回到她的椅子里。

过去几天真是一场噩梦。

派珀·苏顿从来没有满意过。"这是什么？你把这个叫什么？"她咆哮着，在鲁伊面前来来回回地走，后者战战兢兢地坐在那儿，努力控制她的手不在打字的时候哆嗦。"这他妈的是在写诗吗？还是搞艺术？"

苏顿这时会再走十英尺，留下一阵香烟和香奈尔五号的味道。

她写的东西都不能使苏顿满足。"这是事实吗？有证据吗？你有什么理由？……这他妈的是什么？写演说词吗？'司法就像缓慢移动的狗熊'？当然，我知道什么叫缓慢移动的狗熊。我们的观众真的会将其和缓慢移动的狗熊联系起来。看看外面的百老汇，鲁伊，你看见有很多熊吗？够了，宝贝儿……"

鲁伊准备写几句，这时苏顿就会趴过来看着电脑屏幕，像个狙击手一样关注每个词语。

"这里，让我……"苏顿会说，然后胳膊肘撑在鲁伊旁边。

嗒，嗒，嗒……删除键的光标会砍掉一长段。苏顿的指甲从来不会有缺口。它们就像红色的防弹纤维。

但是最终这个报道还是完成了。

---

① 美国广播电视新闻先驱。

苏顿和梅塞尔在星期一晚上批准了最终的脚本（第二十八稿）。苏顿录完了她的镜头并发给编辑，同时还有鲁伊的采访和场景的镜头剪辑。当她星期二凌晨一点离开演播室的时候，鲁伊问她："你，一般，总是与制作人花费这么多时间吗？"

"不，我一般不会花费这种时间。大部分的制作人都会拼写。"

"哦。"

现在，虽然鲁伊没事可做，只是保持清醒一直到节目播出，并拼命抑制飘飘欲仙的感觉，她还是有几个选择。第一个选择：她想回家和希利一起看。但是他已经前往布鲁克林区一个废弃诊所前调查一个包裹。另一个可能性：离船屋不远处有个酒吧——鲁伊是那里的常客——大家都会很高兴观看她的节目（很幸运，今天是星期二，所以没有星期一的晚间体育节目，这会让一些常客很难选择）。

但是这需要站起来并出去逛逛。在这个时候这就是个壮举，鲁伊相信她自己没能力做到。

所以，她还是坐在位子上——在办公桌前。她面前有一个颜色漂亮的监视器，而且也许——只是也许——派珀和李会来和她一起看。他们都会收看这个节目，而且他们会说她做得非常好，然后带她出去找个好酒吧喝一杯。

她的想法改变了，她发现自己正在想兰迪·包格斯。她希望狱警会允许他收看《时事》。这个想法听起来很可笑——允许他收看，就像她小时候，她请求父母允许她读更多的童话故事或看电视一样。

"嘿，鲁伊。"

她抬头看看，想着幻象怎么这么奇怪：某个体格魁梧的男人从摄像机里分裂出来并向她走过来。他怎么做到的？就像《异型》里的怪物，从管道里爬出来要吃掉西格尼·韦弗。

"鲁伊!"他再一次说道。她瞥了一眼。是莫里·温博格,节目的主管工程师。他穿着工程师的衣服——蓝色牛仔裤、黑色衬衫和粗呢夹克衫。

"莫里。"她说。他皱着眉头——她第一次见他这样。工程师们通常都因为压力过大而得上胃溃疡,但是莫里不懂得压力的概念。她觉得他好像是只缓慢移动的狗熊,而且她想大笑。

"你好吗?"

"你的剪辑。"

她咯咯笑道:"哦呵。"

"怎么了?"他的声音一阵紧张。

幽默迅速离开了。"有事吗?"

"天啊,你怎么还没把你的剪辑加进来?'简单的司法',三点钟就该录入电脑了。已经晚了一天。我们必须在三点钟就位,你知道的。"

她的眼睛扫过演播室。他正在说她听见的话吗?"我给了。我是大概四点的时候把剪辑给了查理的,但他说没问题。"

莫里看着记事板。"这是个问题。它现在还没就位。我们从八点零四分三十六秒开始就要播十一分钟的空白。"

"再查查。"她的声音在发狂的边缘。

"我才查过。五分钟前。"

"再查,再查!"没有笑声,没有挪动的狗熊,没有变形虫。肾上腺素让她完全清醒了过来。

莫里耸耸肩,打了个电话。他用手捂住话筒,对她说:"没有。"

"这怎么可能?"

"通常这是制作人没有按时把录影带录入。"

"但是我的确给了。"她搜索她模糊的记忆。她不认为她搞砸了。甚至对她来说这个错误都太大了,就像飞行员在降落的时候忘记放下起落架。

总之,还有其他的带子。她还有最终剪辑的副本。这只是不方便,还不是灾难。

她的手在发抖。莫里继续听电话。他抬眼看着她说:"没事,你目前还安全。查理说他记得你把东西给他了。他放进了电脑里,但是不知怎么就消失了。你有副本吗?"

"当然。"

他对电话说:"五分钟后我们给你拿另一盘过去。"他挂上电话。"以前从来没发生过。谢谢你,亲爱的上帝,为了副本。"

感谢得太早了。副本也不见了。鲁伊惊慌地尖叫道:"我就放在这儿,在我的桌子上!"她疯狂地指着空空如也的角落。

"噢,天哪!"

"我就放在那里。"

他疑惑地盯着那块空地。

她说:"我绝不是骗人。"

"素材剪辑呢?"莫里看看表,"妈的,我们没时间了。但是我们可以——"

她拉开抽屉。"噢,不!"她屏住呼吸低声道。

他说:"也不见了?"

鲁伊点点头。她说不出话。

"噢,天啊。噢,妈的。十一分钟的空白!以前从来没有发生过。从来没有发生过!"

她突然想起了什么,一把拽开书柜门。

她采访新证人伯奈特·弗罗斯特的原始录影带和副本都不见了。关于兰迪·包格斯的报道只剩下脚本、解说词和背景采访录影带。

"我们被抢劫了。"鲁伊低声说。她惊惶地环顾四周，有一种可怕的被侵犯的感觉。"谁干的？"她看着莫里，"今天你在这里见过谁？"

"我见过谁？"他厉声道，"十几个记者，一百多个职员。那个协助你做报道的金黄头发的实习生。派珀来过，吉姆·奥斯提斯，丹·森普尔……要我说，半个集团公司的人今天都来过这儿。"莫里的眼睛沉重地盯着电话，她知道他的想法：总得有人给派珀·苏顿打个电话。墙上的大石英钟——时间，如鲁伊所知，是宇宙的脉动——指示他们距离《时事》的播出还有四十四分钟。四十四分钟之后，历史上第一次将在电视节目黄金时间播出十一分钟又十四秒的空白。

唯一阻止派珀·苏顿从两道门外爆发到新闻演播室的事情是《吉姆·奥斯提斯晚间新闻》现场直播，公司的旗舰世界新闻节目，就在鲁伊身后三十英尺的地方播出。

但是她仍然一阵风似的来到鲁伊办公桌前。在节目中，这个老牌的新闻男主播是那么地让人放心和从容，甚至整个团队的人都注视着他。然而，今天晚上，只有主管工程师和制作人盯着他那五官分明的方脸。这间巨大的演播室里每个人都盯着苏顿和梅塞尔，当他们像外科医生接到蓝色信号一样急匆匆地冲向《时事》办公桌。

"这他妈的是怎么回事？"苏顿尖利地低声问道。

"我不知道。"鲁伊感觉到眼泪都快要流出来了。她的短指甲愤怒地陷入手掌，疼痛减轻了想哭的感觉。"有人偷了我的东西。他们拿走了所有的东西。"

梅塞尔看着控制台上方的表。"我们什么都没有了？一点也没有？"

"我不知道是怎么回事。我把录影带给——"

莫里小心地说："她给过了。查理也拿到了。他按计划录入。过了四点却不见了。"

"婊子养的。剪辑有多长时间？"

莫里翻看他的日程薄，但是鲁伊根据记忆答道："十一分钟，十四秒。"

苏顿愤怒地低声道："你应该总是保留备份，你应该——"

"我有！那也被偷了。所有的东西。甚至连原始录影带都……"

"妈的！"苏顿啐了一口。然后她转向梅塞尔，他的心情一定也一样，而且知道她在想什么。这里还有另外三个为了当晚的《时事》而做的报道。可是梅塞尔说这三个报道都没有做好，所以不能代替"简单的司法"播出。他说："我们不得不取消这个节目。"

"我们可以播皇后区的阿拉伯人吗？"她问。

他说："还没有编辑完。我们为了包格斯的报道中止了所有的后期制作。"

"前市长的传记呢？"

"大部分还没录像，而且还有很多引言没有加上出处。会引发法律问题。"

"护卫天使呢？"她厉声道。

"只有录影，但是没有脚本。"

"有要点吗？"

"哦，有概括性的。可是——"

"我了解这个报道。"她摆摆手，"我们就上那个。"

"你什么意思？"梅塞尔问，皱着眉头，"上哪个？"

"我们就播以前的三个报道再加上护卫天使。"

梅塞尔的声音有点刺耳。"派珀,我们不得不取消。我们可以重播过去的一期。"他转身开始对莫里说话。但是苏顿说:"李,新闻节目怎么能重播?我们就播天使。"

"我不明白你在说什么,派珀。我们没有脚本。我们没有你的镜头。我们——"

"我们现场直播。"她说。

"现场直播?"

"没错。"

梅塞尔看着莫里问:"太晚了,是吗?"

他平静地答道:"我们不能做四不像。我们可以关上电脑,手动调整录影带顺序,使用码表。就像以前的时候。所有的评论都要你现场完成。天哪,广告也一样,你知道《时事》播放期间的十五秒能卖多少吗?那会是个噩梦。"

"那我们就选择噩梦。"女主播说。

"可是,派珀,"梅塞尔说,"我们可以插播别的节目。"

她平静地说:"李,美国每一期电视节目预告、有线电视节目预告和报纸都知道我们今晚要播出一期新的《时事》。你知道如果我们重播或插播其他东西会让这个节目产生什么样的问题吗?"

"我们可以说是技术问题。"

"在我的节目里没有技术问题。"

"派珀——"鲁伊说。

可是苏顿甚至没有听她说。她和梅塞尔匆匆离开,没有邀请鲁伊。她被留在了她的小隔间里。她在椅子里蜷起来,脚放在椅面上,那是考特妮有时会做的动作。她在思考所有需要重新做的工作。她感到麻木,昏昏沉沉,像是人要死了。

嗯,她想。就像人快要死了。

兰迪·包格斯。

晚上七点五十八分,李·梅塞尔坐在巨大的控制台前俯瞰着《时事》现场。控制台里挤满了比平时多三倍的工作人员(大部分人是吉姆·奥斯提斯的工作人员,对于稀少的高标准的现场制作技艺,他们很有经验)。

梅塞尔有好多年没制作过现场节目了。他身体前倾,紧张得冒汗,就像船被鱼雷击中的船长还在与敌人的驱逐舰战斗。他手里攥着一块昂贵的电子码表,攥得很紧。

梅塞尔和苏顿努力写了半篇护卫天使的讲词,然后手写下来放入讲词提示机,但是七点五十六分时他们不得不中断。所以苏顿说:"我会临场解说。"

梅塞尔在扩音器里说:"你有十秒倒数和五秒钟开场词……"

精心化妆后的苏顿在聚光灯下冲他快速点点头,然后坐在带有《时事》标志的桌子后的黑色皮椅子上。一名技师把微型麦克风夹在她衣服的翻领上,并且把小耳机塞进她的左耳朵,隐藏在她垂下来的头发里(那个位置比较隐蔽,没有人会想到她正戴着耳机)。

梅塞尔呼叫道:"好的,就绪。"

她又点点头,目光转向坐在地板上的制作人指示的讲词提示器。

在控制台里,李·梅塞尔关闭扩音器,开始在麦克风里说话,这可以将他的话传到苏顿和其他工作人员的耳机里。他的目光扫过控制室墙上的大钟,然后开始倒计时。"七,六,五,四,三,二,一……

现在播图像……放主题音乐……"

恰好四秒钟后,他说:"图像淡化,一号摄影机渐入……主题音乐渐低……好的,派珀,你准备……开始。"

第二十二章

派珀·苏顿的眼睛直接锁定一千万人。她露出一个真诚的笑容，然后用低低的、令人感到舒服的声音开始说话，有那么多人更愿意信任这个声音，甚于自己的配偶、父母、子女和朋友的声音。"晚上好。欢迎收看《时事》，今天是四月二十日，星期二。我是派珀·苏顿……"

节目开始了。

五十六分钟后，片尾字幕急速滚动，整个国家无论是站着还的躺着的观众，争论着某些报道，批评派珀·苏顿这个星期的时尚选择，或换频道等着看情景喜剧。所有人都没意识到他们见证了电视节目史上重要的一刻。

在莫里·温博格的监督下，节目又交还给电脑，然后价值五千万美元的系统开始向美国家庭播放电视广告的虚假艺术。

麦克风刚关闭，演播室内就响起一片掌声。苏顿还没有老练到能无视大家的掌声。她微微一笑,鞠了个躬——不是出于礼节——而是为了她的观众。

梅塞尔离开控制室然后直直走向她,拥抱并亲吻了她的面颊。

丹·森普尔和吉姆·奥斯提斯都在控制室里看完了节目。他们也走向她。奥斯提斯很正式地和她握手并称赞了她,然后与梅塞尔一起离开。森普尔快速亲吻苏顿,然后他们两个人走入走廊。

没有一个人看过鲁伊一眼。她坐在椅子上,凝视着原本应该播出她节目的监视器。

第二天早晨,考特妮爬上床的动作惊醒了她。

"我们可以去动物园吗?"

就在那天晚上节目播出之后,鲁伊把小姑娘接回来。她们回家,吃了金枪鱼三明治当晚饭,还有葡萄干麦片的甜点。十点钟她们一起入睡。

鲁伊爬起来坐在床上。"什么?"

"动物园。"

"首先,喝杯咖啡,然后我们再想去动物园的事。"

"我想喝果汁。咖啡太腻了。"

鲁伊感觉睡了一觉以后好多了,昨晚的恐惧减轻了大半。实际上,虽然录影带被偷,但还是有好的一方面。最起码,那是很清楚的证据,证明杀害霍珀的另有其人。兰迪明显没有偷走录影带,一定是真正的凶手偷的。另外,现在这个报道里面又有了新内容:有人闯入电视节目演播室然后偷走了新闻节目录像——这本身就是个故事。

总之最后的结果是损失没她想象得那么严重。丢失的东西是母带、副本,以及伯奈特·弗罗斯特那盘带子。上帝祝福布拉福德,他已经设法找到了几乎所有的东西。这个节目可以从这些材料中重新制作,尽管她还要再录一次伯奈特·弗罗斯特那一段。

她现在最担心的是兰迪仍然处在危险中。但是她随后想到,也许不必等到这个报道播出才能促成他的释放程序。没错,这听起来不像"正是她的报道让他得以被释放"这么让人印象深刻,可是什么才是她的目标?救他出来。

《时事》可以轻松地在他获释以后重新制作这个报道。这听起来也不错。她可以加入他在纽约游逛的镜头,一个自由的人。也许与他的兄弟或姐妹团聚。

在厨房里,鲁伊给考特妮倒了一杯酸莓汁,并泡了点儿即食燕麦粥。

"我要去动物园。"

"好的,宝贝儿,我们会去的。可是有些事情我必须先做完。我们要去拜访一个人。一个男人。"

"他是谁?他是好人吗?"

"还行。"鲁伊说完开始在书里查找弗雷德·麦格勒的地址。

"扑克。"麦格勒说,"我以为昨天晚上就会放那个节目。结果呢?我坐在家里,错过了打扑克。我讨厌错过打扑克。"他拿起一溜苏打饮料罐子,找到一个满的。

"节目被偷了。"

"被偷了?有人偷了电视节目?"

"录影带。带子被偷走了。"

"见鬼。"他眨了眨眼,看了看考特妮。

"鬼。"小姑娘说。

鲁伊说:"我准备再次制作这个报道。但是我在想,也许你可以启动那个——那个叫什么的?让兰迪出来?"

"动议书。"

"对。我认为你可让弗罗斯特先生出庭……"她停下来。

麦格勒的脸一阵时间毫无表情。"你没听说吗?"

"听说什么?"

"那个事故。"他的声调像他的身体一样细,提得很高,听起来好像全市的人都应该知道一样。

噢,不。鲁伊闭上眼。"发生了什么事情?"

"弗罗斯特滑到浴缸里。淹死了。"

"什么?噢,天哪……什么时候的事情?"

"好几天前。"麦格勒找到了一罐几乎是满的无糖可乐。他的脸因为这个发现而发亮。"你有采访他的录像带肯定是一件好事。否则我们就他妈……"他瞥了一眼考特妮,"……你知道一定会有麻烦。"

第二十三章

安拉告诉我们:那些行善的人将在天堂得到最好的回报,还有更多。尘土和耻辱不会沾在他们的脸上。他们正应拥有这座花园,在那里居住。

星期四半上午,塞文·华盛顿等待兰迪·包格斯从图书馆里出来。他坐在水泥台阶上读《古兰经》。他经常这样。就像一天做五次礼拜、净身、断绝酒精和猪肉、念诵圣书使他得到美妙的个人满足。他每时每刻都带着这本书。

这本书的铅字很密集。在他粗大多节的手指不断摩挲下,这本小书精美的半透明纸张变得比新书更加透明。他喜欢这样。他幻想着每一次读它的时候安拉都会降临,让这本书越来越透明。最后,它变得完全透明,会变成只是精神的——消失并飞往天堂。

然后华盛顿会跟随它,并且他的罪恶——所有的罪恶(特别是在卖酒的商店里开枪)——将会被宽恕;他将开始新生。

但是，华盛顿不想走得太快。他现在的生活中还有很多方面等着他享受。甚至在这里，在哈里森也是如此。监狱生活和他以前的生活没有什么不同。相比一幢砖房，他有一间石头砌成的牢房居住（这房间里没有涂鸦，也闻不到臭味）。相比他同居女友淡而无味的通心粉、鸡肉和薯条，他有惩戒部提供的淡而无味的通心粉、汉堡包和薯条。相比在街上闲逛并且偶尔做建筑工作，他在院子里闲逛并且在机械商店工作。相比被持有ＭＡＣ-10冲锋枪的毒品贩子和黑帮胁迫，他被雅利安兄弟会侮辱与恐吓，他们有棒子和小刀。

总的来说，里面更好一点。也许你不能得到钞票，但是你也不用花钞票，你有大把的时间做事。

他有朋友，比如兰迪·包格斯。

也有他的《古兰经》。

不，不能抱怨。他低头看他的书。

　　……如果安拉用伤痛折磨你，没有人能拒绝他的拯救，如果他给你好运，没有人能拒绝他的慷慨。他——

这段话的感悟是塞文·华盛顿此生最后的想法。

他此生最后听见的声音是一根钢铁的杠铃杆子猛挥向他后脑的破空声。

他甚至没有活着听到那本《古兰经》从他抽搐的手指间掉在地上后书页翻动的声音，这本翻开的书根本没有带领华盛顿上天堂。

交谈的音量控制得很低。

"不管你怎么想，伙计，管他的，"胡安·艾斯西皮奥说，"我们必须干掉这个黑鬼。我跟你说过……"他快速对他的拉丁裔同伙说着，他们在图书馆旁边，拖动华盛顿的尸体。"……我们去干掉包格斯，把杠铃杆子塞到他手里，再把刀子放在这个黑鬼手里。看起来像是这个黑鬼想操包格斯，包格斯想反抗，然后这个黑鬼干掉了包格斯。"

"我知道，伙计，"第二个人说，"嘿，我没有不同意。"

"你看起来不高兴，伙计，但是必须这么干。"

"是啊。这个，伙计，他们知道是我们干的。"

"妈的，"艾斯西皮奥啐了一口，"他们知道不代表他们能证明。"

"第一次以后，伙计，他们就知道是我们。他会说出去。"

"那个贱货不会说出去。他本来可以说，但是他没说。"艾斯西皮奥大笑道。

"对。"

第三个人从背后跑来。"包格斯——他一个人在那里。"

艾斯西皮奥又大笑起来。

兰迪·包格斯喜欢图书馆。

读书是那种直到你真正做了才会了解的事情。当他在外面的时候，他会做几件事来获取平静。比如傍晚端一夸脱啤酒坐下，倾听蝉、猫头鹰、树叶拂过和枝杈舞动的声音。这些事情他可以永远做下去。看起来什么事情也不做，却正是一个人消磨时间最重要的办法。

这就是他现在对读书的看法。

这里大部分的书都很差。某些人——他猜是一所学校——捐献了一大堆课本。社会学、心理学、统计学和经济学。像干面包一样无聊。

如果人们在大学里都学这些,那怪不得没有人变得聪明一些。

有些小说太难了。很久以前的小说——这个图书馆大都是二三十年代的书——到处都是。啊,他都看不懂。他读得很费劲,就像擦地板:擦,然后扫,然后拖,然后洗。一寸又一寸。后来他找到一些新书。《第二十二条军规》,他觉得这本书相当不错。读完以后他直接咧着嘴笑了五分钟。有人提过库尔特·冯内古特①,虽然监狱图书馆里没有他的书,但是一个对他和善的警卫给了他一本《猫的摇篮》,还有别的几本。每次他遇到那个警卫,他都会递个眼色,说:"我还在看。"包格斯喜爱保罗·泰鲁的旅行作品。他也读过约翰·契弗。他不喜欢短篇小说,但是描写监狱的小说实在是触动心弦。当然,描写的是监狱,但是包含了比监狱本身更多的内容。看起来这是一本好书的标志。说一件事,但是也说了更多的含义,甚至你根本不知道说的是什么。

那个女记者给他的书不怎么好,他认为。写作手法太老派,有些句子他要读三四遍才能明白具体怎么回事。但是他一直放在身边,没事就拿出来看看。他想把它看完,原因是他想与鲁伊谈谈这本书。

这又让他想起那个女人,他想知道为什么她的节目没在星期二播。鲁伊没有打电话来说这件事。但是后来他也不确定她说的是哪天。也许她是指后一个星期的星期二。她也许说"下个"星期二而不是"这个"星期二;包格斯就经常把"下个"和"这个"搞混。

妈的,那个女人是不同的。这里,他月复一月地想怎么出狱,逃跑,生病,上诉,后来她来了,帮他的忙,既没让他伤心也没花他的钱。

他——

---

①库尔特·冯内古特(Kurt Vonnegut, 1922—2007),美国黑色幽默文学的代表人物,擅长以喜剧形式表现悲剧内容。代表作有《五号屠宰场》、《猫的摇篮》等。

就在这时,他听到有声音,感觉到了一丝恐惧。

这所监狱历史悠久,但是图书馆是新落成的,离牢房不远。外观和味道都像郊区的学校。这里只有一个门可供进出。他看看四周,图书馆里空荡荡的。这时他才明白有人已经传开了消息。没有其他犯人,没有警卫,没有办公桌前的管理员。他之前看书太投入,没有注意到其他人离开。

噢,天啊……包格斯听到几个人缓慢的脚步声从走廊向大门而来。

他知道塞文·华盛顿在外面,他也知道这个大块头黑人是他在监狱里能结交的最忠诚的朋友。

这是个很大的修饰语。在监狱里。

在里面,任何人都可能被收买。

此外,随之而来的事情是,任何人都可能被杀害。

包格斯仍然不知道艾斯西皮奥为什么要干掉他。但是事情很清楚,他被盯上了。这在他心里毫无疑问。现在,听到脚步声距大门越来越近,他知道——不是预感之类的感觉,他清楚地知道——要出大事了。

他本能地站起来。可用的武器是:一本书或一把椅子。

那么,现在,没一件东西能用得上。

啊,他不想再挨刀子。玻璃刀刃的可怕感觉,可怕……

他看着椅子。他不能把它拆开。当他试图把它举起来的时候,他的后背和身侧泛起第一次被刀子刺入的灼痛感。

他又试图将椅子举起来,双手紧握着。

这时,他的心里说,为什么还要这么麻烦?

他们将要闯进来,包围他,干掉他。他会死。他还能做什么?冲他们挥舞椅子?把他们中的一个打倒在地,然后其他人趁机冲上来?

兰道尔[①]·包格斯,失败父亲的失败儿子,只是坐在椅子上,在这个简陋图书馆的纤维板桌子前。不知道为什么,他突然且投入地开始回想他小时候星期天晚餐的菜单。

他从口袋里拿出那个女记者送给他的书,把手放在上面,好像这是一本《圣经》。然后他想到,这有些可笑,对古代的人来说——希腊人或者罗马人或者什么的——神话故事书说不定就是《圣经》。

普罗米修斯,将会得自由。

但是这不像是故事书给的回答。不是这里,不是现在。

脚步声停下了,他听到嗡嗡的说话声。

兰迪·包格斯吞了一口唾沫,试着记起一段祈祷文。他做不到,所以他又吞了一口,试着不回忆那种疼痛。

大门猛地打开。

"喂,包格斯。"

他眨眨眼,紧盯着大门。

"包格斯,快点儿。过来。"

他站起来走向警卫。他张开嘴想说什么,但是什么也说不出来,因为他不知道该说什么。

"跟我走一趟,包格斯。"

"什么事?"

警卫两眼无神,声音麻木。"典狱长要见你。快点儿走。"

"你有一个可爱的小姑娘。"弗雷德·麦格勒对兰迪·包格斯说。

[①] 兰迪是兰道尔的昵称。

这个律师在办公室里踱来踱去。他有些兴奋,无法安静地坐下。

兰迪·包格斯紧张地坐在麦格勒办公室的椅子上,双手紧紧地握在一起,像是被绑住一样。他穿着蓝色的牛仔裤和一件蓝色牛仔布工装衬衫,这是他三年前入狱时穿的衣服。鲁伊坐在旁边,散发着卫生球的味道。

"小姑娘,是的。"包格斯使劲点头,同意每一个人的话。但是对于小姑娘这个部分,他疑惑地看着鲁伊,她让考特妮跑向他。包格斯伸手把她接住,她害羞地抱了他一下。

"爸爸。"她说,然后望向鲁伊看看她做得对不对。鲁伊冲她点点头,微笑着,然后对包格斯说:"麦格勒先生不知道你还有一个小女儿。这是他帮助你原因之一,即使节目还没有播出。"

"是的。"包格斯说,眯着眼睛看这样是否能帮他明白些事情。好像没什么用。"当然我很感谢他。"

麦格勒还在踱步。他沾着油渍的化纤领带在松松垮垮的衬衣表面上下跳动,如果他增重四十磅,领带会刚好碰到他的肚子。他瘦脑壳上的头发向后支棱着,好像迎面吹来了八级大风。他说:"事情是这样的:这位年轻的女士有一些非常好的证据可以把你捞出来,但是有些王八蛋……"他看向考特妮,但是她正在玩爸爸的鞋带,没听到他的话。"……有些人到新闻演播室去把它偷走了。这很有意思。然后——"

"啊,你真应该看看!"鲁伊插嘴道,"那真是个好故事,兰迪。那可以在一分钟之内就把你捞出来。我把镜头切入做得很完美。混音做得像交响乐。而且我给你妈妈做了一个相当相当好的镜头——"

"我妈?你找她了?"他笑着说,"她都说什么了?"

"没什么太多的用处,我必须告诉你。但是她看起来真有母性。"

"是的,她就是那样。"

麦格勒说:"你们有什么想法?"考特妮用她小小的食指当枪指着他,然后开火。这是她认为他们应该玩的游戏。他报复状地笑着,也对她射击。她捂着胸口倒在地板上。好像希望她假装死去的时间长一些。

鲁伊抢在律师前面说:"你知道是谁干的?你知道凶手是谁?"

"哦。如果我知道……"包格斯耸耸肩。

"这是那个让你搭车的人干的。吉米。"

包格斯摇摇头。"我不知道这事儿。"

"等等,等等,等等,"鲁伊的腿在椅子上一抖一抖的,"我马上会告诉你为什么我知道这个。但是,你看,所有的东西都被吉米偷走了——他不知怎么知道了那个报道。我也许告诉过一个记者,事情上了报纸,所以我想他看到了报纸,然后到城里来阻止这个计划……"

考特妮又活过来,然后爬上她的膝盖。

"总之,我来这儿告诉弗雷德说证据被偷了。我们感觉糟透了,不是吗,考特妮?"

"糟透了,是的。"小女孩说。

麦格勒说:"我告诉这位年轻的女士说没有那盘录像带或者是第二个证人——"

鲁伊打断他,然后解释了伯奈特·弗罗斯特的死。

包格斯皱着眉。"他把自己搞死了?"

"验尸官说那是个事故,但是谁知道呢?"麦格勒说,想把舞台再夺回来。"不管怎样,他死了,这看起来不是好事。可是现在你有一个可爱的小女儿,你必须——"

麦格勒没注意到包格斯瞪了鲁伊一眼,她转而打量着积满尘土的屋顶。

"我觉得我们可以在法庭上打一场好官司。有第一个目击证人打底，布莱克曼小姐，她基本承认她的指证是来自在你被捕之后她在电视上看见你的印象。然后……"他突然停下来，"我得到一场单方的听证会，并且会提出我新的秘密证人。"

包格斯抬起头。"你找到了另一个目击证人？"

鲁伊一欠身。"就是我！"

"我让鲁伊代替弗罗斯特作证。弗罗斯特告诉她他看见了什么，关于另一个人杀了霍珀的事。通常，这只是传言，不会被采信，但是既然弗罗斯特死了，她可以为弗罗斯特说过的话作证。"

她说："啊，我真伟大。'你能严肃地发誓……'"

麦格勒说："而且我还故意忽略她是《时事》节目的记者。我是说，司法是一回事，但是媒体？别想了……法官特别验证了她可以正确拼写出他的名字。"

鲁伊说："然后，扑哧，他就把你放了出来。"

"就法院来说，"麦格勒严肃地说，"这种情况很少发生。"

"我自由了？"

"暂缓公诉人对新审判的决议。他们也许会不了了之，但是你必须在纽约市居住，直到他们做出决定。如果你通知检察官办公室，你可以去别处，但不能出国。"

"我的天啊，"包格斯说，"我真不知道说什么好。"他害羞地凑到前面，亲了鲁伊的脸颊。然后他站起来走到窗户跟前。

麦格勒说："你已经有权像别人一样，踩一踩纽约的泥巴……现在，你还有钱吗？"

"我出来的时候他们给了我一点儿。不太多。"

麦格勒正在打开钱夹。一沓二十美元的票子，一共几百块钱。他递到包格斯跟前，包格斯摇摇头。"不用，先生，很感谢你。"

"这只是借你的。收着吧。你有钱的时候还给我。哈，你要是不还，我会追着你屁股要。"

包格斯红着脸接过钱，然后尽快塞进他的口袋。

麦格勒正给他建议怎么找工作，找什么工作。

包格斯这时看起来很严肃。"我想做一件事。我的一个朋友在监狱里被杀了。我想去看看他的家人。就在哈莱姆区。"

"你看起来像是在请求许可。"麦格勒说，"你要想去的话，尽管去。"

"好的，我会去，我想。当然。我没过脑子。"

然后包格斯说他必须找个宾馆……不，找房子之前先要吃饭。不，他想先走走……这是哪条街？包格斯指着窗外问。

"那里？百老汇。"麦格勒答道。

"我要走走百老汇。"

鲁伊纠正道："实际上，你可以从这里步行到百老汇。"

"到百老汇，我想到那儿去逛逛商店。"

"有很多的选择，"律师提议道，"恶心的商品，全是高价货。"

"恶心。"考特妮学道。

"还想到别的街道转转。没人告诉我说不要去。"

"这世上没有一个灵魂告诉你不要去。"

包格斯笑了。

鲁伊说："我还有一些录像带，但是我要再次采访你。我想要尽快。"

包格斯大笑道："嗯，你甚至几乎不必请求我。这里只有一件事我要先请求你。"

"当然。"

"你觉得我们可以预备点儿啤酒吗?就一会儿,我真的想喝点儿有味道的。"

第二十四章

　　塑料袋的响声像雪橇铃铛。里面有：一瓶喜力啤酒，一瓶驼鹿头牌啤酒，一瓶高胜啤酒，两瓶百威啤酒（"我猜不是最好的，但这是我第一次喝啤酒时候喝的牌子。你不介意我拿两罐吧，为了，你知道，情感方面的原因？"），一瓶特卡特啤酒，还有六瓶柯罗娜。鲁伊还买了一些阿姆斯泰尔啤酒，可是兰迪·包格斯从来不喝淡啤酒。"我可不会拿那种东西来庆祝自由。"

　　他们沿着克里斯托弗大街转向哈德逊河方向，等着红绿灯改变。绿灯一亮他们就穿过宽阔的城西高速路，考特妮紧紧抓着鲁伊的手，然后左右看路。鲁伊这样教过她。

　　包格斯问："哦，我们这是去哪儿？"他有点不确定地看向被遗弃的码头。

　　和包格斯一起的时候，鲁伊觉得自己像个南方人。她用南方口音答道："那边。"

他看着她指的方向大声笑道:"那边?"

他们走黄色的跳板登上船屋,包格斯笑嘻嘻地看着四周。"你不需要我对这些说什么,我想。住在这种地方,你一定听过各种各样的评论。"

走进房子,包格斯从一个房间走到另一个房间,腼腆地查看着。他小心地触摸毛绒玩具、鲁伊铺在灯上破烂的蕾丝花边、玫瑰红和蓝色魔法水晶、她的书。当他努力辨认一些东西的时候,偶尔会笑出声来——一支睫毛夹或者是一把坏掉的老式苹果削皮刀。那是鲁伊以前买的,因为她以为那是中世纪的武器。

在厨房里,她把啤酒放在一边,并且把买的食物放好——炸得焦脆的奇多圈,几罐炸豆蘸酱,小虾冷盘易拉罐头。"我喜欢这些东西。过一会儿你可以用这些罐子当果汁杯子。"

"果汁。"考特妮说。鲁伊给小女孩倒好优鲜沛牌果汁,然后在小熊维尼盘子里倒满炸豆蘸酱,并给她一把勺子。

"这个很难看,"小女孩说,看着盘子里的东西,"是的,就是。"但是她拿过器皿,抓起一点蘸酱放在勺子上。

"她在给客人表现。"鲁伊对包格斯说。"考特妮——你知道该怎么做,"她强硬地对小女孩说。

"难看的食物。"她皱起鼻子,但是认真吃了起来。

"餐巾。"鲁伊提醒她。考特妮从桌子中间的包里拉出一张餐巾纸,然后放在自己腿上。她继续吃着。

包格斯看着她们俩。"你这个妈妈太年轻了。她的爸爸呢?"他笑道,"除了我,我是说。"

"说来话长。"她随后说,"你想先喝哪种啤酒?"

"我认为我要先喝百威。'买美国货。'当我进去的时候,三年前,每个人都在说:'买美国货。'但是没有人像墨西哥人那样造啤酒。我要留着柯罗娜当甜点。"

"到这儿来一下。"鲁伊领着他离开桌子,那里他们说话更方便;但是她仍然能看到考特妮。

"我不想在那里说什么,在她面前。"她告诉他克莱尔怎么抛弃了孩子。

包格斯摇摇头。"我不认为我曾经遇到过任何一个人会做那样的事。"

"克莱尔根本就不成熟。"

"我一直没有要过孩子。"他笑道,"至少我不知道有过。也没人要求过亲子鉴定。"

鲁伊摇摇头。"我带孩子。"她说,"你不太了解我,但是这角色肯定是反过来了。"

"虽然在我看来你们两个相处得非常好。"

鲁伊的眼神跳跃。"啊,她是最好的。我总是认为孩子是……像是,彻头彻尾的麻烦。你知道,他们要经过不能说话的阶段——只懂得哭叫。他们不吃;他们只是吐。然而问题是——我已经指出了这一点——他们就像成年人。有时他们心情很好,有时心情很糟。而且我们可以谈话!我们走遍了这个地方,我告诉她各种事情,她都懂。我们的想法比较像。"鲁伊看了一眼考特妮,"她长大以后会像我一样。"

"我认识几个对孩子不那么满意的生母。"

包格斯像喝陈酿葡萄酒一样品尝百威。鲁伊要给他一袋奇多。他摇摇头,说:"找个人一起生活一定很好。我以前有很多女朋友,不同的时间里,但是我从未结婚。我不知道,那对我来说很奇怪,我想。在没有人强迫的情况下,选择和另外一个人住在一起。在里面,你没有任何选择,当然。"

"里面？"

"在监狱里。"

"哦，当然……哦，我通常和室友住。在纽约，这是免不了的，因为可以分担房租。但是一直以来我经常一个人住。我已经习惯了。就像一种不断练习掌握的技能。"

"不要让自己孤独，嗯？"

"当然。有几个晚上我坐在那儿，在黑白电视上看《吉利根荒岛求生》① 重播——你知道，用衣服架子当天线？我正看节目的时候，听见门下塞进一张纸。我要站起来去看看那是什么，但是后来我没有去。因为我知道那只是中国餐馆的菜单，送外卖的会把纸塞进楼里所有大门的下面。可是如果我不去查看，也许那会是某个人的纸条。也许上面会说，'有聚会，三楼 G 房。有好多男人。盛装出席'。或者也许那会比较神秘，'在 A 大道的拐角并且在满月天午夜的第九大道和我见面'。"

包格斯看着她，努力理解她说的话。

"可是，不，只有一张菜单。然后我坐回去继续看情景喜剧和广告。有高潮有低潮——这就是生活。"她捶着胸脯，"我有俄亥俄农民的血统。"

包格斯说："有一件事我想说……"

鲁伊一直担心他提出借宿，那是很自然的。要是这样的话该怎么办？但是就在这时考特妮喊道："我要果汁。"

"要说'请'。"

"我要请。"

---

① 《吉利根荒岛求生》(Gilligan's Island) 是二十世纪六十年代的美国情景喜剧，内容是吉利根大副带领的一群人流落荒岛的故事。

"非常可笑。"鲁伊道,"一分钟,宝贝儿。"她对包格斯说。"我饿了,要吃点真正的食物。我冰箱里有些剩下的汉堡,你有兴趣吗?"

"当然。给我也热一份。"

鲁伊准备走进船屋。突然包格斯停下来。他扭过头,像是狗听见了超音速的呼啸声。他仰脸看着天,吸气时鼻孔张大。"感觉如何?"

"什么?"

"气味。"他说。

"哦,在纽约我们不太在意香水。"

"不,我不是那个意思。我的意思是这里有很多气味。一千种气味。"

她嗅嗅,然后摇摇头。"我闻不出来多少味道。"

包格斯又深吸一口。"当你在里面的时候,你只能闻到几种味道。消毒水味。厨房散发的洋葱或油烟味。汗味。春天的气息。夏天的气息……好像你已经习惯了这些味道。但是这里——我闻到了什么?"

"臭鱼、狗屎、垃圾和汽车尾气。"

"不。我闻到了自由的味道。"

一个土豆,两个土豆,三个土豆,四个……

杰克·内斯特缓慢地走在哈德逊河的旧码头上,正在想:佛罗里达的人应该住在船上。特别是佛罗里达南部,靠近格莱兹的地方,你会发现甚至在陆地上也到处都是水,而且这是你生活的一部分。房子都被立在柱子上,人人都在院子里放着各种各样的船。

可是在纽约,住在船屋里看起来很奇怪。

五个土豆,六个土豆,七个土豆,更多的……

内斯特把车停在第十大街,离河边不太远。他租了这辆车。他本不想这样做,因为会留下记录。但是他明白,在他干完事以后,他的画像会遍布整个城市,对码头地区警察来说是个相当好的机会,在机场、车站和火车站都能抓到他。但是没有人能阻止你开车离开纽约市区。

现在太阳已经落山,天空呈现暗蓝色,这在佛罗里达可从来没有过。天空是灰蓝色的,金属的蓝,垃圾场的蓝。内斯特有点儿渴,但是他不会去商店——那样会有更多人看见他。所以他坐在长椅上,面对城市,等着天色变得更黑。他猛地吸了一口烟,然后把烟头踩灭,决定吃块薄荷糖来缓解口渴。

八个土豆,九个土豆,没有警察……

蓝白色警车刚才停在离船屋不远的高速路上,警察们在吃三明治,喝咖啡,然后发动汽车,懒洋洋地掉了个头,向北驶去。

到干活儿的时间了。他拔出手枪,全身放松,缓慢地走向船屋。

"为了一件事我学习了很多的法律。里面有一大堆法律书。有些人自己写上诉材料,他们干得相当好。"

鲁伊点点头。包格斯正在喝他的柯罗娜——他仍然没有喝醉,甚至也没有疲惫,至少看起来是这样。鲁伊正在品花草茶,吃夹馅面包。她曾打算给他录音,并问他很多关于狱中生活的问题。但是他求她不要录了。他很累。明天,他说。明天你想怎么拍就怎么拍。

考特妮已经坐不住了。虽然现在睡觉有点儿早,但是她今天很忙,帮助囚犯出狱,还扮演了囚犯的女儿,所以鲁伊给她冲了个澡就带她去睡觉。她几乎一上床就睡着了。鲁伊转身回到客厅,看见包格斯坐在沙发上，看起来心神不定，有点紧张。

他清清喉咙，望着她很长时间，然后看向别处。

他心里有事，她想知道他现在是不是打算提出借宿或者付诸行动。

现在这间房内，一个男人和一个女人单独相处。

现在这间房内，一个在牢里待了三年的男人突然和一个女人单独相处。

但是挑逗并没有发生。包格斯又拿了一瓶啤酒，并继续紧张地闲聊。他们谈论了一会儿这个城市的生活，关于亚特兰大、政治和华盛顿（作为一个乡下人，他的见识似乎出人意料地广博）。鲁伊时刻盼着他说重点：你知道，我现在找房子有点儿困难……但是这个想法刚出现在她脑袋里，包格斯便打个哈欠，然后看看表。他说："我今晚应该去找个房子住。"

令自己也感到惊讶的是，她竟然说："如果你想的话，你可以在客厅睡。考特妮占了床，可是我们可以将就一下。"

然而他摇摇头。"不用了，这有点儿滑稽，我不能解释，但是我真的希望一个人住，你知道吗？"

"当然。"她不是很明白，但是对于他想那样做感到一阵轻松。"我把剩下的啤酒打包，而且我要给你装一些比萨饼当早饭。"

"哦，不用了，谢谢。我更偏爱燕麦片。"

"我有些速食的，"她说，"给你装两袋？"

这个问题永远不会有答案。

随着一声巨响，前门猛地打开，撞在桌子上，撞倒了鲁伊的一摞书。

她看着这个胖子冲进船屋，看见了他手里的大号手枪。她本能地跳到考特妮睡觉的储藏室门前，把门一下锁住，对抗般地站在那里，瞪着那个男人。她毫不怀疑正是这个人杀了兰斯·霍珀和伯奈特·弗罗斯特。

这就是吉米。

包格斯迅速站起来,一下打碎酒瓶,玻璃碴掉落在地板上。

这个壮汉停下来,慢慢地把门关上,很冷静,好像他是来访的客人。

他站在那儿,手臂别扭地放在身体两侧。警惕,但是自信。他眯着眼睛,检查着这个房间和里面的人。他没看见让他害怕的东西。

兰迪·包格斯的眼睛因为惊奇睁得很大。他面对那个人,站姿让他看起来像个战士,不,更像个拳击手——一脚在前,一脚在侧。这很疯狂,因为即使没有枪,他也没办法对付这个比他重一百磅,看起来像是会挖人眼睛的胖子。一位肮脏的斗士。

"你想干什么?"鲁伊喃喃道。

他没理会她,直接走向包格斯。那两个男人看起来像是在用眼神战斗。五秒钟的沉默。

没有人动。

兰迪·包格斯先笑了,然后说:"杰克,你个王八蛋!我还以为你没有这么快。"

这个胖子大声笑着,长出一口气。他把枪插在腰带上,然后两个人抱在一起,就像长时间没有见面的哥萨克兄弟又团聚了。

第二十五章

她心里有一个问题：考特妮会游泳吗？

鲁伊能——尽管她直到十岁都像中东的女孩一样没有见过泛着波澜的水面。

天啊，她可以抓住考特妮——她想象自己疯狂地尖叫着挥舞胳膊——冲向远处的堤坝。到那儿有多少码？也许三十或四十？

啊，神啊，哈德逊河广阔又讨厌……

但是那不算什么。如果她们现在不逃出去，三分钟以后她们会变成死人。

她拽开通向储藏室的门冲进去，依稀能听见她身后客厅里突然动作的声音。脚步声，说话声。她一把关上门，扭动万能钥匙门锁。"考特妮，醒醒。"

小女孩一动不动。

鲁伊背靠在厚木头上，然后开始解她的鞋子，上面有几十个洞眼。

她知道如果不把它们脱下来她就会溺水。她大喊:"考特妮!"

"果汁。"一个虚弱的声音说道。

"快醒醒!"

也许玩具可以漂起来。那里有个快瘪了的气球拴在墙上。鲁伊一把扯过来,然后缠在小女孩的手腕上。"我要睡觉。"考特妮说。

鲁伊已经脱下一只鞋。她开始脱第二只。

随着木头破裂的一声巨响,大门向内飞来,撞在鲁伊的肩膀上。她飞向远处的墙然后躺在地上。杰克·内斯特走进房间,眯着眼睛以适应黑暗。他看了一圈,然后走向鲁伊。

当他抓住她的时候,她突然跳了起来。

这算不上突然袭击。造成的唯一伤害只是用肩膀撞在了他的脸上。他向后一歪,惊诧了一下,牙齿咬了舌头或是嘴唇。"小东西!"他咕哝道。她的手握成小拳头,打在他身上。但是他像硬橡胶一样有弹性,也很结实。他仅仅把她抓过来,夹在胳膊底下,然后把她抱到客厅。

她尖叫着,挣扎着,厮打着。

内斯特一阵狂笑。"哇,这真是只野猫。"他把她扔在一把铁制折叠椅上。她一脚蹬在他大腿上。他缩回一点儿,恼怒地说:"坐下。"

"你个畜生!"她从椅子上跳起来,冲向包格斯。内斯特咆哮道:"坐下!"他抓住她,就像悬挂架吊住六码长的炸弹,然后又把她扔在椅子上。她又跳起来,喘不过气。她使劲擦掉眼泪。"你是个畜生!"她直视着包格斯咄咄逼人的眼睛。

包格斯对内斯特说:"你有车吗?"

"当然。一辆赫兹公司的破车,但是还可以跑。妈的,你气色不错,对于三年来只见过监狱阳光的人来说。"

包格斯说:"你看起来还像以前一样难看。"

内斯特大笑，然后摆出对打的姿势。包格斯给内斯特的胸部来了一记左钩拳。这个胖子说："你个狗东西，总是这么快。你打得像个娘儿们，但是很快。"

"你会在身上看见我关节留下的伤痕，就明天。"

内斯特环顾四周。"我们要毁了这栋破房子。"

"我同意。"

鲁伊对包格斯说："是你干的？真是你干的？"

内斯特对包格斯说："让我们把活儿干完然后跑路。"他从腰带上掏出手枪指着鲁伊。

笑意从包格斯脸上消失。"你要干什么？"

内斯特耸耸肩。"事情很清楚，你还能说什么？没看见我们没得选择吗？"

包格斯低下头，避开另两个人的目光。"好吧，杰克，你知道，我不会太高兴，如果你那么做。"

鲁伊盯着手枪，害怕看内斯特的脸。他看上去是那种如果被人直视就会杀掉对方的人。

"兰迪，我们得干。她什么都知道。"

"我明白，但是，妈的，我不能让这种事发生。这样做不好，你知道吗？"

"'不好'？"

她的双手在颤抖。汗从脑门滴下来，她能感觉到腋下的汗流到了腰上。

包格斯说："问题是，她还有个小孩。一个小女孩。"

内斯特的脸顿时黑了。"一个婴儿？"

"是个小孩。"

"在这里？"内斯特望向储藏室，"我没看见她。"

"你不能把小孩也干掉，杰克。我不会让你那么做。"

意思是如果他冲我开枪就可以？鲁伊开始更剧烈地哭起来。内斯特说："本来我也不会杀小孩子。你很了解我，兰迪。我们经历了这么多事情，你应该了解。"

"没有妈妈的话孩子该怎么办？她会饿死，或者摊上别的事情。"

"她这个妈妈太年轻了。"

鲁伊用不知从哪里来的声音说："求求你们，不要伤害她。如果你们……要对我做什么，求你们打电话给警察或者别的人，告诉他们她在这儿。求你了。"

内斯特心里在斗争。

包格斯说："我确实想求你这件事，杰克。我真的想让你放过她。"

内斯特叹了口气。他点点头，把枪插到腰带上。"妈的，应该这么干，应该这么干。好吧。都是为了你，兰迪。我不认为这是个好主意，我真不想这么说，但是我欠你的，我听你的。可是……"他走到椅子跟前，用他沾着洋葱味的手捏住鲁伊的脸，"你听好啦。我知道你是谁，住在哪儿。如果你对任何人说起任何有关我们的事情，我会回来。我什么时候都能来纽约。我会回来宰了你。"

鲁伊点点头。她正在哭——既是纯粹的恐惧，也是纯粹的放松。

最痛苦的事情是——被背叛。

你相信他吗？派珀·苏顿曾经在很久以前问过她，好像她是个小孩一样。你相信他，当他说自己无罪的时候？

内斯特恶狠狠地说："你听清楚了吗？"

她说不出话。她使劲点头。

他们用电灯电线把她绑在椅子上，把一条旧羊毛围巾塞到她嘴里。

包格斯跪在地上检查电线。他腼腆地笑笑。"我猜你心里不是味儿,所以我不怪你。你帮我出狱,而我这样回报你。但是生活中有时候你得为自己做些事情。你知道,为了能活下去。我很抱歉这样做,但是你救了我的命。为了这个我始终感谢你。"

她想说"滚你妈的""下地狱去吧""叛徒"或者一千句其他说法。但是围巾塞得很紧,除此之外,没有言语能表达她对这个人纯粹的愤怒。所以她盯着他的眼睛,一眨不眨,没有动一毫米,逼他看见有多少憎恨在他们之间汹涌奔流。她多么希望普罗米修斯仍然绑在岩石上,被鸟吃掉。

包格斯眯了一下眼。他咽下口水,最后看向别处。

"走吧,伙计,"内斯特道,"我们和公路有个约会。"

然后他们走了。

哦,哦,哦,没有事情比得上开车,兰迪·包格斯想道。

世界上没有任何一件事比得上开车。轮胎碾压在沥青路面上发出嘶嘶声。汽车在老旧的公路上跳舞。你知道公路始终在那里,你可以一直开,永远不用走回头路。

杰克·内斯特驾驶的这辆福特天霸,把泽西和宾夕法尼亚甩在后面,正奔驰在去马里兰的路上,一路向南。

移动,像是顺滑的威士忌,像是毒品。兰迪·包格斯继续深思。

最好的事情是——当你开车的时候,你是一个移动的目标。这时你是最安全的。什么也不能抓住你。坏感悟不行,工作不行,你的亲戚不行,邪恶本身也不行……

"螃蟹,"内斯特说:"盯着外面,找一家吃螃蟹的地方。"

他们找不到任何吃螃蟹的地方,只好去吃麦当劳的芝士汉堡。包格斯更想吃螃蟹,而且内斯特也正在减肥。

他们把大号麦当劳涂蜡杯子里的软饮料倒掉,然后用它来喝啤酒。他们开到最高限速,但是在包格斯的要求下把四个窗户的玻璃都摇了下来;这就像他们以每小时一百英里的速度飞驰。

兰迪·包格斯把车座放倒躺下,用吸管嘬着啤酒,吃着双层芝士汉堡,继续思考自由和运动,然后明白了为什么监狱生活对他来说很艰难。因为有些人必须稳定,有些人必须漂泊,而他是漂泊的人。

这就是他的想法,而且他认为在某种意义上来说这是真理。但是他并没有把这些想法告诉杰克·内斯特。不是说杰克智力不高。不,他可能会理解,但是他不是包格斯想与之分享太多想法的人。

"那么,"杰克·内斯特问,"感觉如何?"

"感觉很好。感觉真的很好。"

"那里那个女人怎么样?她真辣。你下手了吗?"

"得了吧,我们不是那种关系。"

"看起来你连她的奶都没摸过?"

"她更像是个朋友,你知道。倒是真想和她那样。"

"想到什么就去做什么。"

"我懂。我实在没法在里面待更长时间,杰克。我尽力应付,但是我必须出来。有人想干掉我。"

"帮派?"

"不是。只是一个浑蛋,来自——我不知道,哥伦比亚或是别的地方。委内瑞拉。出于某种原因他没有干掉我。我只是挨刀了。"

"挨刀了,嗯?"

"两个星期前。已经不太疼了。"

"是啊，我也挨过一回刀。我不喜欢挨刀，更愿意挨枪子儿。感觉更麻木。"

"最好两个都不。"

"在想法上是好的。"内斯特指出。他心情很棒。他正在说佛罗里达的饭馆，钓大海鲢，他们买的锅的质量，那个古巴女人的大咪咪和有个人用牙齿与派克笔在她身上留下的文身；说着天气很热；说着他买了一栋房子，以及在房子准备好之前他都要住在一所操蛋的宾馆里。

"还有多久到亚特兰大？"包格斯问。

"明天。然后我就去佛罗里达。有没有兴趣和我一起走？欢迎你去。你喜欢拉美女人吗？"

"从来没找过。"

"你不知道你会错过什么。"

"真的吗？"

"是的。我没给你说过？伙计，她可以同时伺候我们两个人。"

包格斯觉得应该岔开这个话题。"我不知道。"

"没事儿，记住这一点就好了。那么你准备去取钱？"

"是的。"

"你带存折了吗？"

"把它保存得又好又安全。"

内斯特说："这事儿还真好笑。你往银行里存些钱，它每天就在那里挣利息。他们只是往钱箱子里扔几块钱，并且你什么都不用做。"

"没错。"

"我猜你肯定又挣了一万美元。"

"你这么认为？没开玩笑？"

"当然。我想你的存款大概挣了五六个百分点。"

包格斯感觉到一阵温暖。他记不清利息,他以前也从来没有任何存款。

"你知道,有些事情你必须考虑。你听说过那些银行倒闭的事儿吗?"

"什么东西?"

"很多的存款和贷款都没了。人们失去了他们的钱。"

"你说得真可怕。"

"发生过很多次,过去几年。你在里面不看新闻吗?"

"我们通常只看动画片和比赛。"包格斯累了。他把坐椅往下调。他拥有的最后一辆车是一辆七六年出产的大庞蒂克,坐椅不能放倒。他喜欢这辆车。他想着要给自己买辆车,一辆新车。他躺在那儿,闭上眼睛,努力不去想起鲁伊。

"所以,"内斯特说,"你可以考虑把钱投资出去。"

"我会的。"

"你有什么想法吗?"

"不。还没有。我得时刻警惕分辨正确的事情。你有钱了,别人才听你的。"

"有钱的人说话,没钱的人干活。"内斯特说。

"那是真理。"兰迪·包格斯说。

三个小时以后,考特妮醒来想找点儿果汁喝。

小女孩慢慢坐起身,从睡觉的时候卷得像茧似的毛毯里挣脱出来。她向前走,翻过一卷褥子,就像艾德蒙德·希拉里走下珠穆朗玛峰的最后一步,然后坐在地板上穿鞋子。鞋带太有挑战性,但是任鞋带纠缠着看起来也不对劲,所以在盯着它们看了五分钟之后,她弯下腰把鞋带的塑料头塞进鞋子里。

她小心地爬下楼梯,侧着身子,像螃蟹一样走,走向被绑在折叠椅子上的鲁伊。她看看电线,看看鲁伊通红的脸。她听到嘶哑、含糊的声音从毛巾后面传出来。

"你很可笑,鲁伊。"考特妮说完走进厨房。

冰箱很容易打开,她在第二层找到一盒表面印着卡通图案的苹果汁。问题是她不知道如何打开。她看看望向厨房这边仍然在制造那些可笑噪声的鲁伊,双手捧着卡通纸盒,然后把底部朝上寻找开口。

这个卡通盒子已经打开过,结果果汁全部撒在了地板上,非常黏稠,泛着泡泡。"哦,哦。"她愧疚地看着鲁伊,然后把空盒子放在火炉上,转身又去冰箱那儿。

再没有果汁了。有好多冷比萨饼,她早就吃腻了,但是还有十几包奇多,这个她喜欢。她开始对付一袋,然后在厨房里乱逛,看能不能找到个玩具。

没多少东西。但是,橱柜上一把大切片刀引起了她的兴趣。她拿起它,假装是宝剑,就像鲁伊有一本书里的那样,刺了冰箱好几下。

鲁伊看着这一切,哼得更响了,开始晃动、摇摆并且前后抖动。

小女孩检查抽屉,然后翻开几本很少有人看的烹饪书,找鸭子、龙或者王子的图片。书里面只有汤、烤盘和蛋糕的图片。五分钟后,她放弃了,然后开始玩火炉上的开关。它们又旧又重,镀铬的地方亮晶晶,还刷着红颜色。考特妮伸手捏住一个开关,向正确的方向扭。她头上的地方噗的一响。她看不见火炉上面,也不知道声音从哪儿来的,可是她喜欢。噗。

她打开第二个开关。噗。

鲁伊现在声音更大了,即使小女孩仍然听不懂她的意思。

第三次"噗"让她对火炉游戏失去了兴趣。因为有别的事情发生了。她头上的地方突然冒出红色的光,嘶嘶地燃烧,然后窜出火苗。

考特妮退后几步,观察果汁盒子燃烧。着火的蜡噼噼啪啪地烧掉了一边的卡通画,就像微型焰火。一片烧着的纸壳掉落在桌子上,点着了一星期厚的《纽约邮报》。下一个烧着的是烹饪书《一百道美丽的布丁甜点》。

考特妮喜爱火焰,她看着它们缓慢地爬满桌面。它们让她想起什么……小动物的电影?一头鹿?森林里的大火?她眯着眼睛努力回忆,但是没一会儿就失去了联想,然后退后观察。

火焰快速剥去鲁伊辛辛苦苦用橡胶黏合剂贴在墙上的相纸,上面是狗的各类品种图。看到这个她觉得很棒。

然后火焰烧到了船屋的房顶和后墙。

当火焰温度变得非常热,考特妮退后了一小步,但是她没急着走。这太了不起了。她记起另一部电影。她想了一分钟。是的,这就像是巫师向桃乐丝和她的小狗喊叫的那个场景。全是烟和火苗……所有的人都跌在地板上,还有一张大脸喘息和咆哮……可是这比那要好。这比彼得兔好,甚至比星期六早晨的电视还好。

第二十六章

路过的旅游者碰巧是从俄亥俄州来的,鲁伊的老家。

他们是一对中年夫妇,从克利夫兰开着一辆温尼贝格房车前往缅因州,因为妻子总是想去看缅因州的海岸,而且他们两个人都爱吃龙虾。行进路线将穿过纽约,至新港,然后经波士顿、萨勒姆,并最终到达肯邦纳克波特,一年前《大观》杂志专题报道过那里。

可是他们到了曼哈顿时因为意外而停留下来,并且报警说哈德逊河面上燃起了大火。

从荷兰隧道出来,他们注意到左边有一股黑烟,看上去好像是从河里冒出的。他们减缓车速,就像其他人一样,看见一艘旧船屋在剧烈地燃烧。路上的车辆都在缓慢前行,他们不急不忙地开车,留神听有没有警报声。丈夫环顾四周找地方停车,准备给到来的消防车让开车道。

但是什么都没发生。

他们等了四五分钟。六分钟。

妻子问:"你觉得现在肯定有人打过电话了,是不是,亲爱的?"

"差不多吧。"

他们很震惊,因为过去了足有一百辆车,可是看起来没有人打九一一报警。也许他们都认为可能有人打过电话了,或者什么都没想,只是看着船屋燃烧。

这位丈夫是一位前海军陆战队战士,兼地方商会会长,一位不怕卷入麻烦的男人。他驾驶着他的温尼贝格越过路沿石开上人行道。他在火焰呼啸的大堤前一个急刹车,从坐椅侧面的挂架上取下大号JC潘尼三类灭火器,跳到外面。

就在他踹开船屋前门的时候,妻子跑向投币电话。船屋里的烟不是很浓;后屋顶上的大洞相当于烟囱,排出了大部分的烟。他冷静地走进门廊,惊奇地看着眼前的情况:两个女孩。一个小女孩观察着船屋的后半部烧成木炭,像尼禄一样大笑;另一个,穿着黄色迷你裙、无袖男式T恤和点缀镀铬铆钉的短靴的女孩,被绑在椅子上!谁能干出这种事?他曾经读过关于格林尼治村的故事,但是眼前的景象甚至对于索多玛来说都是特别严重的。

他抽出灭火器的保险栓,对着火焰的蔓延路线喷洒,却对火焰没有影响。他把小女孩抱出去交给妻子,然后又返回这个地狱,一边跑一边打开他的凯斯牌折刀。他割断绑住年长女孩的电线。他必须搀扶着她走出去;她的腿已经麻了。

在夫妇俩的温尼贝格车内,小女孩看见年长女孩掉眼泪,然后决定开始大哭。三分钟后,消防员赶到。他们用了二十分钟浇灭火焰。警察和消防调查员敲敲车门。女孩们站起来走了出去,夫妇俩也随后跟上。

堤坝的上空盘旋着巨大的黑云。空气里都是酸酸的木头和烧焦的橡胶味——这是悬挂在船屋两侧,与堤坝之间起缓冲作用的轮胎发出的味道。船壳没有沉,但是甲板上的建筑大多被毁了。

有一个探员问年长的女孩:"你能不能告诉我发生了什么事?"

她踱着小圈子。"那个天杀的畜生他耍了我对我撒谎我要把他找出来再一下扔到监狱里……妈的。天啊。妈的!"

"妈的。"考特妮说,丈夫和妻子对望了一眼。

警察的问询几乎持续了半个小时。这个女孩讲述了一个被错误定罪的男人得到释放的事情,只不过现在她才清楚,他确实干了这件事,而且有一个名叫杰克的胖子——不是姓——杰克有枪,还想杀了她们,并且他和第一起谋杀有关。这对夫妇没有听懂大部分的细节——警察一定也没听懂——但是他们真的不需要听更多的事情。他们听到的已经足够作为一个极好的旅行故事,可以告诉朋友和他们自己,还有去缅因州的路上遇见的任何一个人。不像他们以前说过的很多故事,这个故事根本不需要添油加醋。最后,一个穿格子呢衬衫、蓝色牛仔裤,腰带上挂警徽的高个子秃顶男人到了。这个女孩倒在他怀里,虽然她不再抽泣和歇斯底里。随后她推开他,又开始愤慨地滔滔不绝。

"天啊。"妻子说。

当这个女孩冷静下来后,她告诉这个警察是这对夫妇救了她的命。他介绍了自己,并向他们致谢。他们谈论了俄亥俄几分钟。然后这个警察说,女孩们可以去拆弹小队,然后在那儿等他下班。小女孩说:"我们能拿另一个手榴弹吗?求你了。"

听到这里,这对夫妇决定不打乱他们的中西部行程——他们本打算问女孩们是否愿意在他们的房车里睡一晚——并且说他们最好快点儿赶路前往康涅狄格州的米斯蒂克,他们的旅游指南里极力推荐了那个地方。

晚上十一点，杰克·内斯特说他需要好好喝一杯，然后把车停在了弗吉尼亚高速路边的汽车旅馆。

"我也可以吃点儿真正的食物。"兰迪·包格斯说。他想要一块外焦里嫩的牛排。当他第一次进监狱的时候，他用了很长时间思念一块牛排。后来——就像他享受过的大部分事情一样——他忘记了什么是好吃的肉。或许更像是它们离他越来越远。就像历史书里的事实。他了解它们、记得它们，但是它们对他没有意义。

不过现在，他出来了，而且他想吃一块牛排。内斯特说要好好喝一杯，包格斯现在正在想他要喝三年来的第一杯威士忌。

他们把车停好，走进汽车旅馆。内斯特报上假名和假车牌，然后在后面要了一间房，并向夜间职员解释说他睡不好；高速公路的噪声会打扰他。这个年轻人心不在焉地点点头，收下现金然后给他钥匙。包格斯注意到内斯特做这些事情有多么自然。包格斯自己也许会更加粗心，把车停在前面。但是内斯特是对的。那个女孩现在可能已经脱困并报警了，也许纽约有人看到过他们的车牌。他非常高兴与内斯特这种人同行，这样的人会教他重新思考外面的生活。

内斯特拖着他的粗布包进入房间，包格斯跟在后面，手里的纸袋子就是他的行李。看见这里的两张大床让他感觉轻松。他可不想和一个男人在床上度过他重获自由的第一夜。内斯特对房间没什么评价，把行李扔在靠近房门的床上，说："吃饭。"

包格斯说："等会儿。我想洗洗。"他消失在卫生间。看到那里如此干净，他心情愉悦，高兴得几乎得了心脏病。所有甜蜜的味道——香皂、包胶玻璃、门后锁着的厕所。他把龙头开到冷水，然后热水，又开到冷水，然后又到热水，洗了洗他的脸和手。蒸气升腾，弥漫了房间。

"我饿啦！"内斯特喊叫的声音压过水流的声音。

"一分钟。"包格斯大声回答道，然后用快赶上羊毛围巾一样厚的高档毛巾把水擦干。

临近旅馆的酒吧餐厅是当地人小聚的固定地点。都铎风格的活动房屋——深色的房梁，塑料窗户和仿彩色玻璃，米黄色涂料的墙面。这个地方一半的座位都有人——大多围绕吧台坐着——有包工头、水暖工、卡车司机和他们的女朋友。这些人都穿牛仔裤和格子衬衫。很多人留大胡子。女人们都穿长裤、高跟鞋和套头衫。几乎所有的人都吸烟。吧台尾部上方歪歪扭扭挂着的电视正播映《蜜月期》。

内斯特和包格斯找了一张有些松散的桌子坐下。包格斯注视着他面前的餐垫，上面印着解谜和填字游戏。他可以解出图形题——"这张图片有什么错误？"——但是他解不出填字题。他把餐垫扣过去，然后打量吧台周围的女人。

女服务员走过来，说厨房十分钟以后要关闭。他们点了四杯黑杰克，纯的百威啤酒、牛排和薯条。

"那个姑娘，"内斯特说，"你没有上她真是太不对了。"

"谁？"

"帮你越狱的那个。"

"不，我跟你说过，我们基本上是朋友。"

内斯特问："然后呢？"

"好吧，在你跳出来之前，我只出来了几个小时。"

"如果是我，我要干的第一件事就是给自己找个女人来一发。"

包格斯感觉难以回答。他说："哦，她还有个孩子在那儿。"

酒送来了，他们什么都没说就一口喝下去，因为他们俩都想不到要致祝酒词。包格斯使劲喘着气，内斯特大笑。这个胖子马上喝完了他的第二杯。

"在里面你从没喝过，对吗？"内斯特问他。

"有些东西你可以搞到，这取决于你想干什么或者有多少钱。当然，这很操蛋。对我来说，我没收到过任何家里寄来的东西，所以我必须自己解决。有时我给自己弄点儿掺水的伏特加或者一两根大麻烟。基本上我还能有点儿东西。"

"我在里面的时候我们搞东西很容易。操蛋的乡村俱乐部。有好多从洛杉矶来的商贩，应有尽有。"

包格斯被酒精搞得有点晕，问："你也进去过？"

"没错，我在里面待过。在奥比斯波住了十八个月。真是他妈的好啊。你要可卡因，就有可卡因；你要大麻，就有大麻；你他妈的想要酒，你就有一大瓶酒……"

包格斯感觉到酒精在刺痛他的嘴唇。一定是开车时候被风伤了。"你什么时候进的奥比斯波？"

"四五年前吧。"

"我还不知道你也进去过。"

内斯特惊奇地看着他。"嘿，也许还有一两件事我们不了解。比如我不知道你的小弟弟有多长。"

包格斯说："长到能让她爽上一两个小时。"他的眼神滑到吧台，那里有一个年轻的圆脸女人，头发是两种颜色——从金黄色变到黑色——胳膊肘放在吧台上，手举着，一根香烟指着房顶，好像第六根指头。在她面前摆着一杯货真价实的马提尼。从她心不在焉地盯着电视的神态里，他推测杯中的酒面下降了很多。

内斯特说:"你能上她。她没咪咪。"

"她肯定有。她只是弯着腰。"

食物的到来吸引了两个男人的注意。包格斯吃得很慢,细心地嚼,但是他发现他的食欲没有了。也许这块牛排太油腻,也许那个汉堡包让他吃得太饱,也许是酒精烧坏了他的味蕾。他想起鲁伊,还有那个小女孩。他机械地吃着。他看着那个女人,那个女人也注意到他的眼神,并且直视了他一分钟,然后转头去看电视。他想了一下,然后决定不吃了。也许食物让他清醒。

包格斯停下,同时内斯特才吃了一半。

"伙计,"包格斯说,"我吃完了。"

内斯特看向包格斯瘪瘪的肚子。"像你这么吃,怎么才能胖起来?"

"不知道。我从来都不会胖。不是我的问题。"包格斯声音逐渐降低。他又一次盯着吧台旁边那个女人,这次她给了他一个微笑。

内斯特抓住了这一幕。"哦——哦。"他笑道,"监狱小子走好运了。"

包格斯一口喝光他的啤酒。"你不介意我占用房间一个小时吧?"

"狗屎,小子,你五分钟就会完事儿,除非你在牢里每天晚上都手淫。"

"哦,总之给我一个小时。也许我们要干两次。"

"好吧好吧,"内斯特说,"但是两点钟之前就得让她走。我很累,我要睡觉。"

包格斯站起来慢慢地走向吧台,努力回忆怎么样装酷和耍帅,努力回忆怎么样把妹,努力回忆很多事情。

第二十七章

包格斯和那个女人走了半个小时，杰克·内斯特吃完所谓的苹果馅饼，舔掉叉子上的冰淇淋。他喝干最后一口咖啡，然后叫服务员结账。

餐馆里的人快走完了，包括女招待在内，没有人看见他站起身前往停车场。他抬头看看他和包格斯房间里的灯光，打开汽车后备厢拿出他的手枪。他把枪藏在夹克衫里面，爬上二楼的楼梯，然后沿着开放式的走廊缓慢向前。他想过向前台接待员再要一把房门钥匙，但是那样会让接待员再一次看见他。他决定只是敲敲门，当包格斯开门的时候他就一枪打在他的肚子上——他那个"我不知道，我从来都吃不胖"的肚子。然后再干掉那个女人，如果她还在那儿的话。

他停了下来。这个声音是什么？电视？他们做爱的同时还开着电视？也许她叫得太响，所以包格斯把电视声音开大，防止别的客人听见。这很好，这样可以掩盖斯泰尔手枪的枪声。

内斯特靠近房门。他把手枪上的套筒往后一拉。他看见有东西一闪一闪的。

这个牲口……

包格斯如此急色,他把钥匙留在门上,门也没有关好。内斯特只要推门就能打开。他确定手枪的保险已经关上,把手指伸进扳机护圈里,然后摸进房间。

没人。

床上的被单也没动过。

卫生间是黑的,但是他还得进去。也许他们正在浴缸里干。可是没有,那里也没有人。房间里唯一活动的东西是电视屏幕在闪,里面有几个《希尔街的蓝制服》[①]里的警察正在表情严肃地四处查看。内斯特关上了电视。

然后他注意到包格斯的袋子没有了。操。

他拾起一张放在枕头上的纸条。操。

  杰克,琳达——这是她的名字——和我去她的房子了。她好像明天也要去亚特兰大,真巧,嗯,所以我们准备一起开车去,她和我轮流驾驶,我的意思是。过几天我去佛罗里达到你家找你。对不起,但是你没有她那样的腿。

这个婊子养的。

畜生!

内斯特暴怒地踢在床上。床垫一下弹开,歪成一个角度。他粗暴

---

① 《希尔街的蓝制服》(*Hill Street Blues*)是一部美国电视剧,于一九八一至一九八七年间播出。"蓝制服"即俚语中的警察之意。

地把门一摔,隔壁的房间都回荡着能把人从睡梦中吵醒的响声。内斯特希望隔壁的客人最好过来,因为他极其想找个人狠狠打一顿。

他坐到床上,想象着包格斯和那个瘦婊子抱成一团,存折就放在可能离他们五英尺远的一个皱巴巴的纸袋子里。怒火缓缓地平息下来,他决定了该做什么。

好吧,现在还不是世界末日。要改变计划。不管怎么样,他要杀了那个女孩——那个住在船屋里的那个。他现在可以做这件事,然后前往亚特兰大或佛罗里达对付包格斯。先干掉谁根本不是问题。

毫无区别。

派珀·苏顿是从《邮报》的头条新闻上看到的。"抢先报道变抓瞎"——她也许根本不会对这个标题有什么兴趣,除了上面有一张鲁伊和几个西装革履的男人说话的照片。他们看起来都不太高兴。鲁伊也不高兴,并且现在派珀·苏顿也不高兴了。

她站在公寓附近的马路拐角,紧盯着报道。她已经买了一份《邮报》、一份《每日新闻》和一份《时报》,并愤怒地翻开每份报纸。在她仔细阅读上面的黑色铅字时,风吹乱了她的短裙和头发。感谢上帝,中美洲发生的一次大规模袭击掩盖了《每日新闻》的报道。《时报》仅仅报道"哈德逊河的船屋发生火灾",并提到一位受害者已经逃脱。

但是《时报》今天可能会跟进报道。这份准备印刷的报纸热爱肆意抨击竞争对手,尤其是电视台。

苏顿拦下一辆出租车,开始像往常一样前往一英里外的办公室,腿上摊着买来的报纸,目光注视着窗外匆忙赶去上班的人群。但是她眼里一个人也没有。

在她的办公室，苏顿发现她的秘书正在应付两个电话。

"噢，苏顿女士，森普尔先生几次打来电话，所有的本地电视台都打来了电话，还有《心声报》①的人。"

那个操蛋的《心声报》？

"还有温斯坦先生，代表总检察官办公室，然后——"

"让他们都等着，"苏顿悄悄地说，"让李·梅塞尔到这来。通知法律事务部。我想让提姆·克鲁格十五分钟之后来我这儿。如果有任何记者打电话来，告诉他们我们会在中午发表一份声明。如果他们任何人说他们的发稿时间早于中午，记下他们的名字然后马上向我报告。"苏顿脱下大衣。"我要找她。现在。"

"谁，苏顿小姐？"

"你知道是谁，"苏顿低声回答，"就现在。"

鲁伊以前有更糟糕的被解雇经历，但是令人难受的是以前那些她根本不在乎。

过去她经常被赶走，可是被影碟出租商店或者饭馆解雇与被从一份真正的工作岗位上解雇有很大的不同，这份工作是她在乎的。

通常她会说"哦，就这样吧"，或者"生活中的小插曲"。

这次是不一样的。

她一直想做这个报道。非常想。她就靠这个报道而活。她呼吸着它，品尝着它。现在，不但节目被取消，而且她还被解雇，因为整件事情一直以来就是一个彻头彻尾的谎言。最重要的是，大部分的基础

---

① 指纽约格林威治村《心声报》(*The Village Voice*)，是一份以八卦新闻为主的小型报纸。

事实都是假的。这是最坏的事。这就像是读了一个灵异故事，然后作者告诉你，哦，对了，顺便说一下，我只是开个玩笑。根本没有恶鬼这种事。

虽然她有证据证明有这回事，而且他的名字叫兰迪·包格斯。

鲁伊现在站在派珀·苏顿的桌前。这个房间内还有一位瘦高个儿，穿灰西装白衬衣的中年男人。他名叫克鲁格。李·梅塞尔斜靠苏顿身后的墙壁站着，正在读《邮报》的报道。"耶稣基督。"他嘟哝道。他用难以理解的阴郁眼神看看她，然后继续读那份报纸。

"告诉我到底发生了什么事，"苏顿说，"不许添油加醋，不许回避事实，不许胡编乱造。"

鲁伊解释了那个胖子和包格斯，还有船屋上发生的一切。

"所以说到底，包格斯干了那件事。"梅塞尔说，"还有另一个凶手，但是他们是同伙。天啊。"

"也许看起来好像是那样的。"鲁伊没有计算她用了多少"好像""也许""那样"，"当我看到他们在那儿，那样子拥抱对方，我完全搞不懂了。我想说……"她的声音降了下去。

苏顿闭上眼睛，慢慢地摇摇头，然后问那个穿灰西装的男人："法律事务评估是什么，提姆？"

这个律师平静地说："我不认为我们有任何责任。我们没有编造事实而且法庭的决定是合法的。我希望她——"他没有看鲁伊。"没有瞒着这里的人把他放出来。这是另一方面的问题。"

自从她认识他以来，梅塞尔第一次对鲁伊怒目相向。"你为什么不告诉我们你帮包格斯越狱的事？"

"我担心他。我——"

苏顿再也无法冷静了。"我从一开始就告诉过你，我们的工作不是把人从监狱里捞出来。我们的工作是报道真相！这是我们唯一的工作。"

"我就是没想到。我没想到这会有问题。"

"没有……想到。"苏顿拉长声音说出了这两个词。

"我真的——"

苏顿转头对梅塞尔说："那么，下一步该干什么？"

"《晚间新闻》。"

律师有些畏缩。"这是纽约的报道。我们不能调整到地方台吗？"

梅塞尔说："不可能。《时代》和《新闻周刊》都会报道。你知道其他的电视网络准备做什么，所以忘了《时报》吧。他们会把我们钉在十字架上。这会被低调处理，但仍然是一个十字架。"

"我们必须抢在他们之前，"苏顿说，"让这个消息上《午间新闻》，然后上五点档新闻，并且让奥斯提斯在七点钟报道。我们来讲所有的事情。我们坦白。没有一个字的借口与退缩。"

克鲁格说："天哪，糟透了。"

梅塞尔叹了一声。

律师问鲁伊："你知不知道包格斯去哪儿了？"

"我就知道他来自南部。亚特兰大是他出生的地方，他曾经在佛罗里达和北卡罗莱纳住过，可是更多的……"她一耸肩，结束了她的话。

律师说："我准备去我们法律事务公司，然后委托给诉讼人，只是以防万一。"他好奇地瞅了一眼鲁伊，离开了这间办公室。苏顿盯着《每日新闻》。李·梅塞尔把玩着他的烟斗，半躺在椅子上；他很不舒服。鲁伊看向他的眼睛，他的眼神迅速闪到一边去。眼前这些对她的伤害，比她被苏顿吼一顿带来的憎恨更令人难过。

噢，我怎么能这么做？

他信任我，而我让他难堪。

苏顿看着鲁伊。"不要对媒体说这件事。你已经泄露了这件事，我看得见。"她的手指着那份报纸。

鲁伊说："我什么都没有说。一定是警察告诉那些记者的。"

"好吧，我要说的是，集团公司将会因为这件事陷入麻烦，而且上层领导有可能要卷铺盖走人。如果因为你管不住自己的嘴让大家更麻烦，你将会摊上一个大大的官司。你明白我的意思吗？"

鲁伊点点头。

一段长时间的沉默，最后被苏顿的话打破。"那么，我想就这么多了。你走吧。"

鲁伊盯着她，眨眨眼。"只有这些？今天吗？"

"不好意思，鲁伊，"梅塞尔说，"今天，是的。现在。"

苏顿补充道："不要带走任何的文档或录影带。那是我们的财产。"

"你的意思是我应该回到我在地方电视台的工作岗位上？"

苏顿看着她，带着不可置信的笑容。

鲁伊说："你是说，我好像彻底被解雇了？"

苏顿说："好像是彻底被解雇了。"

萨姆·希利第二天八点钟醒来，考特妮把一整盒好客佳提子麦片倒在了他们的床上。

瀑布样撒下来的声音没有叫醒鲁伊。

"我的天啊。"希利嘟哝着，摇她的胳膊。他翻过身来。鲁伊睁开眼睛，说："什么声音这么吵？咔嚓咔嚓的声音？"

考特妮站在床前低头看麦片，作思考状。

鲁伊把脚伸到床外面使劲甩,她的腿上沾满了麦片。"考特妮,你干了什么?"

"很对不起,"小女孩说,"溢出来了。"

希利两个小时之前才值完班回到家。他说:"我去亚当的房间。"他出去了。

鲁伊把麦片捧起来,把腿上的拍掉,然后放进盒子里。"你什么都知道。别这样。"

"我都知道。"

"在我教训你的时候不要表现得那么可爱。"

"那么可爱。"考特妮说。

"行了。"鲁伊吃力地走进厨房。她倒了果汁和一碗麦片,做了咖啡。"我们能去动物园吗?"考特妮问。

"明天。我有些差事要先完成。想去吗?"

"好的,我想去。"她伸出手掌,"庆祝一下。"

鲁伊叹了一声,伸出她的手。小女孩拍了一下。

第二十八章

半个小时后,鲁伊和考特妮在西四大街走出地铁,沿着克里斯托弗大街向水边走去。鲁伊在西城快速路边停下,用深呼吸鼓足勇气,绕过街拐角,去看看她被损毁的曾经的家。

船屋仍然在水面上漂浮,可是看起来像是甲板上装载了一堆木炭;亮晶晶的有凹槽的木炭板杂乱地堆在上面。烟尘薄雾仍然在堤坝上盘旋,使得所有东西——船屋、碎片、垃圾桶、锚链——都看不清楚。堤坝前面是黄色警察标志带围出的一片警戒区,位于船屋浮动的地方之前五十英尺。她的船屋看起来像是输掉了一场海战的军舰。鲁伊记得第一次看见这艘船屋时,它正行驶在哈德逊河里,从这里向北五十英里。

现在,一个维京式葬礼。

她叹了口气,然后向蓝白警车前排坐着的巡警挥挥手。他是希利的朋友,在第六辖区,拆弹小队驻扎在那儿。

"看看这个!"她喊道。

"对不起,亲爱的。我们的人会找个时间把它开走,做些检查,在此之前你可以把你的东西收拾出来。"

"是啊,如果还有东西在。"

是有东西,不过焦臭味和烟味太浓了,所以她没有心情在里面翻。另外,考特妮一刻不停地在泊船桩那儿爬上爬下。

鲁伊牵着她的手,领着她回到克里斯托弗大街。

"那是什么?"考特妮问,指着一个商铺门面鼓励安全性行为的标志。那上面有个避孕套。

"气球。"鲁伊说。

"我想要一个。"

"等你长大了再说。"鲁伊答道。这些话自动冒出来,让她觉得自己已经习惯了带孩子。她们继续在克里斯托弗大街上走着,然后沿着格林威治路的末端,最终走上第八大街。过去一年这里变得更加破落。更多的涂鸦,更多的垃圾,更多讨厌的小孩。但是,天啊,这些鞋子商店——全世界都没有这里那么多卖便宜鞋子的地方。

她们走向大学区,经过十几个漂亮的穿黑衣服的纽约大学学生。鲁伊绕了一圈。她在一个空荡荡的店面前停下,店面的门上有一个标志:华盛顿广场音像店。

"我以前在这里工作过①。"她告诉考特妮。小女孩探头探脑地往里看。

在窗户上还有另一个标志,写在黄色纸板上:净租赁出租②。

就像我的人生,她想。净租赁出租。

---

① 详情见该系列的首部作品《心跳曼哈顿》。
② 指承租人负责一切税捐费用的租赁契约。

他们走路去华盛顿广场公园，买了热狗，然后向南走穿过苏活区到中国城。

"嘿，"鲁伊突然说，"想不想看看带劲儿的东西？"

"是的，带劲儿。"

"我们去看章鱼。"

"好耶！"

鲁伊带着她穿过大路，去了运河路一处大型露天海鲜市场。"那里就像动物园，只不过动物不能乱跑。"

考特妮什么也没有买。"吐水水。"她对这条章鱼说，然后当她用手指捅一条石斑鱼的时候，被那里的摊主大声呵斥。

鲁伊看看周围，说："哦，嘿，我知道我们在哪儿了。快跟上——我要带你看特别带劲儿的。我要给你讲讲历史，等你上学的时候你知道的事情就能把所有人都震了。"

"耶。我喜欢历史。"

她们沿着中心街一直走，途经黑色的综合法院大楼。（鲁伊远远看到广场那边的刑事法院大楼，想起了包格斯。她感到愤怒灼烧着她，迅速将视线转到一边。）几分钟后，她们来到中心街六十号，纽约最高法院门前。

"就是这儿。"鲁伊宣布。

"耶。"考特妮四处张望。

"这里过去叫五点区。一百年前这里是全曼哈顿最乱的地方。这里是威殴帮的地盘。"

"威殴帮是什么？"

"一个黑帮，有史以来最坏的帮派。我会在晚上睡前故事时间给你讲讲他们。"

"耶!"

虽然鲁伊记得她那里存放的《纽约黑帮》拷贝已经变成一堆灰,但是她琢磨着去哪里再找一份新的。她说:"威殴帮相当强悍。除非你是个杀人犯,否则不能加入他们。他们甚至还印了价格表——你知道,就像是菜单,上面标明捅伤一个人,或者用枪打他的腿,或者杀了他的价格。"

"呕。"考特妮说。

"你听说的全是艾尔·卡彭①和达基·舒尔茨②,对吗?"

考特妮赞同道:"哦呵。"

"但是他们根本比不上威殴帮。丹尼·德里斯科尔是他们的头目。他有一个很牛的传说。他爱上了一个女孩,名叫比兹·盖里提——这难道不是个很棒的名字吗?我也想叫比兹。"

"比兹。"

"有个敌对帮派的人,好像叫约翰尼什么的,也爱上了她。丹尼和他就在这条路的一家舞厅里决斗。他们拔出枪然后互相射击。"鲁伊用手指比画打了几枪,"砰,砰!猜猜谁中枪了?"

"比兹。"

鲁伊很惊奇。"你猜对了。"然后她皱起眉毛。"我觉得丹尼非常失望,但是事情变得更糟,他们因为他杀了女朋友把他绞死了。就在那里,"鲁伊指向那边,"那里有坟墓。老的刑事法院大楼。他就在那里被绞死。"

现在她有大把的时间来制作关于旧式帮派的纪录片。她希望她一

---

① 艾尔·卡彭 (Al Capone, 1899—1947),绰号"疤面",美国知名罪犯和黑帮老大。
② 原名亚瑟·弗莱格海默,犹太血统德国人,纽约黑帮首领,活跃于二十世纪二十到三十年代。

开始做的就是这个报道。他们不会对她说谎。不，斯洛普斯·康奈利[①]决不会背叛她。他们是马屁精和渣滓，但是，她猜，暴徒也有尊严。

"跟上，宝贝儿，"鲁伊说，往马布里大街方向走，"我要带你看看英吉利·查理挑起的战斗，那是威殴帮曾经参加过的最后一次大规模火并。你想看吗？"

"哦，好吧。"

鲁伊突然停下来，弯下腰，拥抱小女孩。考特妮也拥抱她，用了鲁伊恰巧需要的力量。小女孩挣脱开跑向前面的转角。一个穿商务套装的女人弯下身子对考特妮说："你真是个可爱的宝宝。"鲁伊走到近前，那个女人站直说："她是你的孩子？"

当鲁伊准备说她只是照顾她时，考特妮说："哦，这是我妈妈。"

兰迪·包格斯大声笑着。他坐在往返亚特兰大的灰狗大巴车上，旁边座位上坐着的那个男人看了他一眼，什么都没说。他是个常出门在外的人，可能懂得不要与自顾自大笑的人交谈。尤其在公共汽车上，在北佐治亚州。

使包格斯大笑不止的是当他们走出餐馆后琳达那张惊奇的脸。他给了她五十美元，让她回家，并且不要再回到这个餐馆里，即使汤姆·克鲁斯本人在那儿并请她去百慕大也不行。"哦，"她疑惑地说，"为什么？"

"因为——"包格斯这样回答，并且亲亲她的额头。

"你的意思是你不想？"她冲房间点点头。

[①] 威殴帮最著名的成员之一。

"我很想,特别是和你这样漂亮的女人,但是我要走了。"

他收拾好他的袋子,她开车送他到夏洛特村的公共汽车站,那里不是很近,但是也不至于远到五十元不够付车费。他感谢了她,小跑着去车站等待最终载他去亚特兰大的大巴车。

让他警觉的是关于男子监狱的那番话——位于圣路易斯·奥比斯波的加利福尼亚州男子监狱。

看起来相当奇怪,杰克·内斯特——知道包格斯进去了,并且很清楚地了解包格斯为什么会进去——以前却从未提起他也进过牢房。这对他来说应当是很平常的一件事——告诉包格斯监狱里是什么情况。也许还要吹嘘一番。有前科的人总是那样做。

但是更奇怪的是,内斯特曾经在同一地点,在同一时间,和胡安·艾斯西皮奥一起服刑。

好吧,这可能是个巧合。可是如果内斯特想让包格斯在哈里森监狱里发生点儿事情,艾斯西皮奥可以是制造意外的最佳人选。

这个意外害死了塞文·华盛顿,并且差点儿害死了包格斯。

一连串奇怪的事情正在发生。奥比斯波的事情。还有目击证人,伯奈特·弗罗斯特,已经死了。然后是鲁伊报道的录像带丢失了。

在他懒洋洋的笑容和懒散的动作之下,兰迪·包格斯正在狂骂。他对得起内斯特,在审判和服刑期间他他妈的没说过一个字。包格斯是一个有担当的汉子。可是看看发生了什么?背叛。

大巴车快速转了个弯,他感觉不再那么愤怒了。它不像轿车那样好,但是它仍然会奔驰——奔驰着带他离开哈里森监狱,奔向一大堆钱。

他又笑了,对旁边的那个男人说:"我爱大巴车,你呢?"

"还行吧,我想。"

"真他妈的行。"包格斯说。

哇,一场大火。

杰克·内斯特背对克里斯托弗大街,看着船屋烧成炭的残迹。他倚着快速路旁边的一幢砖砌大楼,想知道这是怎么回事。他思考了一阵。好吧,如果她在里面,仍然被绑着,大火发生后她肯定死了,而且,妈的,他就可以走了。可是也有很大可能有人看见着火,并在她被烤焦之前救她出来。

也许她搬走了,某个浑蛋只是在这里放火。

很多问题,没有答案。

包格斯那个贱货跑了。现在那个女孩也跑了。

妈的。杰克·内斯特点燃一支烟,靠在砖墙上,思考下一步该干什么。

答案是,他决定等待。

前一个晚上他没睡好。又是那些画面,总是那些画面。它们让他清醒,他躺在床上,想着现在他要杀掉兰迪·包格斯,他需要找个理由让自己憎恨他。没多少理由。他不是黑鬼,不是鸡奸犯,也不是拉美人。他没有侮辱你。他没有骚扰你的女人。

内斯特的手放在肚子上,使劲揉那道光滑的伤疤。幻想中的搔痒爬上他肚子的某个地方。然后他决定包格斯的罪恶在于他是个废物,大大的废物。内斯特笑了。现在有足够的理由把那坨屎找出来宰掉。

好。就这么办。

这是个温和的四月夜晚,天空被这种你不知道从哪儿来的怪异的光线照亮。或许是所有那些路灯。汽车和出租车的灯、办公大楼和商店的灯……这让他想起这个城市所有的大楼，当然包括餐馆；这让他想起他很饿。

就在他准备去买个汉堡吃的时候，那个女孩出现了！她正由码头缓慢走向船屋，看着闷烧着的废墟。她还穿着她那些奇怪的衣服——黑色迷你裙、靴子、两件T恤，一件亮红色，另一件是黄色。她肩膀上挎着一个大包，但是她很善解人意地把它放下，双手叉腰站在那里，看着船屋。她走上前查看堤坝上一些还在燃烧的垃圾，随意地踢开。她走向黄色的禁止穿行隔离带，手扶着它站在那儿，目光冲下，仿佛在祈祷。

内斯特从他的夹克里掏出枪，向四周张望。汽车来来往往，还有些人在河边溜达，但是他附近没有人。太阳下山的速度很快，巨大的一团橘黄色火焰在他面前直接下沉。他可以看出来它在消失，一英寸一英寸地沉入船屋黑炭骨架后面的巴利塞德斯区。

内斯特瞄准。他两只眼睛都睁着，一眨不眨。这是从七十五码外射击，他希望能有枪托之类的就好了，但是他没有，所以他紧紧地靠在砖墙上做支撑，弯曲手臂，把手枪放在肱二头肌和前臂形成的V字形夹角里。他对准三点呈一线，并把准星向上抬了一毫米，以补偿较远的距离。没有风。

他屏住呼吸。

完全的安静。

然后，太阳最后一缕光线滑入地平线。

一辆车按着喇叭飞速经过。

那个女孩转过身。

杰克·内斯特快速开了两枪，尖厉的声音响彻水面，荡起简短的回声后消失了。

他先瞄准她的背部，然后是她的头。两发子弹都击中了她。第一发打在她肩膀高一点的位置，第二发在她旋转倒地的时候击中了她。他看见血喷出来，就像烟雾，溅在她的面颊上。

她跌倒在地，如同断了线的木偶。

内斯特快速走回车里。在路上他改变了心意。一个汉堡不再能满足他。他决定去要一份他在这个该死的城市里所能找到的最大的牛排。

第二十九章

起先,兰迪·包格斯认为他被银行骗了。

他从来都没有与金融机构保持良好关系。虽然他从来没有抢劫过别人,但是几家佐治亚和佛罗里达的储蓄与信贷机构(他们的名字中间都带有"信托"二字)收走了他们家的房子,在他父亲没有偿还几笔抵押贷款之后。

因此他首先就存有怀疑。

现在,窗口后面那个漂亮女孩递给他十一小沓现金,每沓是那么薄,看起来像是孩子玩的积木。所以他惊慌地想,他们把大部分的钱收走作为手续费或别的什么了吗?

她看着他的表情问:"有什么事情不对吗?"

"这就是十一万元?"

"是的,先生。它们看上去少,是因为它们都是新票子。我数过一遍,并且我们那边的机器数过两遍——你想让我再数一遍吗?"

"不用了,夫人。"他注视着钞票上的本杰明·富兰克林头像,它带着奇怪的笑容也注视着他,好像他与手中握着财富的其他人一样自然。十一万元和一些零头——特别要感谢杰克·内斯特提到过的投资。

"我还以为十万会是挺大的一堆。"

"你要是换成五分和十分的硬币,那会是相当可观的数量。"

"是的,夫人。"

"你需要随从吗?比如护卫什么的?"

"不用,夫人。"

包格斯把钱装在他的纸袋子里离开,然后在亚特兰大的市中心逛了一个小时。看见这里的变化,他很惊讶。到处都很干净,风景也很好。看到一片树木里的"桃树"他开心地笑了——因为他记得他爸爸说很多人提到桃树时认为它就是结桃子的树,但实际上这个名字来自于"漆黑树",像是沥青。他经过布勒瓦大街时又笑了。

这是一座你可以像那样大笑,而没有人会认为你精神不正常的城市——只要你最终笑完了并且继续干你的事情就好。包格斯走进一家箱包商店,买了一个昂贵的黑尼龙背包,因为他一直想要一个那种可以在走长路时背负的包。他把钱和换下的衬衫塞到包里,这让他想起该买件新衣服。

他经过一家精美的男装商店,可是被怪异的无头塑料模特吓着了。他直直向前走,直到找到一家老式商店,那里卖的衣服料子大多是聚酯纤维布,颜色大多是棕色和卡其色。他买了一件浅棕色普通西装和一件黄色衬衫,两双黑红相间菱形格子的袜子和一条条纹领带。他觉得这可能在某些场合太正式,所以他还买了两条双面针织布的棕色便裤和两件蓝色短袖运动衫。他本打算把新衣服换上,然后让店员把他的牛仔裤和工装衬衫打包。可是他们会认为很奇怪,并且他们有可能会记住他。

这样也许根本不会有麻烦。即使他们记得他又怎么样？他在这里没有干过任何违法的事情。即使他们认为他奇怪又能怎么样？如果他是个富有的巴克黑德区的生意人，突发奇想决定买些衣服穿回家，没有人会多想。

可是他不是个生意人。他是个服过刑的犯人，还不许离开纽约。所以他很快付完钱离开了。

他走进一家凯悦酒店，不紧不慢地经过喷泉。包格斯一直很喜欢酒店。它们是历险的地方，在那里什么都不是长久的，如果你不满意可以随时离开到别处去。他喜欢会议室，在那里每天都有新的一群人，学习业务或者新的技能，比如房地产投资，或是如何成为开粉红别克的玫琳凯女性销售员。

住在酒店里的每个客人都在旅行。

旅行的人，兰迪·包格斯知道，是快乐的。

他走进一处宴会厅似的房间里的卫生间，在这个一尘不染的小隔间里换上他的西装。随后他意识到自己还穿着那双破旧的便鞋，上面有一条一九四三年钢镚大小的裂缝。下午他要去买几双新鞋，很精美的那种。也许是鳄鱼皮或是蛇皮的。他看见镜子里的自己，认为自己需要多一点颜色；他太苍白了。他也不喜欢他的发型——当今已经很少有人像他那样留着油亮的大背头。他们的发型更蓬松干爽。所以，吃过午饭后还要理个发。

他走出卫生间来到咖啡店。他一坐下来，什么都没说，服务生就给他上了一杯凉茶。他已经忘记了这是南方的习惯。他点了出狱以后的第二份牛排——这家有麦格黑啤酒佐餐的店比第一家强太多了。包格斯认识到，这才是他第一顿真正的自由之餐。

下午三点钟,他买了新鞋,理了新发型,考虑坐亚特兰大都市快运局的火车前往机场。但是他实在太喜欢这家酒店了,所以他决定在这里住一晚上。

他登记入住,要了一间低层的房间。

"好的,先生。没问题,先生。"

他体验了房间和床。墙与墙之间的距离很近,他对此很满意。他这时才明白,他对亚特兰大的广阔感到很不舒服。在高楼之间高深幽暗的峡谷中,纽约的街道让他感觉到更加不容易受到伤害。在亚特兰大,他觉得自己暴露在外。在黑暗的房间里,他打了个盹,然后出去吃晚饭。他看见一家机票销售点,走了进去。

他走到联合航空柜台前,问那个可爱的机票代办员什么票好。

"好?"

"可以去的好地方。"

"哦——"

"这个国家以外。"

"巴黎会很美丽。四月份的巴黎,你明白。"

兰迪·包格斯摇摇头。"不会说那里的话,可能会有问题。"

"有兴趣去度假吗?我们有度假服务。有很多很棒的路线。"

"实际上我想出去走走。"他看见一张海报——银色的沙滩,优美的蓝色海水冲刷着它,"加勒比海怎么样?"

"我爱那里。去年我去过圣马丁。我和好几个女性朋友在那里过得很开心。"

啊,那个沙滩看起来相当好。他喜欢这个主意。但是随后他皱起眉头。"你知道,我的护照过期了。你是不是需要护照才能到那些地方去?"

"有些国家需要。有些地方只需要你出示出生证明。"

"我怎么知道是哪些国家?"

"或许你可以买一本旅游指南。沿着路往上走有一家书店。在那个拐弯向右走,就在那儿。"

"这也是个办法。"

"你可以考虑一下夏威夷。那里的海滩就像岛屿上的一样好。"

"夏威夷。"包格斯点点头。那是个好想法。他只要买张票去那儿,而且在海滩上想坐多久就多久。

"帮我看看那些票多少钱,可以吗?"

当她把信息输入电脑的时候,他犹豫了一下,然后很快问道:"你有没有兴趣和我一起吃个晚饭?"

她脸红了,翻阅着她的电脑终端。突然他想收回他的话。他越过了某种界限,某种外面的人——住凯悦酒店买飞机票的人——本能地知道不要触碰的界限。

她害羞地抬起头。"问题是,我好像有男朋友了。"

"当然,好吧。"他的脸就像八月份学校男孩的后背一样红,"我很抱歉。"

她看上去接受了他的道歉。然后她笑了。"嗨,没关系。被问过出不出去吃饭又不会死人。"当她回头再看她的屏幕时,兰迪·包格斯想,这是在外面真实的世界……将要花一点时间适应。

萨姆·希利坐在他的沙发上,望着他的草坪。当他挂上那个带来噩耗的电话之后告诉自己要站起来,但是他的双腿没有回应。他就待在那儿,看着考特妮正在玩一堆积木。他深深吸了一口气。当希利还是孩子的时候，积木是用刷漆的硬木做的，而且它们都放在一个沉重的瓦楞纸板箱子里。小女孩正在盖城堡用的这些积木是用泡沫塑料做的。它们都装在一个透明的大塑料罐子里。

城堡。鲁伊的孩子还能造什么？

魔法城堡。

萨姆·希利凝视着彩色的广场、圆形平台和圆柱，不再想着儿时的玩具，转而思考关于人类施暴的能力。

一般人会认为，面临诸如枪击之类的事情时，拆弹小队的探员会有相当坚强的神经。天啊，特别是在纽约警察局，这个一年要处理将近两千个杀人犯的警队里。但是，希利会很快告诉他们，不是这样的。关于炸弹的重点在于：你处理的是机械装置，而不是人。大部分时间这个工作是维持安全的程序，或者邮件炸弹调查。并且当你接到电话的时候，受害者已经死了很久，其他人也已经通知了他们的亲戚。

但是他现在不在岗，不再能避免去做他不得不做的事。

他站起来，听到他的臂膀发出咔嚓一声——一个很熟悉的声响，提醒他几年前与一个黑火药雷管有过的一次小小的亲密接触。他停下来，又看了看小女孩，走向电视机。有个年老的西方人正在表演。糟糕的色彩，糟糕的表演。他关上电视机。

"嘿，那个人正要拔枪对付三个坏蛋。萨姆，你是个警察，你应该看看这个东西。这就像对你的继续教育。"

他坐回到破旧的绿色沙发里，抓住鲁伊的手。

她说："哦，哦。这是干什么？老婆要回来住的预告？我可以理解的，萨姆。"

他目光转身客厅，看看考特妮在干什么。看见她正在满意地玩之后，他移开目光，说："我接到了第六辖区警察局行动协调官的电话。

好像在你的船停靠的堤坝那里发生了一起枪击案。"

"枪击案？"

"一个和你差不多年纪的女人。中了两枪。她的名字叫克莱尔·威斯曼。"

"克莱尔回来了？"鲁伊悄悄地问，"噢，我的天哪，不！她死了吗？"鲁伊的眼睛看着考特妮。

"情况很严重。在圣文森特医院。"

"噢，天哪。"鲁伊轻轻地哭起来。然后，她的声音渐渐变小，她说："有人认为那是我，是吗？"

"没有嫌疑人。"

她说："你知道是谁干的，对吗？"

"包格斯和另一个人，那个胖子。杰克。"

"一定是他们。他们回来要杀我。"她的眼睛红红的，眼神悲伤。"我——"她的手捂住嘴，"我从来没想过克莱尔还会回来。"鲁伊的目光落在考特妮身上。

希利抱住她，然后说："我会给探员们打电话，说一下包格斯和杰克的事。对于枪击案他们会展开全城搜查。"

"求求你，"她小声道，"求求你，求求你……"

"克莱尔的妈妈正在路上。她从波士顿坐飞机来。"

"我想见见她。"

"好了，我会开车送你去。"

"我感到非常难过。"鲁伊说。

这个女人应该有五十出头。她不知道如何回应这样的悲痛，然后做了她可能想到的唯一的一件事——抱住鲁伊的肩膀,然后告诉她说她们都要勇敢。

克莱尔的妈妈很胖,穿着一件长长的蓝色缎子衣服。她的头发一缕黑一缕白,这样看上去有些凌乱,即使发型梳得很服帖。鲁伊以为她手里攥着的是一束捏碎了的花,结果却是一条薄薄的白色手帕。鲁伊的奶奶会管这个叫作手巾。

鲁伊看着床。她几乎看不见克莱尔。灯光很昏暗,好像医生害怕太亮的灯光会让她的生命得到逃走的机会。鲁伊身体前倾。克莱尔的左边肩膀和胳膊在一个巨大的架子里,左边的脸缠着厚厚的绷带。她的鼻子里插着管子,还有几根管子从盖在她脖子上的纱布中延伸出来,插在地板上放着的罐子里。她头上的监视器显示着警示信息,有心跳、脉搏、呼吸和别的什么。那些线都不稳定。鲁伊希望监视器能转到另一边去。

威斯曼夫人一直注视着她的女儿,心情悲痛。"考特妮在哪儿?克莱尔说她和你在一起。"

"我把她留给外面的护士了。我不认为让她看到克莱尔现在的样子是个好主意。"

两个人又陷入沉默。她们没有相同之处,除了悲痛。

几分钟后,鲁伊说:"你有住的地方吗?"

这个女人没有听她说话。她凝视着克莱尔,过了一会儿问道:"你有孩子吗?"

"除了考特妮,没有。"

听到这个回答,威斯曼夫人扭脸看向鲁伊。"你跟她说过吗?跟考特妮,我的意思是。关于现在发生的事情。"

"我说她的妈妈生病了,而且她将要见到她的外婆。她还好。但是她应该尽快睡一会儿。"

威斯曼夫人说："我会带她和我一起生活。"

鲁伊犹豫了一下。"当然。"

"她的东西都带了吗？"

衣服都是我买的。玩具是我给她的。鲁伊说："克莱尔没给她留下什么东西。"

威斯曼夫人没有回答。

鲁伊说："我还有点儿事情要做。如果她醒了你可以给我打电话吗？"她从包里翻出一张餐厅发票，把萨姆·希利的名字、地址和电话号码写在背面。"我在这里暂住。"

她点点头，鲁伊想知道她听没听见。

"谁会干这种事？"威斯曼夫人问空气，"一个抢劫的？克莱尔看起来不像那种有很多钱的女孩啊？你认为这像不像传闻里在加利福尼亚发生的那种事？你知道，他们在高速路上对人开枪，只是为了取乐？"她摇摇头，好像这个答案没什么作用。

"我不知道。"鲁伊说。她妈妈很快就会知道发生了什么事情，现在不用长篇大论地跟她解释。

但是有些事情鲁伊想补充。她极其想转身面对这个可怜的女人，说出她此刻的想法。她不再关心那个报道，她不再关心兰斯·霍珀的谋杀。她只在乎一件事，只有一件：找到那两个人——兰迪·包格斯和他的胖子朋友，杰克。

她会设法进入广播电视集团公司——布拉福德会帮助她——把她的录像带和笔记偷出来，拿到所有的详细记录，关于兰迪过去十年住在哪儿，他喜欢去哪儿，他将来想干什么事。那些材料里可能透露他现在会前往哪里的线索。她要找出他和杰克，并且保证他们都会去哈里森监狱。

但是，当她想到克莱尔可能会死，而且她妈妈会把考特妮带回波士顿，她想她完全可以不把他们交给警察。

她会亲自把他们宰了。

第三十章

布拉福德·辛普森心神不定。

"有传言说派珀想把你大卸八块。四块都不行。"

"你看,我只是需要进入新闻演播室。"

"如果我是你,我都不会跟派珀·苏顿待在同一个城市,"这位年轻的预备学校毕业生说,"同一幢楼更是极其、极其糟糕的想法。极其糟糕。"

他们在凯利餐厅,哥伦布大道南头的一家酒吧,位于离集团公司不远处的一个街角。这个简陋的地方一直没有确定自己的装修风格,不知到底是要为交易内幕消息的雅皮士们还是讨论政治的爱尔兰共和军同情者们建成大本营。

鲁伊为布拉福德又买了一份马提尼,这种酒是记者专属的。她算计着,这杯酒要让他同意帮忙。她又一次请求他带自己进入集团公司,而且附带着真心真意的"求求你"。

"目的是什么?告诉我你的目的。"

"我不能说。这真的、真的很重要。"

"给我一个提示。"他很专业地伸出橄榄枝。康涅狄格州的人善于喝马提尼。

"你知道,那可能不是你应该问的问题。我不认为你真的想知道。"

"你的回答很诚实。我不喜欢,但是这是一个真诚的答复。"

"可能发生的最坏的情况是什么?"她问。

"我被解雇,被捕并且被送到里克岛的监狱里。"

"如果有人问我,我会告诉他们我是偷偷进去的。我保证。我不会让你的工作面临风险。我知道这对你来说有什么意义。求你了,帮帮我,就这一次。"

"你很会说服人。"他说。

"我甚至还没有开始呢。"

他看看手表。"我要怎么做?"

"没什么要紧的事。"

"在你溜进去的时候我只是去转移警卫的注意力?"

"不用,比那样要简单得多。你要做的事情是解除楼下火警通道大门的警铃,把门打开然后让我进去。小事一桩。"

"噢,天哪。"这个小伙子看上去被这个任务吓住了。他把最后一口马提尼倒进嘴里。

"你还可以这样看待这件事,"鲁伊说,"如果你真的被送进里克岛,你可以对监狱生活来一次大曝光。多好的机会。"

事情没完全按照她的计划发展。

她进去没问题,感谢布拉福德。她甚至悄无声息地来到了她以前的办公桌。

问题是有人已经给了她一击。

一切有关包格斯的东西都不见了。

鲁伊翻遍了每一个抽屉、书柜的每一个隔挡、桌子下面揉成一团的兰姆斯顿商场和梅西百货的纸袋子。但是关于兰迪·包格斯,什么都没剩下。所有的档案、背景录影带、笔记——全都不见了。

谁干的?她想知道。

鲁伊坐在办公桌前,直到六点钟,第一档集团公司的新闻直播节目开始了。所有人的注意力都集中在演播室那边,没有人注意到鲁伊走向一个灯光师。他是个穿着牛仔白色条纹衬衫的胖子,戴着一顶大联盟棒球帽。他正在小口啜着纸杯子里的咖啡,观看那个迷人的亚裔女主播播报有关市长新闻发布会的报道。

"嘿,鲁伊,"他说,然后回头继续看监视器,"欢迎回来。"

"丹尼,我需要帮助。"她说。

"帮助?"他问。

"每天你都在现场,对吗?"

"是啊。加班工作,为了买条船。"

"最近有人翻过我的桌子。也许你会看见那是谁?"

他喝了一口咖啡,避开她的目光。"我那天没当班。"

"丹尼。"

"我以为你被解雇了。"

"我已经被解雇了。但是我需要你的帮助,求你了。"

他注视着新闻主播,她的短发在灯光下闪闪发亮,就像黑蓝色的珠宝。他叹气道:"我看见了。"

"是谁?"

"噢,伙计……"

兰迪·包格斯好多年没坐过飞机了,但是他很惊讶地发现它们没有多大变化。看上去这里有了更多的男性空乘,而且饭比以前好吃(虽然可能仅仅是因为他在过去的三十三个月又十五天里一直用金属托盘吃饭)。

他记得卖给他这张机票的联合航空的职员说过,被邀请出去又不会死人,所以他在飞机上坚持那种态度,积极尝试与空姐调笑。

他不停地打瞌睡,做了一个他记不起来的梦,然后天气变差,并且安全带指示灯亮了。他不怎么在乎飞行,但是他讨厌坐飞机。问题只有一个:这里干燥、封闭的空气让他很困扰。但是他们还欺骗你。你明明以每小时五百英里的速度移动,可是航空公司尽力糊弄你,让你以为自己在餐馆或者电影院。兰迪·包格斯希望飞机有观景窗户。啊,看着云朵掠过,就像州际公路旁的树木。

他还想着他的十一万美元,他的储蓄。他爸爸把这叫作"赌金"(兰迪过去一直以为这老汉说的是"牛排")[①]。现在他有了本钱,他准备用本钱做点儿事情。真正明智的事情。

包格斯琢磨着他是不是应该在夏威夷投资一家服装店。他真的很喜欢走进亚特兰大那个地方。他喜欢那个味道——他估计那是须后水的味道——而且他喜欢挂在镀铬衣架上一排排整齐的衣服。他喜欢在那里工作的男人双臂撑在闪亮的柜台上那种范儿。如果生意萧条,你

[①] 赌金(stake)和牛排(steak)发音相似。

可以到气候永远温暖的户外闲逛,并且当你行走在人行道旁的棕榈树下时,还可以点一支烟。他琢磨着在夏威夷开一家服装店要多少钱。

买一个商店。那会是种让他感到骄傲的投资。不像其他那些痴呆的想法,比如龙虾农场以及卖神奇水过滤器、免付定金的房产和电脑绘画,以及他以前干过的所有生意。

不过,也许除了开店,他应该把钱投资到股票市场。他感觉有些兴奋,想象着他要去工作,穿着他的浅色西装和鳄鱼皮便鞋,乘着上升的电梯来到华尔街顶楼的办公室。

飞行员宣布他们将很快着陆,他又看向窗户外边。

听到他爸爸的话:

你要听我说,年轻人,你在听吗?如果你没有听,我就会剥你的皮。到这儿来,儿子,到这里来。你要记住这些事:不要为任何人工作。不要收抵押的房子。要拿现金报酬,而不是空头……

虽然他父亲真正的建议可以总结得非常简单,那就是:不要像我一样。

正在此时,飞机一个急转,发动机速度放慢到低声轰鸣。兰迪·包格斯关掉头顶的阅读灯,将脸贴在窗户上,看着外面的夜色。在远处他相信他看见了海岸线,他相信他看见了水。他绝对看见了跑道升起到他跟前,好像这块土地就是一位爱人,正奔过来欢迎他,并迎接他开始新生活。

破门而入仅仅需要五分钟。

集团公司的人事部门空荡荡的。鲁伊用一把开信刀和消防水管的水嘴砸开了两个档案柜的锁。在里面，她发现了她一直在找的大量资料，简单翻了翻，然后夹在胳膊底下迅速离开。

在沿着街往上走的一家二十四小时咖啡店，她点了外卖食品：一份希腊沙拉——特制鳀鱼——和一大杯苹果汁。（这让她想起考特妮，并让她感觉很孤独。她把苹果汁去掉，换成咖啡——无论怎样咖啡因都是个更好的主意。）她坐在吧台前，打开偷来的档案开始阅读。等到她把沙拉吃到一半的时候，她没心思再吃了。但是她喝完了所有的咖啡。然后她抬起头，眯着眼睛，走到电话前，从接线员那里查到了李·梅塞尔的电话号码。等她按完电话号码，她才注意到已经是半夜了。

她在想着能不能把他叫醒。

她做到了。

制作人的声音含糊不清。"喂，喂？"

"李，我是鲁伊。我必须和你谈谈。非常紧急。"

"紧急？你是什么意思？现在几点了？"

"我必须和你谈谈。"

"你还好吧？"

"我一切都好。我发现了一些兰斯·霍珀被杀案的事情。那不是场意外。兰迪和杰克受人雇佣来杀他。"

"你在说什么？"声音现在变得严肃，他正在思考。他是一位刺探内幕的记者。

"这是一次业务上的打击。"

"可是谁想要兰斯死呢？"

"是——"现在鲁伊的声音也有些含糊不清，并且这原因与疲惫没有什么关系。她低声重复道："是派珀。"

第三十一章

"什么?"梅塞尔清清他的喉咙。鲁伊听到窸窸窣窣的声音。她脑海中浮现出制作人坐起来,把脚放在地板上,摸索着找拖鞋的情景。

"派珀雇用他们杀了兰斯·霍珀。"

同样,一段沉默。他在等待。她听到他又清清喉咙,然后咳嗽一声。"这不是开玩笑。"

"这是真的,李。"

"够了,鲁伊,为什么她想要他死?"

"有人从我的办公桌里拿走了所有兰迪·包格斯的档案和录影带。所有东西都不见了。"

"是谁?"

"演播室的器材主管丹尼·特纳告诉我说,是派珀。"

梅塞尔没有回答。

鲁伊说:"还记得吗?她开始并不想做这个报道,她企图让我停下。她准备把我送到伦敦去。除掉我。"

梅塞尔突然说:"我正在问你的是为什么她想要兰斯·霍珀死。"

"因为他准备解雇她。我查阅了她的人事档案——"

"你干了什么?怎么办到的?"

"我只是……总之,你知道我发现了什么?霍珀在他死前一年企图解雇她。派珀存档了两份对他的投诉,是向公平就业机会委员会提交的。他们两个都放弃了,但还是有很多备忘录留下——关于这场大规模斗争。"

"鲁伊,人们不会因为工作的原因杀害别人。"

"也许不是常见的情况——可是你知道派珀和她的脾气。你告诉我她的工作就是她全部的生活。而且她能挣多少?一年一百万?那可以构成足够的理由去杀一个人。"

"可是她怎样找来职业的杀手?这也只是——"

"她做过什么工作?"她继续说道,"在非洲,在尼加拉瓜,在中东。她可能遇到过一些雇佣军。那个胖子——杰克——他看起来就像个军人。而且他可能雇用了兰迪来协助他。"

梅塞尔思考着这些,比刚才少了一些怀疑。他说:"继续。"

鲁伊觉得自己像个魔术师。一次把这个故事全都说清是一件很不容易的事。"当弗罗斯特,那个新证人,死亡的时候,那根本不是一场意外。派珀知道他的名字。她在我的报道里见过。她派那个胖子杀了他。然后发生了什么?所有的录影带都不见了。而且她知道我把弗罗斯特录影带的副本放在哪儿。她还知道怎样进入电脑把母带偷走。"

她感觉到了电话那一端的沉默——那是他在集中注意力,反复衡量她的话,处理震惊的情绪。但或许也是记者第一个嗅到了一则热点新闻的线索时一定会感觉到的兴奋。当他开始说话时,几乎是自言自语。"而且她在即兴播音的时候显得相当平静。"

鲁伊说："就像她早就知道她将不得不那样做。"

一段长时间的沉默。"我们正在玩的是一个原子弹，鲁伊。你找到了很多疑点，但现在手上没有直接证据把她和谋杀联系起来。"

"我知道一定是她干的，李。"

"就像你一定知道包格斯是无罪的？"

她一句话都说不出来。制作人继续说道："就让我问你一件事。你很痛苦，因为派珀解雇了你，而且毁了你的报道。如果那些事情没有发生过，如果你是一个客观的记者，你还会不会跟派珀对着干？"

"是的，我会。也许没有目击证人，但是有足够的旁证。"

梅塞尔沉默了一会儿。"我要打电话给丹·森普尔。我要……"他的声音沉了下去，"森普尔……"

鲁伊问道："你在想什么，李？"她记得自己和派珀在那个法国餐厅吃完饭之后，森普尔开着他的大型豪华轿车把派珀接走。"哦，不，你认为他也参与了这事？"

"他们还保持性关系，你知道的。派珀和他。就在霍珀被杀的那段时间。"

鲁伊说："霍珀被杀后，森普尔接手了他的工作……我们该怎么办，李？"

梅塞尔说："好，别挂电话。我准备打几个电话。"她听见他在用手机和吉姆·奥斯提斯通电话，并告诉他鲁伊的怀疑。随后他又打电话给蒂莫西·克鲁格，主管与鲁伊解除雇佣关系的集团公司的那位律师。然后她听到梅塞尔和克鲁格开了个电话会议，而且明显有警察参与。她推测他们全都准备半个小时后在集团公司碰头——在E号演播室。那是一个老旧、没有人用的地方，就在大楼的地下室里，在那里他们可以私下聚会。

梅塞尔挂掉手机,回来接另一个电话。"鲁伊,你还在吗?"

"我在。"

"我跟吉姆和我们的法律事务部门说了。"

"我听见了。"

梅塞尔确认了他们将在E号演播室约见两个管谋杀的警探。

"我也会去。"鲁伊说。

"保持低调,直到警察去了再说。我们不想让派珀看见你。"

"当然。"

"天哪,这可真糟糕。"他嘟哝着。但是那是他唯一表现出来的情绪。瞬间他又成了爱德华·穆罗①。他对她说:"你干得好,鲁伊。不管这件事的结果是什么,你都干得好。半个小时以后见。"

这是她生命中最长的几十分钟。

时间已经很晚了,但是电视台从来不睡觉。而且她害怕如果她在梅塞尔或克鲁格或警察之前走进E号演播室,警卫可能会看见她,然后会报告派珀或者丹·森普尔。

所以她坐在希腊餐馆的隔间里,脚尖拍打着地板革,感觉到背叛的刺痛。

也感觉到恐惧。回忆起她单独与苏顿相处的时光,近在咫尺,一个内心与她那记者的眼神一样冰冷的杀手。

十五分钟后,鲁伊再也等不下去了。她离开餐馆,掉头前往集团

---

① 爱德华·穆罗(Edward R.Murrow, 1908—1965),美国广播新闻界的一代宗师,新闻广播史上的著名人物,CBS的著名播音员。

公司大楼。她偷偷潜入布拉福德放她进来的那扇门,然后沿着走廊穿过演播室稍微有点儿热闹的部分。

旁边有声音。鲁伊僵在那儿。

但是最后看见只有布拉福德一个人。

"你还好吗?"他问,注意到她纠结的脸。

她四下张望。"只是你和我,好吗?"

"最高机密。"他小声道。

"派珀·苏顿杀了兰斯·霍珀。"

"你是认真的吗?"年轻人说。

"你最好相信我,"她回答,"他准备解雇她。她发现了这件事,然后雇用了包格斯和他的朋友杀害了他。"

"我的天啊!"

"我正准备去楼下的 E 号演播室与李会面。"然后她绽露出笑容,"等她进了监狱,我就准备和李说说,让我来给公司做这个报道。"

"你?"

"当然。不行吗?"

布拉福德明显无法想到任何不行的理由,只是点点头。他最后说:"伙计,你已经确定要从氨水卡车翻车事件中毕业了。我说,你和他会完面,咱们去喝杯啤酒怎么样?"

"喝香槟如何?"鲁伊说。

"那得由我来决定。"他说。

集团公司大楼就像一个兔子养殖场,或者说和大型高中一样巨大且结构复杂。

鲁伊在去 E 号演播室的途中迷路了好几次。它位于十几条阴暗走廊的尽头。至少她不用担心被人看见，此地是集团公司大楼完全废弃的部分。

她推门进去，冲李·梅塞尔挥挥手，他正坐在一把破烂的转椅上，表情阴郁地和一个背对鲁伊的人说着什么。这应该是吉姆·奥斯提斯或者那个律师，蒂姆·克鲁格。警察也不在这里。

"鲁伊，快进来。"梅塞尔说。他冲着她的手示意。"你在人事部门找到的文件都带来了吗？"

"就在这儿。"她说。

"很好。"梅塞尔走上前去，从她的手里接过文件。

鲁伊在桌子旁边坐下，转向另一个人，正想问警察什么时候来，她呆住了。

这个人是杰克，那个杀手。

他上下打量着她，说："你看吧，李，我早就跟你说过，那些女孩长得都很像。毫无疑问，我打中的人不对。"

第三十二章

　　这就像她连喝了三杯加冰的龙舌兰酒一样疯狂——脑子眩晕且旋转,身体很难受。

　　她努力想从椅子上跳起来,但是杰克摇摇头。"不,不,不要惹麻烦。"他向她露出腰间的手枪握把。

　　她放松身体。他是对的。这里没有地方可逃——即使她有力气越过梅塞尔,而她没有。梅塞尔关上门,斜倚在门板上。

　　她的脑子飞速地思考,试图确定那个推测。"是你?"她小声道。

　　梅塞尔叹了口气,并且点点头。

　　鲁伊说:"当我给你打电话的时候,你在家里只是假装打电话给奥斯提斯、克鲁格和警察,对吗?"

　　"没错,鲁伊。这里根本不会有警察。"

　　"你只是要把我引过来,以便杀了我。"

　　梅塞尔没有回答。

"你这个畜生！"鲁伊鄙视地对他说。

杰克巨大的肚皮外套着一件短袖条纹衬衫，穿着一条灰色宽松长裤，一双圆圆的棕色旧工作鞋。他看看她，然后拿起一杯咖啡，很响亮地喝着。

"对不起，鲁伊。我很抱歉。"梅塞尔对她微微一笑，但是他脸上失望和反感的表情盖过了笑容。他脸颊圆圆的，正缓缓地呼出一口气。鲁伊可以看出来他正在忍受煎熬。

很好，她想。

梅塞尔一口把他的饮品喝完。"我不知道该对你说什么。我努力在不伤害你的情况下阻止这一切事情的发生。"

杰克说："是啊，他是对的。我们试图在监狱里杀掉包格斯。那样本来可以解决——"

"你们努力……"鲁伊看着梅塞尔，他没有迎上她的目光。

"付钱给我在哈里森监狱里的一个伙计杀了包格斯。后来你把他捞出来以后我想试试自己干。可是那家伙就是死不了。"

"不是派珀？可是她做了所有她能做的事来阻止这个报道。"

"哦，当然，"梅塞尔说，"这个报道在她看来本来就不好，她不想让公平就业机会委员会的事情曝光。她痛恨必须去法庭为自己打官司。可她仅仅是不希望运作这个报道，并不意味着她要阻止它。"

"是你鼓励我把这个报道进行下去的。"

"一直有传言说霍珀的死不是兰迪·包格斯一个人杀了他么简单。我们需要你去找证据，证人。我们知道我们可以控制你。"

鲁伊对梅塞尔说："你为什么要这样做？"

"这又有什么关系？"

"这他妈的对我来说有关系！"她吼道。

"贝鲁特。"杰克说。

"闭嘴,内斯特!"梅塞尔吼道。

"那个发生平民被杀的报道?"

"正确。"

"她不需要知道。"梅塞尔嘟哝着。

"为什么不?"杰克说,"你干了,李,你就要承认。"他对鲁伊他说:"你知道几年前李的那个重大首家报道的新闻吗?他获得的重大奖项?"

她记得他的普利策奖。她点点头。

"哦,那全是假的。他编造了采访,他编造了当地群众的姓名。谁能搞懂那些缠头巾的家伙的名字?他说他们有机关枪、手榴弹和火箭筒。他抢在所有人之前曝料。"

"杰克……"梅塞尔恼怒地说。

但是杰克继续说下去。"唯一的问题是美国陆军相信了这个报道,当他们开进村子的时候,他们全都把子弹上了膛,准备对付蛮横的人。一些阿拉伯的小孩在附近打狗或是兔子或是别的什么,他们到那里,有人紧张得走火了,一队人都开了火。当硝烟散尽,那里只有几个死了的缠头巾的家伙以及我们自己人的尸体。全是友军炮火的功劳。全要感谢我们这位记者先生。"

"你编造了整个报道?"她问。

"这不是一件大事,"梅塞尔苦涩地说,"我是说,这本不应该是一件大事。我没想到有人会注意这事儿。你必须明白——搜集新闻的压力很大。有那么多空白的播出时间,而重大新闻又是那么少。该死的竞争总是掐着你的脖子。我只是加了点儿料,结果事情马上就失控了。我从来没想过它会有任何后果。"

"可是确实造成了后果，"杰克·内斯特说，残忍地笑着，"而且其中一个后果是兰斯·霍珀准备调查已经发生的事情。"

"所以你雇用了他。"鲁伊冲杰克点点头。

这个杀手说："雇佣兵和记者经常一起出入战争地带。他们之间没什么不同，真的，你想想。李和我在那里待过一段时间，寻找地下酒吧——并且闲逛。我离开那儿去了斯里兰卡，然后又回到加利福尼亚，在那里我干了些可笑的事情，以至于在奥比斯波监狱待了一段，惬意地消磨时间。我出来以后，李给我打电话，让我坐飞机来这个城市和他谈事儿。剩下的就是历史……"

梅塞尔看起来不怎么好。他脸色苍白，流着汗。在他花白的大胡子下，你能看见他嘴唇紧紧地抿在一起。她想知道什么事情最困扰他：因为违背记者行业道德被抓包，还是为了掩盖此事而杀了几个人。

鲁伊说："兰迪是怎么回事？"

"包格斯？"杰克不屑道，"那个废物？我们把他拉进来的。对于正事他一点儿都不知道。他谁也杀不了，他害怕被打。他在缅因丢了工作，并且打电话给我，想要在佛罗里达的渔船上找个工作。我让他在纽约和我碰面。我假装干了几次信用卡骗局。李和我计划做得看起来像是他干掉了霍珀，然后我丢下他，并把枪也留在那儿。不算干净利落，但是基本上有了嫌疑犯和受害者，警察会很高兴的。可是这个蠢货直接跑向了警车。哦，他不知道我们计划杀掉霍珀，所以他当了个讲义气的人，并没有把我咬出来。"

杰克继续说道："所有的事都进行得很顺利，但是后来我看到报纸上说你计划把他捞出来。所以我来到这个城市和梅塞尔讨论。我们试图让这个报道停下来，同时我让那个碰巧在哈里森监狱服刑的拉丁裔朋友把包格斯干掉，可是没干成。后来你把他弄出来，事情就变得大条了。他拿了他的钱以后就跑了。"

一阵情感的浪潮涌过她全身，就像发烧。所以兰迪是无罪的——即使跟这些人掺合在一起，他仍然是无罪的。她吞了一口唾沫。"求求你们让我走吧。我不会说出去的。我不在乎霍珀。让我走吧，求求你们！我会保守秘密。"

梅塞尔看着杰克，他正在以幽默、恼火的方式摇头说不。"不行，李。你不能相信她。"

梅塞尔说："鲁伊，鲁伊……"

她的牙关紧锁，她感到愤怒，火热和灼烧。啊，她多想对他说……但是这些话堵在她心里，即使她有力气而且冷静有条理地说出来，她知道他也无法理解。

杰克蠢蠢欲动。她明白，现在该他表演了。他看着李的意志变弱，知道该由专业人士接手了，在犯下错误之前。

梅塞尔说："杰克，我不认为——"

杰克抬手制止他的话，像一位耐心的中学老师。"没关系，李。我会了结这件事。"

鲁伊说："不，求你了，我保证不会说一个字。"她的目光落在梅塞尔身上。他张开嘴想说什么，然后眼睛看向别处，坐在椅子上。

杰克站起来。从他的口袋里掏出手枪。

"这是个隔音房间，对吗？"

梅塞尔目光避开鲁伊，点点头。

这个杀手四下张望，看见一大卷满是尘土的无缝纸——十英尺宽，作背景幕布用的。他拖着鲁伊走向那卷纸，然后猛地把她推倒在上面。他觉得那可以吸收血液。

随后他低头看着枪，把套筒一拉，稳稳瞄准她的脑袋。他犹豫了。

"你曾经见过那些画面吗?"他问,"在你脑袋里的画面。"

鲁伊哭着说:"你是什么意思?"

杰克摇摇头。"没关系。"他准备扣动扳机。

"不许动!"一个男人的声音喊道。

布拉福德·辛普森走进这个房间,手中的枪对准杰克·内斯特。"把枪放下!"他尖叫道。

杰克的目光反感地扫过他的肩膀,当他看见这个年轻人眼睛里的歇斯底里时,便把枪扔在了附近的桌子上。"你他妈的是谁?"

"布拉福德!"鲁伊说,向他那里跑去。

布拉福德的注意力现在都在梅塞尔这边;他对杰克没兴趣,杰克饶有兴致地看着这个年轻人。

"你这个畜生,"这个年轻人叫道,"你杀了他!就是你!"

梅塞尔看看手枪,离他的胸口只有一英尺。他什么都没说。

"你在这里干什么?"鲁伊问。

"我要杀了他。"布拉福德说。

"为什么?"

"因为兰斯·霍珀是我父亲。"

第三十三章

"父亲?"梅塞尔问道,眉头紧锁。

"我的母亲,"布拉福德说,用愤怒的眼神注视着这个记者,"二十二年前在我父亲当记者时的那家电视台里做秘书。我是兰斯·霍珀的私生子之一,街头小报很乐于传播这样的谣言。只是对我来说这不是谣言。四年前,我的妈妈告诉我谁是我真正的父亲。我来找他。

"起初他认为我想要钱或是什么。但是后来他意识到我只是想来见他,了解他。我们一起度过了一段日子。我喜欢他。他是一个真诚的好人。他有他的恶习和弱点——"布拉福德笑道,"我猜我也是那些恶习的产物之一。可是他是那种让我产生崇敬的人。我决定成为一名记者,并且转了专业。他要给我在这个集团公司找份工作,但是我说不,我想要靠自己的努力。我申请了实习资格并被接受,这给了我们一个理由可以在一起相处。我们的姓不同,所以没有人会知道我是谁。但是后来他被杀了……这几乎摧毁了我。我以为警察说得是真的,并且由它而去。可是几个星期前我正在收发室上班,检查所有的不知名来信时,发现了包格斯的信。我把它读了十几遍。我开始思考,我父亲的死也许比法庭审理中发现的事情包含更多的内情。"

"你就是把那封信放在我桌子上的人。"鲁伊说。

布拉福德笑了。"你是一个斗士,鲁伊。没有人会去想如何找出真正的凶手,但是我有一种感觉:你会。"

"你也一直在利用我!"

"让我们这样说吧:我一直在注意着你的背后。你发现的事情越多,我越觉得一定是派珀或者丹·森普尔杀害了他。李,你也在我心里出现过——贝鲁特的情形总是让我觉得可疑。"他对鲁伊点点头,"当她告诉我你准备在这里和她见面—— 一间废弃的演播室——我估计你可能会是那个人,所以我就藏在那里。"他的目光扫过空空的中央控制室。

"你看,小子,"杰克不耐烦地说,"为什么你不放我们走出去呢。我们都会忘记所有的事。你走你的路,我们走我们的路。"

但是布拉福德忽略了他。他冲中央控制室示意,然后对梅塞尔说:"我把你的每句话都录在了录影带上,李。"

梅塞尔闭上眼睛。他跌倒在椅子上。

杰克叹了一声,摇摇头。"看来你得靠自己了,李。合作愉快。"这个杀手抓住鲁伊的头发拖着她走。

"不!"她哭着叫道。

布拉福德用枪指着杰克,但是这个胖子根本不在乎。他走到放着枪的桌子旁把枪拿了起来。

"不许动!"布拉福德说。

"好的,可以。"杰克含糊地说。

"开枪打他！"鲁伊对布拉福德大喊，"马上！"

可是这个年轻人定在那里。他的眼睛睁得大大的，嘴因为恐惧而张开。杰克拿起枪随意地朝他开了一枪，好像他正在抛硬币许愿一样。鲁伊无法说出布拉福德被击中了没有。他倒在或者趴在了地板上。梅塞尔从椅子上溜到桌子底下找掩护。

杰克拖着鲁伊说："我们走，亲爱的。我可能需要些保险，万一这个小子叫了警察。"

"不！天杀的！"她怒道，试图扳开他抓着她头发的手。但是他只是抓得更稳了，拖着她跟在他身后更快地往外走。

"闭嘴。"他小声说。

也许布拉福德已经通知了警察；也许萨姆·希利和一百个警察现在就在外面，他们的枪都指着门。杰克会看见然后投降。

他把她扯到身体前面，一脚踹开通往停车场的大门。

求求你了，她想，要有一千名骑士等在这里屠杀这条龙……

他们走了出去。没有人。她看看小巷子和停车场。空无一人。

噢，不……

杰克眯着眼，让自己适应环境。

"车子在大楼的另一边。从那边走。"他指着方向。

"放开我！"

他放开她的头发，但是紧紧地抓住她的手臂，并且让她在前面走。她记起他说过的话，关于当雇佣兵的事。她说："如果你让我走，我可以给你八千美元。"

"不行。"

"我可以现在就给你。"

杰克走得更慢了。他看起来好像在考虑她说的话。最后他摇摇头。

"不够多。"

"也许我还可以多出一点儿。"她绝望地思索着她从哪儿可以搞到现金。

"五万怎么样?"杰克问。

"我没有五万块钱。"

"四万五。"

她眼睛里都是泪水。"我真没有。我能找来……也许两万。我不知道。从朋友那里也许……"

"四万三。"杰克说。

"我……"她摇摇头。

"告诉你吧,"杰克说。"你给我三万九千五百块我就让你活着。我会放你走。"

更多的眼泪流下来。"可是我没有那么多钱。"

"三万八千二。"

当她瞥见他的脸上挂着恶心的笑容,知道了他只是残忍而已。他正在耍她,说出这些奇怪的数字。即使她有五万或十万,他都不会放她走。这是生意,而且他只和李·梅塞尔讨价还价。杰克的工作就是杀了她。

他们现在走在人行道上,在街区中间,除了流浪汉再没有人会来这里。街道上闪烁着细小的雨点,雨还没有大到呈一线挂在空中。

杰克说:"这边。"并且拽着她往前走。在他们前方,在百老汇大街上,几辆出租车和轿车来来往往。也许她能挣脱开,然后冲过半个街区到那个拐角。她可以跑到马路中间,希望不会被撞到。也许她有这份运气,就像兰迪·包格斯在兰斯·霍珀公寓大楼旁边碰到正好巡逻经过的警车一样。

但是杰克仍旧牢牢地抓着她，此外，他的另一只手仍然抓着手枪，藏在夹克衫里。

杰克在一辆车前停下。他把手枪放进口袋里，然后伸手到另一个口袋摸钥匙。

"嘿！"一个酒鬼喊道，歪歪扭扭地向他们走来。他的头因为麻木而低垂在胸前，衣服被雨水湿透了，看起来像是条毛色凌乱的野狗。"有零钱吗？买点东西吃。你有没有零钱？"

"妈的。这个城市的人真操蛋。"杰克喃喃道，从他的口袋里拿出钥匙。他弯下腰对鲁伊说："我能感觉到你，亲爱的。你正在想，让这个家伙过来把我缠住然后你可以逃跑。你认为我会那么傻吗？"他把她推进车里。"你认为我会想不到？"

这个流浪的人现在来到了旁边，喊道："零钱，求你了？"

杰克的眼睛仍然盯着鲁伊，对他说："操你妈，先生。"

这个酒鬼突然站直，并且变得很清醒。"也操你妈，杰克！"兰迪·包格斯说完跳到跟前，一挥拳打在杰克的脸上。

"兰迪！"鲁伊喊道。

"快跑！"包格斯大喊，他抱着杰克的腰，努力把他拉到人行道上。

鲁伊迅速从车里钻出来。她犹豫着，看着他们扭打。这不是一场打斗——他们在摔跤。包格斯抓着杰克的肩膀，别着他的胳膊，所以够不到对方的枪。杰克鼻子里流着血，想用膝盖顶包格斯的裆部，但是腿一抬起来就会跌倒。

"快跑，妈的！"包格斯又一次大喊。

她跑了,向着最近的街角,跑向一个电话亭。打通了九一一,她观察着那两个男人——现在是地上一团漆黑扭动的影子,一半在街道上,一半在街道外。她告诉声音冷静的警方调度员这场打斗和那把枪。到她挂上电话的时候,她听到了警笛声。很远,但是越来越近。她觉得她应该回去,分散杰克的注意力,找个东西打他。但是她没有动。因为一些原因,她心里浮现出考特妮的影子。她想,不,即使克莱尔回来了,我也可以在那个小女孩的生活中有一席之地,而且她自己去冒险对考特妮来说不公平。现在这是他们的战斗。

后来鲁伊看见杰克挣脱开爬到了一边,手里拿着枪。兰迪跳到街道上,爬到车底下找掩护。杰克对他快速开了两枪,然后开始奔跑。这时三辆蓝白色警车尖叫着来到街角。警察们蜂拥而出,像疯子一样大喊让杰克停下,放下枪。他对他们的车开了两枪,然后扭头继续跑,但是他滑倒了,一侧的膝盖磕在地上。

"放下武器!"一个金属般的声音从扩音器里传出来。

杰克跳到一边,又举起手中的枪。

一支短枪发出一声巨大的瞬时爆响,就像一个霹雳。杰克向后跌倒。他想要起来,含混地说了几句着扭曲的话。什么关于"图像"的,鲁伊想。这个胖子躺倒在地,他的身体剧烈地抽搐了一下,然后平静了。

十辆警车,警灯闪烁,全都停在集团公司大楼前面。几辆紧急医疗救护中心的救护车也停在这里,而且不知道出于什么原因,还来了两辆消防车。围观的人已经很多。鲁伊笑了,因为她注意到附近三个正在摄制报道镜头的新闻采访组全都是竞争对手的;集团公司好像没有人对这起事件有兴趣。

鲁伊站在兰迪·包格斯旁边,他斜倚在一辆警车上,手和下巴上裹着绷带。杰克那两枪都没有打中他,但是他在打斗中划伤了几个地方。(他看起来那么苦恼,大部分是因为他穿的那件难看的西装撕烂了,而且全是泥水。)

然而布拉福德·辛普森被杰克的子弹打中了,还好是在腿上。他会完全恢复的。

李·梅塞尔被拘捕了。

"你怎么到这儿来了?"鲁伊问包格斯,摇摇她迷糊的脑袋。

"我去了你的船屋——看见了那里发生的事。我对这件事感到非常抱歉。是杰克干的吗?"

"间接的。"她没有提到真正的纵火犯只有三岁大。

包格斯继续说道:"我到电视台这里来看看,也许警卫或别人能告诉我你在哪里。我看见你和杰克从后门走了出来。我不知道发生了什么事,但是我猜一定不是好事。所以我假装成一个……你知道,流浪汉,这样我可以走近你们。"

一个警探走近她说:"你能给我们多说说细节吗,小姐?"

鲁伊答道:"我们可以单独谈一会儿吗?就他和我?然后我会告诉你所有的事情。"

这个警探点点头。他走向医疗人员,他们正在把杰克的尸体放在轮床上。

"我以为你已经跑路了。"鲁伊气愤地告诉包格斯。

他盯着地面,无法回敬她的注视。"我只是去了亚特兰大一两天,拿我的钱,后来我就回来了。我一直都想回去——我有些生意要照顾。"

"生意?"她疑惑地问。

"我要拿一些钱给我在哈里森监狱里一个朋友的家庭。他被杀了,因为他是我的朋友。总之,我不能一走了之——要记得,麦格勒先生说我必须留在纽约,直到这个案子正式结束。"

"什么时候遵守法律对你来说算个事情?"鲁伊打断他,"你为什么没有告诉过我关于你和杰克的事?"

"这是件新衣服。"他说,研究着他撕烂的袖子。然后他抬起头,目光聚焦在警车顶上闪烁的灯光上。"这也是我和他说定的事情。"

"他?"鲁伊不可置信地问道,"那个畜生?"

"我打小时候起学到的事情就是不告密。"

"他在利用你!"

"我现在知道了,那时候不知道。直到几天前都不知道。"

"他带着你搞信用卡的事情,然后碰巧有人被杀,你不认为这很可笑吗?"

"那个时候我不会那么想。然后,当他给我所有的钱的时候,也许我开始意识到了一点儿。我得有存款才能变出那么多钱来。十万美元——否则我哪里能得到那么多钱?现在我了解了。"

鲁伊脑海里浮现出痛苦的情绪。她想扇他,冲他吼叫,抓住他的领子使劲摇他。

兰迪·包格斯说:"对不起。"

她没有回答。

"我可以离开。我正在想着等法庭上所有事情解决之后去夏威夷,你知道。我可以只带着我的钱去那里。"

"夏威夷?"她问道,好像他说的是火星。

他点点头。"给我自己买个商店之类的。周末我可以坐在沙滩上,喝着那些饮料,吃菠萝什么的。头上面还插着阳伞。你可以来看我。

你喜欢那样的饮料吗？"

她没有回答。

"我想给你一些钱。"

鲁伊说："我？为什么？"

"你的船烧毁了都算在我的账上。一万块怎么样？"

"我不想要你的钱。"

"也许一万五？"

"不用，忘了吧。"

"也许你的小女儿——"

"她不是我的小女儿。"鲁伊打断他。

他们两个人都沉默了。后来包格斯说："我只是想告诉你我很抱歉。"

鲁伊说："我想帮助你。这就是当初我为什么做这个报道的缘故。每个人都告诉我不要做，每个人都告诉我忘了你，你杀害了一个人而且你就应该被关到监狱里。"

包格斯说："如果你能收下这些钱，我会很感激。"

"把钱给考特妮的妈妈克莱尔。她比我更需要这些钱。"

"我会给她的，当然。我也要给你。怎么样？"

鲁伊一把拍在警车上。她摇摇头，然后大声地笑着。包格斯看看四周，也笑了，虽然他不知道有什么好笑的。她说："妈呀，兰迪，怪不得你一直都没什么钱——你总是给别人。"

"我从来不太会存钱。这是真话。"

她面对他说："我需要再次做我的报道。我将要采访你。你会跟我谈吗？这一次给我全部的故事？"

"如果我那样做，你会原谅我吗？"

她说："我真的不知道。"

"我们可以找个时候一起喝啤酒吗？"

"我不和重罪犯出去。"

"我做过犯法的事情，我承认，但是我不敢肯定我真的是个重罪犯。"

那个警探回来对鲁伊说："你们两个现在都需要做一个声明。"他使用了礼貌坚定的公务员模式。

"当然。"她回答道。

他先把包格斯带到一边，过了一会儿，鲁伊一个人被一大群穿着枯燥颜色衣服的人围在中间。潮湿的街道反射着路灯灯光、公寓窗户的灯光、救护车灯光。她极其想回家，回到她的船屋还有考特妮身边。但是，当然，船没有了，而且小女孩和她外婆在一起。

鲁伊看着她面前的景象。

新闻采访小组——集团公司的人最终还是加入了——正忙着录制三分钟的现场镜头片段。但他们实际上是唯一还留在大街上的人。就像击毙杰克·内斯特的那声短枪的爆鸣，这起事件迅速地爆发，然后立即消失，卷进这座城市巨大的齿轮中，被碾成虚无。可是对城里居住的电视观众来说，这些事件将会在未来的报道中一直存在，直到它们被其他故事挤走，而后者同样会被更多的故事取代。

鲁伊坐在门口的台阶上等待那个警探，观察着年轻的记者。他们手持麦克风，并且真诚地注视着他们忠实观众的眼睛，再一次试图解释不可解释的事情。

第三十四章

和它扭打，和它争斗。

鲁伊站在克莱尔的病床前，穿着一件白色无袖的T恤和黑色的迷你裙。她旁边是考特妮——她不再是新浪潮风格学前班的成员了，不再有黑色、荧光和饰扣。她穿着崭新的罗兰爱斯浅蓝色洋装，头发一侧缠着丝带（鲁伊花了十分钟才把深蓝色丝带弯成一把弓的形状）。

一股刺鼻的甜味飘在空气中。鲁伊不知道这是消毒水，药物，还是疾病和死亡的味道。她不喜欢这个味道；她厌恶医院。

"你妈在哪儿？"鲁伊问克莱尔。

"在她的宾馆，"这个女人说，"她整晚上都陪着我。那就是母爱，嗯？你随便怎么滥用，她都会再回来。"

考特妮笨拙地把一个纸袋子放在床上。"我给你拿来了这个。"

克莱尔用一只手接过来，把纸袋子抖开。从里面掉出来一个毛绒玩具恐龙。考特妮拿它在床上比画着。"鲁伊帮我买了它。"她告诉妈妈。

"真是猜不到。"克莱尔仔细检查了长毛绒玩具的脸,"它看起来既容易受伤又凶狠异常。你真会挑选这类东西。"

鲁伊心不在焉地点点头。"天分。"

和它斗争。打败它……

克莱尔看起来不怎么好。在别人的帮助下她能坐起来,但是除此之外她还不太能动。鲁伊从来没见过她脸色有这么苍白(克莱尔原本就已经白到去年万圣节时打扮成吸血鬼都不用化妆了)。

"我的左眼看不见了,"她用实事求是的语调说,"再也不会看见了。"

鲁伊直直地看着她那只还好着的眼睛,准备表示一些惋惜,这时克莱尔转移到了另一个话题。"我得到一份工作。在一家商场。那完全是个屁。我有两个老板,他们说:'哦,我们会试用你。'而我说:'有什么好试用的?'那不是世界上最好的事,但是结果还可以。就像——我有医疗保险吗?我离家的时候刚好搞了一份。啊哈,他们可得付一大笔钱了。"

这间病房比她住了好几天的重症监护室要好。从这里看出去,克莱尔可以看见泽西起伏的山丘和哈德逊河,还有离家更近一些的,鲁伊最喜欢的一个聚点:白马酒馆,诗人迪伦·托马斯[①]爱去的地方。在那里,鲁伊与热爱文学和艺术的人群度过了很多个下午和傍晚时光。

虽然医院很让人讨厌,但是这里至少有风景、阳光和历史。

克莱尔正在谈论她妈妈在波士顿的房子,而且那里的左邻右舍竟然没有人穿黑色皮衣或者留光头,真是奇怪。还有她从来没有遇见过任何音乐家或短篇故事作家,但是她见到了一个她喜欢的男人,却是

---

①迪伦·托马斯(Dylan Thomas, 1914—1953),威尔士诗人、作家。作品大多属于超现实主义流派。

卖东西的。这难道不是你听到过的最疯狂的事吗？

"疯狂。"

鲁伊点点头，努力听她说话。她腹部的肌肉紧缩，抵抗那种可怕的感觉，就像她被准备把她炸碎的外星生物占据了身体。打败它……和它斗争！

随后克莱尔开始说旅行见闻，告诉鲁伊和考特妮波士顿的事情——法尼尔山、剑桥、中国城、阁楼还有南大街车站的古董店。"那里有非常非常赞的地方。那里卖的旧浴缸肯定有三英尺深。"

鲁伊礼貌地点点头，而且说了两次"哇，真有趣"，用一种不感兴趣的方式，这看起来让克莱尔闲扯得更加起劲了。鲁伊发现她紧紧攥着考特妮的手。小女孩在扭动。

和它斗争……

鲁伊没有说太多关于包格斯或者梅塞尔或者《时事》报道的事。只是说了大概的主干。克莱尔一定会明白鲁伊是她受到枪击的原因，而且鲁伊想要澄清这一点。不是说她被负罪感折磨——你也可以说克莱尔受伤是因为她曾经抛弃了她的女儿。可那是上帝或者命运或者大自然安排的事情。鲁伊懂得，如果你开始想太多因和果，那会让你疯掉的。

沉默了一分钟，然后鲁伊说："我给考特妮买了一身新衣服。"她冲考特妮点点头。

"看，妈妈？"

克莱尔尽量扭转身体，让她那只没有缠绷带的眼睛可以看见这套衣服。这个年轻女人伤残的脸上绽放出慈爱的笑容。她看着她小女儿的样子明显回答了一个问题，这个问题自克莱尔回来开始一直炙烤着鲁伊。

现在再考虑一次的话，当然，她意识到真的没有任何机会让考特妮留在她这里。对于曾经抱着那样希望的自己，她十分生气。毕竟，她读过《雪公主》。她知道故事的结尾。这类童话故事都有美好的结尾——那是胡扯。有时有人会融化，有人会离开，有人会死。留给我们的只有这些故事和记忆，如果我们幸运的话，会是好的故事和愉快的记忆，然后我们继续自己的生活。

克莱尔笨拙地把没受伤的手从床的另一边伸过来，说："你想我吗，宝贝儿？"

"哦哦。"考特妮挣开鲁伊的手，试着爬到床上。鲁伊把她推了上去。

鲁伊说："那么你准备回波士顿，嗯？你们两个？"

克莱尔说："是啊，差不多。我们会住我妈妈那里，直到我可以攒些钱。那里的房子可便宜了，应该用不了多长时间。"

和它斗争……

鲁伊咽了一口唾沫。"如果你想要的话，我可以照顾考特妮，直到你安定下来。我们俩是好朋友，嗯？"

小女孩正在玩恐龙玩具，没有听见鲁伊的话。或者是不想听见。不管怎样，她没有回答。克莱尔摇摇头。"我还是让她和我一起生活吧。你知道那种感觉。"

"当然。"

"看，鲁伊，我从来没有说过，但是我真的、真的感激你所做的事情。我做了一件很不好的事情，像那样离开。很多人不会像你那样做。"

"是的，他们不会。"鲁伊说。

"我欠你的。"

"是的，是这样。你欠我的。"

"医生说两天后我就可以转移到波士顿去。猜猜怎么去？"

鲁伊的脸着火了。"两天？"

"我会坐救护车，好像是全程。那很酷，是吗？我妈妈会付钱。"

听到这里，鲁伊意识到不能再继续斗争下去了。她已经输了。她深深地呼吸，然后说："好吧，再见，你们俩。"

"噢，求求你，"克莱尔说，"再待一会儿嘛。看看这里的医生。这里还有这个可爱的小东西，有你不能相信的卷发。"

鲁伊摇摇头，眼睛望向房门。

"鲁伊，"考特妮突然说，"我们能去动物园吗？"

她拥抱了小女孩一下，这期间她使劲让自己的声音稳定，并且把眼泪憋回去。停了一会儿，她说："在你走之前，宝贝儿，我们会去动物园。我保证。"

在说这些话的几秒钟时间内，鲁伊保持着镇定和冷静，然后走出门去。

但是没持续多久。当鲁伊走在通往出口的走廊里时，眼泪夺眶而出，无声的啜泣让她无法呼吸，就好像她被融雪的山洪卷走，口不能言，僵硬麻木。

"看看这些。就像一条该死的龙向我吐了一口火。"

派珀·苏顿看着她。"你和你的龙。"

她们站在大堤上，船屋闪亮的、烧黑的船体在哈德逊河油腻的河面上微微晃动。

鲁伊弯腰捡起一件湿乎乎的衣服。她检查了这件衣服，领子有一点点焦痕，不过她可以用颜料修补。她想到那个律师，弗雷德·麦格勒，一位用笔修补衣服的专家。

但是她嗅了嗅，耸耸肩，把它又扔在垃圾堆里。那里堆成了一座小型垃圾火山。大火和纽约消防局的水都参与制造了这座废墟。在甲板上有一堆书、罐子和平锅、几只半焦的跑鞋、喝水杯子。没有剩下什么有价值的东西，只有摩托罗拉电视机和折叠椅的铸铁架子。

"五十年代的东西是不可毁灭的，"鲁伊说，指指那些架子，"那十年一定很棒。"

今天是个相当明媚的星期天。天空没有一丝云彩，是碧蓝的三维穹顶，而且太阳就像灯泡一样热。派珀·苏顿坐在一堆东西上。在她把包在黑色小羊皮短裙里的双腿放在木头垃圾堆上面之前，先在上面铺了一片蓝色衣服的布片——一件鲁伊的工作衬衫。

"你有保险吗？"女主播问。

"说来有点奇怪，但是，是的，我买了。那是成年人的事情，你知道，好像我一般还想不到。不过我的男朋友当时让我买了一点儿。"

她走向河边，低头看着烧焦的木头。"协议书就在这里的某个地方。我必须把它找出来吗？"

"我觉得不用。"

"我会拿到不少钱。我失去了一些真正超值的东西。夜光海报，水晶，我全部的艾尔维斯收藏……"

"你听艾尔维斯·普莱斯利？"

"那是科斯特洛[①]。"鲁伊解释道。然后思考其他的损失。"我的魔法棒。一吨薰香……噢，天哪，我的火山熔岩灯。"

[①] 艾尔维斯·科斯特洛（Elvis Costello, 1954— ），英国朋克和新浪潮摇滚歌手。前文中苏顿以为鲁伊收集的是艾尔维斯·普莱斯利，即"猫王"的唱片。

"你还有火山熔岩灯?"

"曾经有过。"鲁伊沮丧地纠正道。

"你现在住在哪儿?"

"和萨姆住一段时间。然后我会找一个新住处,不一样的地方。总之我随时准备搬家。我住在这里一年了,对一个地方来说时间太长了。"

一条拖船驶过,汽笛响起。鲁伊使劲挥手。"我认识他们。"她告诉苏顿,后者的目光正跟随着低速破浪前进的船。

"你知道,"鲁伊说,"我得告诉你,我还以为你是那个凶杀案背后的人。"

"我?"苏顿没有笑,"这是我听到过的最愚蠢的蠢话。"

"我可不认为有多愚蠢。你曾经企图和我谈话,让我脱离这个报道,然后给我一个去英国工作的机会——"

"那是真的,"苏顿打断她,"得有人去填补那个岗位。"

鲁伊继续说下去,并没有被打扰。"在播出节目的那天,当你即兴解说的时候,录影带都不见了。甚至在我抽屉里的备份都没有了。你是唯一知道它们在哪儿的人。"

苏顿不耐烦地用手比画着,好像她正在买一磅糖果,然后让鲁伊给她再加上一点儿。"得了,好好想想,再想想,再想想。我告诉过你我正在去见梅塞尔的半路上。他问我你有没有备份。我告诉他你有,而且你放在抽屉里。他才是那个偷东西的人。"

"你也在包格斯逃跑以后翻过我的办公桌。丹尼看见了——那个电工。"

"我只是不想让任何材料扩散出去。你真是很粗心,我得说一句。你信任的人太多了。你……"她意识到她正在教训人,而且把自己也牵了进去。她们看了那条拖船几分钟,直到它消失在视线中。然后苏顿突然说:"如果你想要回自己的工作,你可以再要回来。"

"我不知道,"鲁伊说,"我不认为我适合在大公司里工作。"

苏顿干笑两声。"当然。你可能会再次被解雇。不过如果你来,那会是一份很不错的工作。"

"在本地台还是集团公司?"

"《时事》,我正在考虑。"

"干什么工作?脚本编辑?"

"助理制作人。"

鲁伊停下,把一条烧焦的牛仔裤扔到垃圾堆里。"我还想做那个报道。全部的事情,关于霍珀被害事件。这次我想把李也加进去。"

苏顿转过身,背对着河水,站在那儿,远眺这个城市庞大的全景。"那有些问题。"

"你是什么意思?"

"《时事》不会播出任何有关霍珀被害案的镜头,或者有关包格斯的。"

鲁伊看着她。

"集团公司的新闻已经报道过了。"女主播说。

鲁伊挖苦地说:"哦,没错。我看了那个报道。大约有六十秒的长度,不是吗?在报道完国家动物园的熊猫幼仔之后播出的。"

"母公司的当权者决定这个报道应该放在一边。"

"那是狗屁。"

"你能指责他们吗?"

"是的。"鲁伊说。

派珀·苏顿用她标志性的声音快速说道:"那不是我能决定的

事情。"

"不是吗?"

苏顿想说点儿什么,但是没有。她慢慢地摇摇头,避开鲁伊的目光。

鲁伊重复道:"不是吗?"这让她又一次惊诧于听到她的声音有多么坚定,多么不可动摇。她现在站在这个女人面前——一个穿着小羊皮、丝绸和套装的女人,一个比她任何时候都有钱有智慧的女人。这位著名的主播现在看来无话可说。鲁伊说:"你愿意让竞争对手做这个报道吗?《今夜黄金时间》或是《国家脉动》?"

苏顿一步一步走上涂着杂酚油、插在堤坝上作为汽车障碍的铁轨枕木。她看着水面;她的表情说明她不喜欢她看到的情景。鲁伊想知道那是不是她的倒影。

她只是说:"那个报道不会在《时事》播出。"

"如果播出了会怎样?"

"如果你想知道,我也提出过同样的问题。答案是如果播出了,母公司会取消这个节目。"然后她补充道,"然后我会丢了工作。你需要比这更好的理由吗?"

"我觉得我不想再把我的工作要回来,不。"鲁伊说。她发现了几本她以前的漫画书;它们神奇地从大火和抢劫者的手中生还。她看着一九五三年的经典封面——"希娜,丛林女王",正从一棵大树上跃向一只受惊的雄狮。那只大猫紧盯着她的长矛、明亮的金发和紧裹着豹纹衣服的沙漏形身材——一位健美的,只存在于富于幻想的插图画家想象中的女人。"那就是我。"鲁伊拿起书,"丛林女王。"

苏顿瞥了一眼这幅画。

鲁伊把这几本书放在一小堆准备拿走的东西里,问道:"你的良心还在困扰你吗?"

"我晚上从来没有睡不着觉的时候,这四十三年来都没有。"

"你想听听我的意见吗?"

"不太想。"

"你屈服了,只是为了拿到工资支票。"

鲁伊以为会有一场长篇大论,但是她得到了让她惊奇的回应——一个低声的受伤害的声音说:"我认为你知道不是那样的。"

过了一会儿,鲁伊点点头,懂得苏顿说得对。当然,她在经营主管的意愿面前弯了腰,但是原因很复杂。她屈服部分是因为她沉迷于黄金时间新闻主播带来的名望和激动,部分是因为她付出过极大的努力保有这份工作。

还有部分——甚至大部分——则是因为派珀·苏顿觉得新闻界和她的一千万观众需要她。

他们当然需要。他们需要像这样的人把新闻带给他们,他们认可、信赖、崇敬的人。一位前任男朋友曾经引用过某个人的话——她觉得是个诗人——那个人说人类不能接受太多的事实。世界上正是有派珀·苏顿这样的人,在她的观众面前把事实切成可操作的小块,然后散播出去,令人愉快地安排好。

"我把它放在大背景下来看。"苏顿耸耸肩,"包格斯是无罪的,而且你把他救了出来。那是一件善行。但是它仍然是一条小新闻。在外面有那么多的新闻,那么多大的新闻。没有人会说我应该报道每一件事情。"

"我会独立制作。"鲁伊的话听起来比她的本意更具有威胁意味。

苏顿大声笑道:"上帝保佑你,亲爱的,给予你更多的力量。我对你说的只是这个报道不会在集团公司网络播出,不在我的节目里。"

鲁伊转身面对苏顿。"如果我那么做，我会提到他们为什么不在《时事》播出这个报道。"

苏顿微笑着说："我会把文档和所有的备份送给你，那些我从你办公桌里救出来的东西。给我们你最好的作品，我们会配合。"

鲁伊继续翻垃圾。"我自己一个人做的话会累死的。"

苏顿同意道："一定会的。"

"你知道，我可以找一位生意伙伴。一个很聪明而且懂得做生意的人。而且比较，嗯，不好相处。"

"比较不好相处？"

"你不会感兴趣的，是吗？"

"等等——你是说放弃我的工作并且和你一起工作？"苏顿大声笑着，真心感到愉快。

"当然！我们会是一个优秀的团队。"

"绝对不可能。"女主播走向垃圾堆，开始帮助鲁伊捡东西。她每翻出一个物体，鲁伊都会给她指导。"留下。""扔掉。""扔掉。""扔掉。""放在不明物品那堆。""留下。""留下。"

她们工作了半个小时，直到苏顿直起腰，表情奇怪地看着她满是污泥的双手。她找到一块破布把手擦干净。"什么时候你有时间？"

鲁伊看了一下她能工作的那块手表。"中午。"

苏顿问："你有没有兴趣去吃顿早午饭？"

"今天不行。我约了人去动物园。"

"一个约会，嗯？"

"不完全是。"鲁伊说，"嘿，你想来吗？"

苏顿正在摇头，鲁伊推测这可能是她对这类想法的一种条件反射。"我好多年都没有去过动物园了。"她大声笑道。

"就像是骑自行车,"鲁伊说,"很快你就会了。"

"我不确定。"

"来嘛。"

"让我想想。"苏顿停止摇头。

"噢,来嘛。"

"我说过我要考虑一下,"苏顿厉声道,"你不能要求太过分。"

"我当然能,"鲁伊固执地说。女主播忽略了她,然后她们一起在一堆神秘的人工制品前弯下腰开始挑挑拣拣,寻找更多鲁伊的宝贝。

HARD NEWS by JEFFERY DEAVER
Copyright: © 1991, 2001 BY JEFFERY W. DEAVER
This edition arranged with CURTIS BROWN - U.K.
through BIG APPLE AGENCY, INC., LABUAN, MALAYSIA.
Simplified Chinese edition copyright:
©2015 NEW STAR PRESS
All rights reserved.

图书在版编目（CIP）数据

重要新闻／（美）迪弗著；王伟译 . —— 北京：新星出版社，2015.5
ISBN 978-7-5133-1666-8

Ⅰ.①重… Ⅱ.①迪… ②王… Ⅲ.①长篇小说-美国-现代 Ⅳ.① I712.45

中国版本图书馆 CIP 数据核字（2014）第 276319 号

重要新闻

（美）杰夫里·迪弗 著；王伟 译

责任编辑：邹　瑨
责任印制：韦　舰
装帧设计：周伟伟

出版发行：新星出版社
出 版 人：谢　刚
社　　址：北京市西城区车公庄大街丙3号楼　　100044
网　　址：www.newstarpress.com
电　　话：010-88310888
传　　真：010-65270449
法律顾问：北京市大成律师事务所

读者服务：010-88310811　　service@newstarpress.com
邮购地址：北京市西城区车公庄大街丙3号楼　　100044

印　　刷：北京京都六环印刷厂
开　　本：910mm×1230mm　　1/32
印　　张：10
字　　数：149千字
版　　次：2015年5月第一版　2015年5月第一次印刷
书　　号：ISBN 978-7-5133-1666-8
定　　价：35.00元

版权专有，侵权必究；如有质量问题，请与印刷厂联系调换。